キッド

相場英雄

幻冬舎文庫

KID

目次

プロローグ

左耳のイヤホンに神経を尖らせながら、男は口元の一体型マイクに向け、小声で告げる。

「作戦指揮所、こちらファルコン、送れ」

ハウリング音が耳の中で響いたあと、くぐもった声が一八〇〇キロ離れた場所から届く。

〈ファルコン、先ほどの報告は本当か？〉

「行動は極めて迅速。十分に訓練された兵士と思われる」

男が兵士と言った途端、指揮官が息をのんだ。男は周囲の隊員たちに目をやったあと、朝靄に霞む二階建ての建物と、その中心から伸びる太い煙突状の建造物を暗視用望遠鏡で見た。

時刻は午前四時一五分。夜明けの遅い島の空が明るくなるのは、あと二時間半後だ。

管制塔の最上部に細い光がいく筋も走っている。小型ヘッドライトの光だ。絶対に漁民などではない。特別な訓練を受けた兵士たち、それも揚陸と制圧作戦に長けた強者だ。

「二分前に二名を偵察に出した。まもなく詳細な報告が入る。目視で敵の総数は一二名」

男が報告した直後だった。前方約三〇〇メートルの地点で五、六本の閃光が走り、乾いた破裂音が響いた。

〈今の音はなんだ?〉

「敵の発砲と考えられる」

男は左前方で軽機関銃を構える部下に目配せをした。部下が周囲にいた他の隊員にハンドサインを送り、低い姿勢を保ったまま、広いアスファルト路を素早く横切った。

「あと三名、偵察に出した。敵対行動を確認次第、攻撃許可を」

冷静さを失いかけている様子の指揮官とは対照的に、男の心は驚くほど落ち着いていた。

これはまぎれもない実戦だ。三時間前、突然レーダーに出現した不審船がこの島に接近し、急遽出動を命じられた。そのときから、男は理詰めで様々なシナリオを描いてきた。偵察隊が威嚇攻撃される可能性も想定していた。

男は右脇に控える部下に目を向けた。自分の口元にあるマイクとヘルメットの縁近くにあるイヤホンを素早く指さす。部下は首を振る。

「先発させた二名といまだ連絡とれず」

〈撃たれたのか?〉

指揮官が沈痛な声で尋ねてきた。男はもう一度、前方の建物を注視した。北緯二四度、東経一二五度に位置し、エメラルドグリーンの海に囲まれた細長い島。先ほどの破裂音のあとは、不気味な静寂に支配されていた。

「防衛出動の下命はまだか？」

〈大臣と統合幕僚長が官邸に入った。総理のご決断を待っている〉

指揮官の声が沈んでいた。日頃勇ましい言葉を叫ぶ最高指揮官はなにを迷っているのか。

――隊長、スパローとターンの被弾を確認！

左耳に部下の声が響いた。

――両名ともに眉間を撃ち抜かれて死亡。スナイパーがいます！

全身が粟立った。部下たちと過ごした厳しい訓練の光景が頭をよぎる。男は唇を強く嚙んだあと、口を開く。

「隊員二名、死亡。繰り返す、二名死亡。速やかに防衛出動の下命を。このままだと敵に西日本全域の制空権を奪われます！」

第一章　帰郷

1

小さなレンゲでスープをすくい、口に運ぶ。鯉と鶏ガラの出汁が混ざり合い、軟らかく炊かれた粥がじんわりと胃に沁みていく。城戸護は小皿から油条を取り上げ、朝粥の丼に少しだけ浸した。新鮮な油で揚げられたパンが、滋味深いスープをみるみるうちに吸い上げる。軽めの粥と油条は絶妙のバランスで城戸の胃袋を満たす。三日に一度訪れる屋台の味はいつも通りだ。

「早晨！　ＫＩＤ」

香港・九龍半島の台所、油麻地市場近くの街角に元気の良い少年の声が響き渡った。城戸が顔を上げると、笑みを浮かべたホイが駆け寄ってくる。

「我都餓了！」

「問你中意吧」

城戸も広東語で告げた。一〇歳のホイが再び笑みを浮かべ、屋台の主人に豚レバーと肉団子の粥を威勢よくオーダーした。

「それで、俺になんの用だ？」

「アグネスからメモを預かってきたよ」

ホイは短パンのポケットから折り畳まれたメモを取り出し、城戸の丼の脇に置いた。

「仕事かよ。ゆっくり写真を撮れると思ったのに」

城戸はたすき掛けにしていた古いフィルムカメラ、ライカＭ６のシルバーのボディーに手を添えた。前回の仕事を終えて香港に帰ったのが一週間前だ。ロンドンで不味い飯を一〇日も食べ続け、神経質なクライアントに振り回された。

ようやくホームグラウンドの九龍の下町に戻ったのだ。愛機Ｍ６にモノクロのフィルムを詰め、垢抜けない街の風景、ガツガツと逞しく生きる地元民を心ゆくまで撮り続けるつもりだった。

城戸はデニムのポケットをまさぐり、二〇香港ドル紙幣をテーブルに置いた。すかさずホイが手を出すが、城戸は札を押さえる。

「どこを探しても俺はいなかった。アグネスにそう伝えてくれたら、二〇ドルやるよ」

ホイが強く首を振る。

「この前もその手を使ってアグネスに怒られたばかりじゃないか。俺は悪事には加担しないよ」

腕を組んだホイが頰を膨らませた。

「まったく、いつもチップをやるのは誰だと思っているんだ」

「それとこれとは別の話だよ。それより、早くメモをチェックしないとアグネスに怒られるんじゃないの？」

市場近くの小さな電器店の一人息子は、大人びた口調だ。

「わかったよ」

城戸は渋々メモを開いた。

〈ズミクロンの九枚玉をご所望のクライアント来店　至急、店に戻って〉

やはり本業ではなく、足を洗おうと考え続けている稼業への依頼だった。

「なんて書いてあるの？」

二〇ドル紙幣をポケットにしまい、メモを覗き込もうとするホイの目の前で、城戸は紙を素早く折り畳んだ。

「商売上の秘密だ」

「いまどきスマートフォンも使わないＫＩＤのために、俺はいつも御用聞きみたいに走り回っているんだ。教えてくれてもいいじゃないか」

ホイが思い切り口を尖らせた。城戸は首を左右に振る。

「ホイはまだ子供だ。危険な目に遭わすわけにはいかない」

ホイは不満げな顔だが、危険と言ったのは嘘ではない。

「それにスマートフォンは性に合わない。すまんがしばらく連絡係を頼むよ」

城戸は勢いよく粥をすすり始めた。

「スマートフォンだけじゃないよ。化石みたいなフィルムカメラを使うのはなぜ？」

「このカメラは化石じゃない。ウチの店に置いてある品物は全てメンテナンスを施した現役のカメラだ。なんでもデジタルにすればいいってもんじゃない」

粥を平らげると、城戸は丼の横に小銭を置いた。プライベートでスマートフォンを使わない理由を、一〇歳の子供に説明してもわかるまい。仕事の上でデジタル機器の必要があれば、手立てはいくらでもある。

「いつも訊いてるけど、カメラ屋がＫＩＤの本業なの？」

「そうだ。儲けは少ないが、大好きな仕事だ」

城戸はもう一度愛機を撫でて、席を立った。

温麺の屋台、精肉店、野菜専門の店先を眺めながらゆっくりと歩を進める。米を炊く匂い、点心を蒸す水蒸気がそこかしこに漂う。露店の店先、大きな声で話し込む九龍の人々の間を縫うように、城戸は自分の店へと足を向けた。

　どんな新規顧客かはわからないが、〈ズミクロンの九枚玉〉という合言葉を知っている。アグネスのメガネにかなった相手だ。きっと断れない仕事に違いない。今度香港に帰ってくるのはいつになるのか。周囲の景色を慈しむように眺め、城戸は何枚もシャッターを切った。小径（こみち）の角で、城戸は不意に歩みを止めた。誰かに見つめられているような気がした。だが、周囲に城戸を注視する人間はいなかった。

　九龍地区を南北に貫く地元の大動脈、彌敦道（ネイザンロード）に沿って続く小径をゆっくりと南下した。観光客や地元民を満載した二階建てのバスが激しく往来して、百貨店、ブランドショップが連なるネイザンロードから、一歩裏手に入る。

　道の両側に、建て増しに次ぐ建て増しで背を伸ばすマンションがびっしりと並び、それぞれの窓やベランダには無数の洗濯物がかかる。建て増しの連続でエレベーターの乗り継ぎは当たり前、中には迷宮のように階段が入り組んでいるビルも少なくない。

　市場で買い物をした商売人や主婦らが行き交う道端で、城戸は足を止めた。改めて頭上を見る。無数の洗濯物も香港の名物だが、もう一つここでしか見られないのがビルのベランダや窓から縦横無尽に伸びる看板の群れだ。また誰かの視線を感じた。見回すが、人影はない。

海鮮料理、怪しげなマッサージ、携帯電話、人材派遣……。ありとあらゆる業種、店の規模にかかわらずそれぞれの看板が強く自己主張する。夜になると、ネオン管が灯り、煌々と一帯を照らす。その瞬間、九龍の裏通りは文字通りの不夜城に姿を変える。

城戸はM6につけていた五〇ミリのズミクロンを二八ミリのエルマリートに交換し、ファインダーを覗いた。五〇ミリレンズの画角は人間の視界と同一だと言われるが、より広い範囲を捉えることができる二八ミリのレンズは、香港の雑多で猥雑な街角を丸ごと写し撮る。

歩道の縁で中腰になる。城戸はアングルを決め、シャッターを切った。ファインダーの中で長い竹竿を持った職人がビルの外装工事の足場組みを始めた。九龍では竹竿を組み合わせた足場を作り、高層階まで命綱なしで職人が登っていく。ゆっくりとフィルムを巻き上げ、竹竿と職人の顔が写るローアングルを探った。頭上から怒りの籠もった声が降ってくる。

「Hey, Kid. What are you doing?」

顔を上げた。両手を腰に当てて頬を膨らませた少女が立っていた。アグネスだ。

「やっぱり写真撮ってブラブラしていたのね」

浅黒い肌に大きな瞳のアグネスは、薄手のデニムジャケットと細身のレギンスに身を包んでいた。

「待ちきれないからって、クライアントは一旦帰っちゃったわよ」

アグネスは、パステルグリーンのGショックを人さし指で叩いた。城戸は自分の古いパネライの手巻き時計に目をやる。ホイがメッセージを運んできてから、一時間以上が経過していた。

「悪い、ついつい夢中になってしまった」

城戸の左腕をアグネスがつかむ。

「家賃の支払いが近いんだから、仕事してもらわないと困りますからね」

城戸を引っ張るようにして、アグネスは小径を足早に進んだ。

「大家に払うのはまだ半月あとじゃないか」

「そんなことばっかり言って、次々に古いカメラとレンズ仕入れるのは誰？　売れ残りばっかりためて、お店を潰す気なの？」

やっと腕を放してもらった城戸は、アグネスに先導されながら裏道を歩く。

「それで、どんなクライアントだった？」

アグネスはてきぱきと答える。

「上海から来た紳士だったわよ。イギリスっぽいスタンダードなストライプのスーツ、頑丈そうな革靴だった。時計はロレックスの古いタイプ、髪は七三分けよ」

最近、中国の深圳を拠点とする新興企業から仕事の依頼が増えた。スマートフォン向けの電子部品やドローンのパーツ製造などで急成長した若手経営者たちだ。起業によって得た潤沢な金を他者に見せつけるように使うため、これが中国本土や香港、シンガポールの黒社会(ギャング)の目に留まってしまうのだ。ときに美人局(つつもたせ)に巻き込まれ、恐喝被害に遭遇する。アグネスによれば、今日現れた新規顧客はそうしたタイプではなさそうだ。あれこれ考えを巡らせるうち、城戸は香港でも有数の夜店が集うエリア、呉松街(ンソンガイ)に着いた。アグネスが再び顔をしかめる。

「また何か仕入れたのね」

家主の海鮮料理店の裏口、一五階建てビルのテナント用郵便受けに運送業者ＵＰＳの不在連絡票が挿さっていた。

午後六時、城戸は九龍と香港島を結ぶスターフェリーのデッキから夜景を見つめた。香港島の沿岸部には、ガラス張りで刀のような中国銀行(バンチャイ)のビルのほか、地元財閥の高層建造物が密集する。丘の上から高層ビル群を見下ろすシーンと同様、水面にネオンが映るさまも香港を代表する光景だ。

それぞれのビルの一番目立つ場所には、中国本土のインターネット、物流、自動車会社のネオンが灯る。日本企業の広告はほとんどなく、ここ一〇年ほど急成長を遂げた韓国財閥系企業の看板も減り始めている。

九龍から香港島へは地下鉄も通っているが、城戸はいつも横揺れの激しいスターフェリーに乗る。けばけばしいネオンを見るたび、中国本土の企業の力が増し、日本の影響力が著しく落ちたのを実感する。

〈クライアントの名前は王(ワン)さん、中環(セントラル)の高級酒家(レストラン)に個室を取ってあるそうよ〉

呉松街にある城戸の中古カメラ専門店〈ギースフォト〉のカウンターでアグネスが言った。指定されたのは、香港島の金融街から少し坂を上ったエリアにある最高級広東料理の店だった。城戸を訪ねてくるクライアントに、これまでも何度か誘われた店だ。

〈王さん、アレックスさんから紹介されたみたいだし、あの酒家に個室を予約するような人だから、良い報酬(フィー)をくれるわよ〉

大人びた口調でアグネスが伝えた。城戸に仕事を依頼するにはしかるべき人物の紹介が必要だ。元上司のアレックスならば問題はない。あの最高級レストランの個室を確保するには、店とのコネも求められる。予約できたのなら、身元もある程度保証されている。だが、胸の中に小さな黒い点が生まれ、これが徐々に広がっていくような感覚がある。明確な根拠はないが、口の中に小さな砂粒が紛れ込んだときの感触に似ている。

「まもなく到着です」

濃紺のセーラー服を着た船員がマイクで案内をした直後、エンジンが低速のギアに切り替わって、轟音をあげる。古い型のフェリーが急減速し、つんのめるような形でターミナルに接岸した。

　中環の緩く長い坂道の中腹には、ロールスロイスやメルセデスのマイバッハが何台も停まっていた。それぞれの傍らには蝶ネクタイをしたショーファーが控え、いつ何時主人が戻ってもドアを開けられるように待機している。幅の狭い歩道脇に金色の外壁に覆われた要塞を思わせる建物があった。店はローストダックで有名だ。入り口近くには、褐色に焼き色が付いた何羽もの鴨が吊るされている。エントランスに近づく。タキシードを着た顔見知りのドアボーイが恭しく扉を開けた。

「ミスターＫＩＤ、お連れさまは三階でお待ちです」

　店の中に招き入れられた城戸は、案内係について一階の客席を通り抜け、北側にあるエレベーターに向かう。外壁と同様、エレベーターも金色だ。香港の富裕層が大好きな色で、成功の象徴でもある。

　点心が供される一階は観光客やカジュアルな地元民が席を埋めていたが、三階はだいぶ様子が違う。席に着いた人々の身なりは一目で高級だとわかる。ビジネスマン、企業のオーナー風、有閑マダムたちと客層はばらばらだが、一人当たり二〇〇〇ドル近くするディナーを日常的に摂（と）っている人種だ。婦人客の多くはパリやミラノの著名ブランドのロゴ入りバッグやドレスを纏（まと）っている。先ほどの豪奢（ごうしゃ）な車の持ち主たちは、名物のローストダックを頬張り、ワタリガニや大きなエビと格闘している。フロアのあちこちには大きな生（い）け簀（す）が設置されていた。

案内係が歩みを止める。エレベーターと同じく、金色の扉が城戸の目の前にあった。

「お待ちしていました」

城戸が個室に入ると、ストライプスーツの男が立ち上がった。握手を交わす。

〈王作民（ズオミン）〉

城戸に差し出された名刺には、上海のビジネス街の住所と工作機械部品を専門に扱う中堅商社の名前、専務の肩書が記してある。

「突然九龍のお店に押しかけてしまい、失礼しました」

王が綺麗（きれい）なクイーンズイングリッシュで詫（わ）びた。とんでもないと応じたあと、城戸は勧められるまま席に着いた。王が対面に座る。

「名物のローストダックのほか、ピータン、あとはワタリガニなど適当にオーダーを済ませておきました。なにかお好みがあれば追加で頼みます」

「結構です」

城戸は王を観察した。アグネスが言った通り、ギラギラした新興の中国企業のオーナーや経営幹部とは違う毛色の人物だ。年齢は城戸よりもいくつか上で、五〇歳前後か。顔を見ると中国人だが、目を閉じて会話すればイギリス人と間違えるかもしれない。

「上海の大学を出たあと、イギリスの大学で経営学を学びました」

城戸の胸の内を見透かしたように王がイギリスの名門大学の名を告げた。

「アレックスとはどちらでお知り合いに？」

城戸は元上司の名を出した。

「アフリカの工場に部品を納入する際、現地でガイド兼ガード役をお願いしました」

政情が不安定な国の名を、王が挙げた。たしかに中国企業が積極的に進出していた土地だ。イギリスの特殊部隊ＳＡＳで数々の紛争地に派遣された歴戦の猛者アレックスは、除隊後にアメリカの民間警備会社に就職し、中東やアフリカを飛び回っている。紹介と聞いて、何度か呉松街の店からアレックスの衛星電話に連絡してみたが、忙しいのか元上司は出なかった。

「今度も彼に依頼しようと思いましたが、アジアならば適任者がいると言って、アレックスはあなたに接触するよう教えてくれたのです」

中東やアフリカでは、イスラム原理主義勢力によるゲリラ活動やテロ事案が頻発している。ゲリラ対策に強いアレックスは多忙すぎるのだろう。

「それで、私へのご依頼とは？」

城戸が切り出した。王が頷く。

「二週間後に日本へ三日間ほど行きます。福岡で開催される精密工作機械の見本市に立ち寄る予定にしています」

少し拍子抜けした。アレックスが依頼を受けるのはトラブルが起きやすいエリアだ。護衛がなければ、昼間でも拉致される可能性がある。代役と聞いて、イスラムのゲリラが政府軍と激しい戦闘を繰り返すフィリピンのミンダナオ島周辺にでも赴くのではと考えていた。

「日本ならば、私のような元兵士が行く必要はありません。世界で一番安全ですよ」

肩をすくめて城戸は微笑んだ。ウエーターがシャンパングラスと前菜を載せたワゴンを個室に運び入れてきた。

「それがですね、ちょっとした事情があるのです」

細身のグラスにシャンパンを注ぐウエーターを気にしながら、王が首を振った。事情とはなにか。

「まずは乾杯しましょう」

城戸はグラスを掲げた。他者がいる前で込み入った話はできない。王もグラスをあげ、杯を合わせた。ウエーターはピータンやクラゲの酢の物など定番の前菜を取り分け、恭しく頭を下げて部屋を出ていった。

「申し訳ありません」

ドアの方向を一瞥（いちべつ）したあと、王が言った。一口シャンパンを飲んで、話し始める。

「実は、私ではなく弊社のトップが問題なのです」

王の会社の社長は上海と周辺地域の黒社会（ギャング）の浄化撲滅運動に協力したことで、その筋の人間に恨みを買っているのだという。

「上海では公安（けいさつ）の目が光っておりまして、弊社トップも私も安全ですが、これが海外だとどうなるか。過去に他社の人間が脅されたり、乱暴を受けたりしたことがあると聞いたものですから」

「それでしたらお力になれそうです」

王が立ち上がり右手を伸ばした。城戸は握り返した。王が満面に笑みを浮かべる。

「報酬（フィー）はどういたしましょうか？」

「前金で一五万香港ドル、福岡訪問のあとで同額を香港広東銀行の指定口座にお願いします。香港から出発しますか？」

「ええ。城戸さんの分も往復ファーストクラスを用意します。万が一を考え、駐福岡総領事館に連絡を入れておきます」

中国の黒社会は日本にも拠点を築きつつある。福岡といえど、安全ではない。

王が両手を叩き、ウエーターを呼んだ。王は料理に合わせるワインをオーダーした。別のウエーターが名物のローストダックを配膳した。王に勧められるまま、城戸はダックを口に入れた。飴色に焼かれた肉の表面はぱりぱりと香ばしい風味がある一方、骨の周りにある部位はたっぷりと肉汁を含んでいる。特製の柑橘系ソースとの相性も抜群だった。

「それにしても、アレックスさんの元部下が香港にいらっしゃるとは」

「あの稼業からは足を洗いました」

王がさらに身を乗り出す。

「今までどちらに行かれました？」

「アレックスの部下として、リビアやシリア、それに西アフリカなど一〇カ国程度でしょうか」

中東やアフリカの他にも、政情が不安定な旧ソ連構成国、中南米の独裁国家などに赴いたが、それ以上の詳細は語らなかった。

「アレックスさんとお仕事をしたとき、銃を使うような場面はありましたか？」

「ときには」

新たに運び込まれたワタリガニの殻をハンマーで砕きながら、城戸は答えた。

「銃撃戦も？」

王が興味深そうに訊いてきた。

「なんどかそういう目に遭ったことはあります」

「人を撃つというのは、どんな気分がするものですか？」

城戸は首を振る。

「私が遭遇したのはちょっとした小競り合いです」

王が肩をすくめた。無作法だと思ったのだろう。

「お店のアグネスさん、綺麗なお嬢さんですね。娘さんですか？」

王が話題を変えた。城戸はまた首を振り、否定する。

「彼女は今一七歳ですが、五年前に重慶大厦（チョンキンマンション）で保護しました。ラオスの難民です。あのマンションで親族に捨てられていました」

王が絶句した。近代的なビルが増え始めている九龍だが、重慶大厦は猥雑で怪しげな雰囲気を色濃く残している。世界中から集まった商人や旅人が迷路のようなフロアに店を出し、木賃宿で暮らす。

保護した当初、アグネスは読み書きもできなかった。城戸が里親となって学校に通わせると、あっという間に英語と広東語を使いこなすようになった。今では店の経理まで引き受ける頼もしい存在に成長した。

「フィルムカメラのお店はなぜ？」

「ワインコレクターと同じです。希少なボディーやレンズは世界的な文化財であり、大切に保護する必要があります。私が納得した人にしか売りません。ただし、ズミクロンの九枚玉はあり得ない型ですけどね」

城戸はクライアントに笑みを送り、白ワインを飲み干した。

2

〈北朝鮮の不審船、東シナ海の公海上で堂々瀬取り！　国連決議は役立たず〉

東京・九段下にある言論構想社六階の週刊新時代編集部で、大畑康恵（おおはたやすえ）は次号のゲラの最終チェックに追われていた。

「大畑、おまえのゲラがいつも最後なんだ。早くしろよ！」

筆頭デスクの怒鳴り声が続いた。

「あと五分、いや三分で戻します」

大畑はぶっきらぼうに答えながら、ゲラに目を通し続けた。

中国と太いパイプを持つという機械専門商社の社員から情報が入ったのが一カ月前だった。

〈瀬取りに関する情報があるのですが、興味はありますか？〉

洋上の船舶で石油などを受け渡しすることを瀬取りという。北朝鮮の禁輸破りだった。

ネタ元によると、香港を発ち、韓国へ行く中型のタンカーが北朝鮮船籍の特殊な船舶と洋上で接触するという。重油をタンカーから抜き取るための特殊なホースのオーダーが情報の端緒だった。

大畑は編集長と相談し、二週間前に沖縄の離島で漁師を雇い、漁船で目的の海域に向かった。激しく揺れる漁船の中で船酔いに苦しめられたが、夜明け前に目的の二隻を見つけた際には興奮した。同行した会社のベテランカメラマンの清家太が、揺れる船上でも機敏に動き、超望遠レンズで二隻がホースによって連結している瞬間と、各船体に記された記号等々も全て写し撮った。

「大畑！」

筆頭デスクの篠田が再度怒鳴った。

「はい、これでお願いします」

素早く席を立つと、大畑はゲラを携えて、中庭を見下ろす窓際の席に向かった。

「どうやら防衛省が同じブツを公開するか協議中らしい」

今までの大声が嘘のように篠田が声を潜めた。

「上空に自衛隊の対潜哨戒機P-3Cがいたらしい。お上に抜かれるわけにはいかんからな」

赤ペンを握りしめながら、篠田がゲラに目を落とした。自席に戻り、大畑は自分のネタ元の言葉を思い起こす。

〈対北朝鮮の禁輸破り、仕組みは簡単です〉

銀座の高級豚しゃぶ店で黒豚を湯にくぐらせながら、ネタ元が口元を歪めた。

〈国連決議は目の粗いザル、いや、単なる枠と言ってもいい状態です〉

大畑の好奇心を煽るようにネタ元は刺激的な言葉を吐き続けた。

対米強硬路線を続け、核開発と弾道ミサイルのテストを繰り返す北朝鮮に対し、国際社会は石油という血液の禁輸を決めた。武器製造に欠かせない部品や特殊な素材なども禁輸となり、国連でも制裁決議がなされた。日本の場合も、出入りする船舶の貨物を政府が厳しく監視している。北からの船舶、あるいは荷物の送り先が同地であれば、貨物検査特別措置法によって検査官が隅から隅まで調べることになる。

〈日本政府が大馬鹿なのは、北朝鮮が仕向地、仕出地になっている船舶しか、調べていないからで〉

ネタ元が冷笑した通り、単純な話だった。この国のトップは外交の場で国連決議の完全履行を強く訴え続けているが、足元はお粗末極まりなかった。品目によっては、中国など、北に親和的な第三国を経由した禁輸破りも横行しているという。

「よし、編集長に回す」

五メートルほど離れた席で篠田が言ったとき、ノートパソコンの脇に放り出していたスマートフォンが鈍い音を立てて振動した。画面を見ると、件のネタ元だった。反射的に通話ボタンを押す。電話口で低い声が響く。

〈北絡みで最新のネタが入りましたけど、興味ありますか？〉

もちろんと答えると、相手は予想外の待ち合わせ場所を指定した。

〈変でしょうか？〉

微妙な間を感じ取ったのか、ネタ元が言った。

「とんでもありません。すぐうかがいます」

大畑は今週号の新時代のグラビアページに合流先の住所を書き込んだ。

「追加のオーダーはこちらのインターホンをお使いください」

女子大生らしき店員が言いながら、唐揚げやポテト、ピザをガラステーブルに並べた。新宿・歌舞伎町のカラオケボックスの一室で、大畑は男と向き合っていた。

「こんなところですみませんね」

機械商社の営業マン、栗澤幸一が籠もりがちな声で言った。地方出身で、訛りがコンプレックスで、小声になってしまうのだと話していた。商社マン特有の山っ気のようなものを一切感じさせない。淡々と語ってくれるからこそ、ネタの信憑性が増す。

「お気になさらないでください」

「レストランや居酒屋ですと他人の目が気になりましてね」

「完全防音ですしね。情報が漏れ出すリスクも減らせます」

栗澤が頷く。

「それで、瀬取りの件はどうなりました？」

「明後日発売の新時代の目玉記事になります」

自衛隊の哨戒機が同じ船舶をカバーしていて、政府の発表もあるかもしれないと話した。

「なるほど、やはり政府も警戒していたのですね」

経済の関係は密になっているが、政治や外交の面では日中関係は一筋縄ではいかない。

「それで、栗澤さん……」

はやる気持ちを抑えるのが難しい。物欲しげに見えるように意識しながら、大畑は視線を栗澤に送った。

栗澤はベンチ型のソファに置いた革鞄から、パンフレットを取り出す。

「二週間後に見本市が開かれます」

〈ジャパン工作機械コンベンション　ａｔ　Ｆｕｋｕｏｋａ〉

北朝鮮の船舶の積み荷表や船員のメモでも出てくるかと期待していたが、栗澤が提示したのは地味な見本市とそれに伴う商談会の案内書だった。

「業界の集まりに興味はありませんかね？」

栗澤が不安げな顔になった。

「とんでもない。これがどんな最新のネタに？」

「うちの会社も出展するのですが……。気になる人物から、商談予約が入ったのです」

おどおどした口調で、栗澤が言った。

「気になる人物とは？」

前のめりになりそうになる自分を抑えた。

「この会社の専務です」

革鞄から栗澤が別のパンフレットを取り出した。上海の夜景と近代的なビルの全景がプリントされた会社案内だ。〈有限公司〉という文字が見える。

「上海に本社を構える中国の商社でして、日本の専門商社とのパイプを作り、販売ルートを整えたいというのが先方の希望でした」

商慣習の詳細は知らないが、どこにでもあるような話だ。

「それで、その会社の専務がなにか？」

「同業他社の人間から聞いたのですが、この専務はなかなかの曲者らしいのです」

どんなふうに、と大畑は詰め寄った。

「あちらの国の意を受けて、水面下で動く人だというのです」

栗澤が写真を取り出した。派手な電飾、赤いカーペットが敷き詰められたホール、たくさんのテーブルが並ぶ中国の宴会場でのショットだ。中国の最高指導部の面々が笑顔で写っている。

「この人です」

恰幅の良いスーツ姿の中国共産党幹部が並ぶ列の一番左端に、スマートな体形の中年男性がいる。

「〈王作民〉という人物です」

大畑はメモ帳に手を伸ばし、会社名と専務の名を書き入れた。

「北朝鮮と連携する中国共産党の別動隊だと聞きました」

北朝鮮、中国、別動隊……。大畑は栗澤の言葉を頭の中で復唱した。北朝鮮は国連制裁決議で石油の取引を禁止されたため、海上で受け渡しする瀬取りを行っていた。工作機械や部品を扱う専門商社に接触してきたとなればさらに危険な物が必要になる。

「もしや、ＩＣＢＭなどの部品に流用するために？」

「大手商社経由だといろいろと目立つので、うちのような中堅中小の業者を探して取引をする、そんなふうに聞いております」

大畑はもう一度、王の写真を見つめた。対北朝鮮でアメリカや日本政府が強硬姿勢を貫く中、彼(あ)の国はなんどもミサイルを打ち上げている。前回の瀬取り同様、制裁決議は絵に描いた餅にすぎないのだ。

「王専務が合法的に日本企業と接触し、高度かつ精緻な日本の工作機械や部品を中国に輸入する。その後は、これをシンガポールやベトナムなどを経由して最終的には北朝鮮に届ける、そんな仕組みの中心にいるのがこの専務です」

一気に告げると、栗澤はテーブルのグラスを手に取り、ウーロン茶を飲み干した。額にはうっすらと汗が滲(にじ)んでいる。

「改めてお聞きしますが、なぜこんな重要な情報を私に？」

「北朝鮮という国が許せないんです。私の両親の友人が、拉致被害者の家族でしてね」

栗澤が毅然(きぜん)と言い切った。自分や勤務先を利するために、ネタ元は情報を流しているのではない。

「絶対に接触して記事にします。制裁逃れを阻止しますよ」

大畑はすっかり泡の消えた生ビールを口にした。

3

警視庁本部の一四階、公安部公安総務課で志水達也が在京紙の朝刊をチェックしていると、目の前にひょろりと背の高い部下が現れた。

「志水さん、よろしいですか？」

目で座れと指示する。パイプ椅子を広げ、腰を下ろした部下は樽見浩一郎警部補。公安総務課に着任して三年が経過している。

「外事二課が動きます」

「あの一件か？」

「課長が総動員をかけたようです」

警視庁公安部で公安総務課は筆頭格にあたり、国内事案を担当する公安一課から四課、海外課報員やテロ事案に対応する外事一課から三課、公安機動捜査隊を束ねる役割を果たしている。

「外事二課にいい情報が入ったらしく……」

国連制裁決議違反の事例を外事二課は追っている。中国の専門商社を隠れ蓑(みの)に、北朝鮮はミサイルや核開発に必要な部品や燃料を秘かに仕入れていた。

「王の来日日程でもつかんだのか？」

志水は捜査線上に上がっていたキーマンの名を挙げた。樽見が頷く。

「旅行会社に埋め込んだS(スパイ)が香港発福岡行きの情報をもたらしたようです」

公安総務課には各課の情報が集まる。互いに保秘が徹底されており、詳細な捜査情報は明かされないが、公安総務課長は別だ。公安総務課は部の末端に至るまでの企画運用を担う役割があるため、各課がオペレーションを実施するにあたり、最終決裁を公安総務課長に求める。

総務課長は庁内や警察庁幹部との会議、全国都道府県警察の公安担当との連携で多忙を極めている。補佐役の志水が各課から上がってくる各種報告の交通整理を任されている。

「わざわざ俺に言いにきたということは、問題が生じたのか？」

志水は紙面から顔を上げた。

「キーマンの王を、刑事(ジ)部の連中も狙っているようなんです。この一件が絡んでいるようでして」

樽見が背広の内ポケットから紙を取り出し、志水のデスクに置く。

〈暁銀行行員、刺殺される〉

一週間前の中央新報の社会面記事だった。東京都内にある第二地方銀行、暁銀行錦糸町支店の副支店長が路地裏で刺殺された。融資を断られた取引先の町工場社長や地元商店主が容疑者として浮上したという続報をなんどか目にしている。あくまで刑事部の捜査一課の領域であり、公安総務課とは一切関係ない。樽見を見ると、得意げな表情に変わっている。

「口座開設に際し暁銀行の身元チェックが甘いのは、知られていました。殺された副支店長は怪しい口座を洗い出していて、本店と金融庁に報告する直前だったようです。そのひとつが王の関連口座でした」

以前、外事二課の課長補佐から同じような話を聞いたことがある。審査の緩い地銀や第二地銀で口座を開設し、海外に不正送金を繰り返していた北朝鮮のSがいた。Sは香港やシンガポールの銀行に資金を送金し、現地の協力者が北朝鮮に協力的な中国の銀行に転送する、という方法だった。

「捜査一課(ソウイチ)は王をどうするつもりなんだ?」

「現在、実行犯と見られる被疑者を完全監視下に置き、近く身柄(ガラ)を取るようです。自供を取ったうえで、王の関与を調べたい。そんなタイミングで来日ですから……」

「捜一の連中は多少荒っぽいことをしてでも接触するだろうな」

「外事二課の課長は慎重に事を進めるよう指示を出したそうです」

刑事部と同じ獲物を狙うことはままある。

「外事二課は泳がせるんだろう？」

「キーマンが誰と接触したかを探れば、さらに広範で詳細な情報を得られますからね」

公安部は目先の検挙率ではなく、広く日本全体の治安と秩序保持を考えて行動する。考え方が根本的に刑事部とは違う。

「いつでも相談に乗ると外事二課に言っておけ」

樽見が部屋を出た。直後、デスクの警電が鳴った。受話器を取り上げる。聞きなれないダミ声が響く。

〈総務課長はいるか？〉

「失礼ですが、どちらさまでしょうか？」

〈本庁の高村（たかむら）だ〉

志水は頭の中にある人事録を猛烈な速度で繰った。M字形に後退した額と短髪、二重のくっきりした両目、分厚い唇――闘犬のような顔が現れた。総理官邸で官房長官秘書官を長期間務め、神奈川県警本部長や警視庁刑事部長などを経て、近い将来警察庁長官か警視総監就任が確実視されている総括審議官の高村泰（やすし）警視監だ。

「あいにく出張中です。課長の補佐役で、志水と申します。伝言があれば承ります」

電話口で露骨に舌打ちの音がする。

〈二〇分後に俺の部屋へ〉

一方的に告げ、高村が電話を切った。

高村はキャリアの中では珍しく警備・公安畑を歩まなかった人間で、組織内では明確に刑事部の人間として認知されている。公安総務課長は幹部会議等々で顔を合わせているのだろうが、志水はなんどか見かけただけで面識はない。畑違いの幹部がなぜ連絡をしてきたのか。志水は首を傾げつつ腰を上げた。

警視庁本部の隣にある警察庁のビル五階、法務省の赤煉瓦の建物を一望できる部屋の応接ソファで、高村が眉根を寄せている。

高村からソファに座れという指示はない。志水は立ったまま、深々と頭を下げた。高村がテーブルにあった封筒を手に取り、志水に差し出した。

「失礼いたします」

素早く前に進み出て、受け取る。開けてもよいか、視線を送ると、高村が大仰に頷いた。

警察庁の名入りの封筒を開くと、2Lサイズの写真、メモが添付されていた。

「公安がマークしている男だよな」

志水の手にある写真は、外事二課（ソトニ）が来日に備え、追尾の準備を進めている男だ。

〈王作民　五三歳　上海出身――〉

メモには警視庁の捜査一課管理官が記した王の詳細な経歴が載っている。公安がまだ掴（つか）んでいない情報もありそうだ。樽見が言ったように、王は北朝鮮への国連決議違反を疑われている中国商社の幹部だ。もちろん一商社が大胆なことを単独でやれるはずもなく、バックには中国政府が控えている。

志水は写真とメモを封筒に戻す。

「外事二課がマークしているのは事実です。しかし――」

言い終えぬうちに、高村が右手を上げて話を遮る。

「二週間後の来日時には捜査一課が王を徹底的に行確（こうかく）する。外事二課は一切手出し無用だ」

「暁銀行の一件ですね？」

高村の眉間の皺（しわ）が深くなる。

「公安が知る必要はない」

「王の身柄を取るのですか？」

「行確の結果次第だが、すでに外交ルートを通じて準備を進めている」

中国政府の息がかかった企業幹部の身柄を引っ張れば、中国大使館が黙っていない。騒動が広がらぬように調整を始めているのだろう。

「捜一最優先の方針、承知いたしました。直ちに外事二課に指示いたします」

「殺人事件を解決し、それに合わせて中国が北支援で卑劣なことを行っていると国際社会に印象づける。政府首脳からもそう期待されている」

高村はぶっきらぼうに言った。政府首脳とは、高村が仕えたことのある官房長官の阪義家（さかよしいえ）のことだろう。

「ではこれで失礼いたします」

志水は事務的に告げ、総括審議官室を後にした。

4

国際線ターミナルの出口付近で、城戸と王は大型のキャリーバッグ二つを運ぶ若い男性秘書の陳耀邦（チエンヤオバン）に目をやった。

「仕事の性質上、彼を手伝うことはできません」

小柄な陳は、ジュラルミン製の大型キャリーバッグの扱いに四苦八苦している。

「構いませんよ。城戸さんは仕事に専念してください」

城戸は厚手のジャケットのポケットからレイバンのサングラスを取り出した。

「ガードはどこを見ているのか視線を読まれてはいけない、たしかそんな理由でしたな」

その通りです、と王に答え、城戸は大型リュックを背負い直して周囲を見回した。

香港から福岡までキャセイパシフィック航空で三時間半、快適なフライトだった。香港の空港ターミナルでは、王を監視するような視線は一つもなかった。ファーストクラスの座席にいたのは、ビジネスマンや裕福そうな家族連れだった。機内でも異変はなかった。本土の黒社会(ギャング)を感じさせるような気配はない。

「専務、車が来ています」

キャリーバッグを引きながら、陳が言った。到着ゲートの分厚い扉の向こう側に〈Mr.Wang〉の札を掲げた背広姿の男が見える。

陳は福岡のタクシー会社にメルセデス・ベンツのSクラス、リムジン仕様のハイヤーを頼んだと言っていた。

「陳、もう少し速く歩けないのか？」

苦笑いしながら、王が振り返った。

「申し訳ありません。すぐ追いつきます」

城戸は歩みを速めた。到着ゲートの外は一般の客が誰でも出入りできるエリアだ。ハイヤーの運転手のように、到着客を待つ業者が複数待機している。友人や知り合いを迎えに来ているらしい人も二〇人程度確認できた。一瞥する限り、黒社会めいた雰囲気の持ち主はいない。

「あの方のようですね」

背広姿のショーファーを認めたらしく、王が言った。

城戸は注意深く周囲を見回した。国際線ターミナルの出口近く、タクシー乗り場に近い地点に異変を察知する。城戸は足を緩めた。王がすかさず反応する。

「なにか?」

「ゆっくり歩いてください。危険人物ではないと思いますが、念のため」

城戸の変化を王は敏感に察知した。香港島の酒家(レストラン)で王が打ち明けた懸念は、本当なのだろう。上司の緊張が陳にも伝わったのか、キャリーバッグのローラーの音が不自然になる。

城戸は王の札を掲げたショーファーに声をかけた。弾(はじ)かれたように運転手が王に近づき、たどたどしい中国語で歓迎の挨拶をして、陳のキャリーバッグを受け取った。

城戸は目を凝らした。タクシー乗り場近くに、作業ジャンパーを着た男が二人いる。一人の手元には夕刊紙がある。東名阪では名の知れた媒体だが、福岡では売っていない新聞だ。二人の耳には透明なイヤホンが挿さっている。ともに目つきは鋭かった。それも醒(さ)めた目線だ。人を注意深く観察し、疑ってかかっている。

「おそらく東京から来た刑事ですね」

城戸が広東語で告げた。王が動揺する。

「東京？　刑事？」

「心当たりはありませんか？」

「全くありません」

王が不安げな表情を見せた。城戸は唐突に歩みを止め、背後を振り返る。到着ロビーの前でこちらを見ていた男と目線が交錯した気がする。すぐに男は到着ゲートの内側に目を向けたが、動作は不自然だ。手元には小型のデジカメがある。普通のサラリーマン風だが、監視者だろう。刑事が二人、そして諜報員風の男。差し迫った危機ではなさそうだが、見張られているのは確かだ。視認できたのは三人。ほかにもどこからか自分を見ている人間がいる気がする。城戸はもう一度、周囲に目を向けた。

5

「王の近くにいるサングラスは誰だ？」

東京・若松町にある公安総務課の特別オペレーションルームで、監視用の映像を見始めたときから、志水が気になっていた男だ。外事二課はきちんと押さえているのか。樽見が首を振る。

「わかりません。情報になかった人物です」

王の先を歩く男は歩みを速めたり、歩幅を小さくしたりして周囲を警戒している。身のこなしで身体能力が高そうなこともわかる。中国人民解放軍の出身者が民間警備会社などに雇われたのかもしれない。壁一面を埋めつくす数々のモニターが、福岡空港の様子を映し出している。

「こちら三番、対象（マルタイ）が点検を始めました」

スピーカーから現地捜査員の声が響いた。最も大きなモニター画面がライブ映像に切り替えられ、王一行の三人の背中を映し出す。王が前方の何かを気にする動きを見せた直後、サングラスの男が素早く振り向いた。

「一瞬ですが対象と目が合ってしまったようです。脱尾します」

三番の捜査員がそう告げると、ライブ映像が途絶えた。少し離れた場所からの映像に切り替わる。

「あのサングラスの男を割れ」

「検索をかけます」

樽見が手元のキーボードを何度か叩いた。大画面横の二〇インチのモニターに、中国軍や諜報関係者の顔写真が表示された。画面が二つに分割され、右側に振り返った男の静止画が出る。樽見がもう一度キーボードを操作する。男の顔、輪郭に合わせるように薄緑の枠がかかり、スキャニングが始まった。左の画面上では猛烈な速度で顔写真が切り替わった。公安部が保有するデータとサングラスの男の顔認証が始まったのだ。半年前にシステムを更新し、照会のスピードは一〇倍に上がっていた。

〈一致データなし〉

スキャン結果を記す文字が表示された。

「韓国やアメリカ、民間警備会社のデータベースも当たれ」

志水の指示に、樽見が頷いた。

「手の空いた者はキャセイパシフィック到着便の乗客名簿をすぐに調べろ」

志水の声に二、三人の若手が反応し、オペレーションルームにキーボードを叩くけたたましい音が響き始めた。

志水は頭の中にあるアルバムを猛烈なピッチで繰り始めた。公安部が総力をあげて構築したデータベースには一致する顔がなかった。中国人でなければ、王が秘かに取引している北朝鮮の諜報員か。日系や中国系の米国人かもしれない。

志水は一度会った人物、あるいはリストの中の顔写真を見れば、顔つきや骨格を完全に覚える能力を持つ。一〇年ほど前、刑事部から公安部に引き抜かれたときに特別な訓練を施され、記憶したら忘れない体質に変えられてしまった。

何百人分もの顔写真の束を数秒ずつのピッチでめくり、一時間後に神経衰弱のように名前とマッチングさせる。渋谷駅前のスクランブル交差点で、事前に顔写真を与えられた一〇人を通行人から見つけ出すなど、訓練は過酷を極めた。おかげで常人よりも瞬きする回数が極端に減った。現場捜査員を束ねる立場になっても、技術は一切曇っていない。

「乗客名簿はまだか」

記憶のメモリーをフル稼働させながら、志水は低い声で訊いた。

「あと一分程度かかります」

警視庁公安部は、中央官庁のホストコンピューターにアクセスできる権限を秘密裏に付与されている。テロ対策強化の一環として、全国の主要空港のホストシステム、ターミナルにある航空会社の内部にも到達できるように整備したのは、こういうときのためだ。さっさと検索を済ませねば、国を護ることなどできない。

「ありました。王作民、陳耀邦……」

「陳というのが先ほどのサングラスか?」

「いえ、違いました。若い男の方です」

細面で伏し目がちな男の写真が表示され、志水は舌打ちした。

6

「本当に来るんだろうな？」

「大丈夫です。信用してくださいよ」

「おまえはまだまだひよっこだ。調子に乗るな」

左肩に白い鏡筒の望遠レンズを付けたミラーレス一眼、右肩に標準ズームの一眼レフ——合計四キロ前後になる機材を軽々と抱えたカメラマンの清家が言った。

昨日と同じように、大畑は福岡空港の国際線ターミナルの駐車場にレンタカーを停めたあと、清家と連れ立って到着ロビーに来た。

「最近の偉いさんは口を開けば経費節減ばかりだ。手ぶらで東京に帰るわけにはいかんぞ」

「だから来ますってば」

清家は芸能人や政治家の密会現場を何十回となく撮影している。地震や雪崩など災害現場へも絶えず出動、果ては戦場取材にも行った経験を持つ。

「こいつが国連決議をかいくぐるキーマンってわけか」

大畑が商社マンの栗澤から入手した王作民の顔写真が、清家のスマホの画面にある。

「ドラマや映画みたいに、さも悪者でございって面相の奴はあまりいないがな」

スマホをダウンジャケットのポケットにしまい、清家が言った。到着ロビーの分厚い扉が開き、大声で話す団体客が現れた。

「王ってのは金持ちなんだろ？　特別扱いされて別の出口ってことはないのか」

何度も現場待機を繰り返してきたベテランは、注意深く周囲を見回した。

「出てくるタイミングは違うかもしれませんが、出口はここだけです。それにほら、今日はアレも待機しています」

大畑はタクシー乗り場近くに停車しているメルセデスのグレーのリムジンを指した。

「わかったよ」

たすき掛けにしていたカメラバッグから二台のストロボを取り出して、清家はセッティングした。太った中年男だが、機材を準備するさまは、鹿や鴨を撃つハンターのような佇まいがある。

週刊誌記者の仕事は、役所や警察の記者クラブに在籍し、プレスリリースが降ってくるのをじっと待つような悠長なものではない。自分の足を使ってネタを掘り起こすしかないのだ。

週刊新時代は業界最大手であり、世間を驚かすスクープ誌として名を馳せてきた。総勢六〇人の編集部員のうち、特ダネを追う特集班のメンバーは約二五人。このうち一八人がフリーの取材記者で、実績が芳しくなければ一年で首を切られてしまう。

大畑は三年前に発行元の言論構想社の総合月刊誌から新時代編集部に異動した。小説家の担当やグルメ、カルチャー、旅行などを取材する文化企画班への希望を出していたが、放り込まれたのは生き馬の目を抜く特集班だった。

新聞出身のベテラン先輩記者に鍛えられ、一年半ほど前から独自ネタをようやくつかめるようになった。ひよっこという清家の軽口は、わずかな期間だけで記者ヅラするなという戒めであり、励ましでもある。

師走も押し迫った福岡は存外に寒い。かじかむ両手に息を吹きかけたあと、大畑はスマホに目をやった。栗澤から入手した国連決議違反の共謀者、中国人の王の顔を睨む。切れ上がった目とシャープな輪郭。一目で聡明さがわかる顔立ちだ。

栗澤から情報を得て、大畑は見本市の前日に福岡に入った。香港、上海からの便をひたすら待ち続けている。

「あれだ」

清家が望遠レンズ付きミラーレス一眼を構えた。白いレンズの先に、肩幅の広いサングラスの男が見えた。背後に仕立ての良さそうなベージュのチェスターコートを着た男がいる。王だ。望遠レンズの焦点距離を頻繁に変えながら清家がシャッターを切り続ける中、大畑は王に向けて駆け出した。

「Excuse me, Mr.Wang! I'm Japanese reporter」

呼び掛けながら、大畑は近づいた。サングラスの男が素早く進み出て、大畑と王の間に入る。押しのけようとしたが、気づいたときには、大畑は尻餅をついていた。


「王は先に宿に向かうのか」

レンタカーの助手席で、清家が低い声で言った。大畑はミニバンのハンドルを握り、三台前を行くメルセデスのテールランプを睨んだ。

空港ではボディーガードに阻まれ、王の肉声を聞くことはできなかったが、ノーコメントは想定内だ。前方の車の流れを注視しながら、大畑は右手で自分の左肩に触れた。王の傍らにいたサングラスの男は、一瞬で大畑に尻餅をつかせた。中高一貫の女子校で大畑はバスケットボール部に所属していた。ずっとセンターのポジションで、対戦相手に体当たりされて負けたことは一度もない。

「あのボディーガードのことが気になって」

「俺もだ」

清家が苦笑する。

「あれは合気道かカンフーの技じゃないか。相手の力をカウンターで利用する。だからやられた本人はびっくりするくらい効き目が出る」

「清家さんが気になっていることってなんですか？」

「あのボディーガード、どこかで会ったような気がするんだ」

メルセデスが福岡の中心部に向かう幹線道路の信号で停まった。助手席の清家のノートパソコンに、大畑は目をやった。取り込んだばかりの写真データが数十枚、画面に一覧表示されている。

「これ、いけそうじゃないですか」

清家が拡大表示させた一枚を大畑は指した。大畑がダッシュで急接近した際、王が思わず顔をしかめた瞬間だ。画面の左端には王をガードする男の肩と腕が写り込んでいる。被写体の表情が表れ、動きのある絵面になっている。

「俺がデスクでもこの一枚をピックアップするさ」

清家は写真をメールに添付して本社のデータサーバーに送信した。

「ぼやぼやすんな、青になったぞ」

清家がちらっと窓外を見た。メルセデスが発進する。急いだり、逃げたりする気配はない。王の写真は押さえた。あとは本人の声をとるのが大畑の記者としての役目だ。今日明日に記事にするわけではないが、接触の第一段階からなんとか肉声まではたどり着きたい。篠田デスクの渋面が浮かぶ。絶対に結果を出す。改めて決意しながらメルセデスを追った。

空港から二〇分ほど走り、メルセデスは博多駅近くのホテルに滑り込んだ。停車した車に、ドアボーイが近づく。大畑も二〇メートルほど後方に停車し、高級セダンに向けダッシュした。前方では助手席からサングラスの男が降り立ち、周囲を見回してから後部座席のドアを開けた。

「Ｍｒ．Ｗａｎｇ！」

大畑の声に反応したサングラスの男がこちらを見た。思わず、大畑は立ち止まる。細身の若い男が両腕をクロスした。取材拒否だ。

ホテルに消える三人の背中を見つめながら、大畑は次のプランを練り始めた。

7

博多駅前のホテルに、城戸は王らとともにチェックインした。王の部屋は最上階のスイート、両隣が城戸と陳の部屋だ。ラウンジで軽めのランチを摂ったあと、王はすぐにヤフオクドームの見本市へ向かうと言った。

メルセデスの助手席に再び座り、城戸は後方を注視し続けた。バックミラー越しに、福岡空港とホテルで突撃取材を試みた女性記者と仏頂面のカメラマンの顔が見えた。後部座席では王と陳が商談の予定を詰めていた。

「王さん、あの女性記者に心当たりはありますか？」

「全くありません」

王が強く首を振った。

「日本の週刊誌ですが、週刊新時代というメディアをご存じですか？」

「いえ、知りません。取材されるいわれもありません」

王の顔が心なしか曇った。

「なぜメディアの名前がわかったのですか？」

「女性記者と一緒にいたカメラマンを覚えていましたから」

城戸はバックミラーに目をやった。カメラマンは相変わらず不貞腐れた顔でこちらを睨んでいる。ダッシュボードの上にはいつでも撮影が可能なようにミラーレス一眼が置いてある。

「カメラマンを？　どこで会われたのですか？」

「ずいぶん昔ですが、自衛隊に所属していたころ、私はあのカメラマンに撮影されたことがあります」

約二〇年前、城戸が参加したレンジャー教程の過酷な訓練を、週刊新時代の清家が密着取材した。

〈君だけなぜ涼しい顔してんの？〉

毎日の訓練が終わると、多くの隊員が大食堂の床に座り込み、水を飲むのがやっとの状態だった。カレーライスの大盛りを三杯も平らげた自分を、清家が珍しがったのだ。

訓練の光景が鮮明に蘇ってきた。小さなバッジを得るために、三〇人の精鋭が寝食を共にしながら地獄の特訓生活に入った。開始から二日で三人が脱落し、その後も潮が引くように落伍者が続出。中には精神を病む者も現れた。そんな過程を見ていた清家は、いつも一番で課題をクリアする城戸にレンズを向けた。

今日は清家の前でサングラスを外していない。だが、カメラマンが思い出すのは時間の問題だろう。

「陳さん、ノートパソコンかタブレットをお持ちですか？」

陳が頷き、ブリーフケースの中からタブレット端末を取り出した。

「日本語の読み書きは？」

「一通りできます。なにか調べますか？」

「週刊新時代のサイトで、女性記者がいないか探してもらえませんか？」

陳が頷き、手早くタブレット端末を操り始めた。城戸はバックミラー越しにミニバンを運転する女の顔を見つめた。勝ち気そうな表情で、こちらを睨んでいる。

「ありました。この人でしょうか」

陳がタブレットを手渡した。

〈北朝鮮の不審船、東シナ海の公海上で堂々瀬取り！　国連決議は役立たず〉

刺激の強い見出しとともに、鮮明なカラー写真が掲載されていた。撮影者は清家太で、記事の執筆者も載っている。

〈本誌・大畑康恵記者〉

大畑康恵――福岡空港に現れた女は、なにを追っているのか。

「念のためにお聞きしますが、北朝鮮絡みのビジネスは？」

ミラー越しに尋ねると、王がまさか、と言うように手を振った。香港島では着けていなかった銀色のカレッジリングが薬指にある。名門校の校章が彫り込まれた銀色の指輪だ。

「党の中枢がどんなことを考えているかは知りませんが、私はあくまで民間企業の役員です。国連決議違反で会社を潰すようなリスクを取ることはありません」

王の目つきは真剣だった。

「失礼しました。あの記者がなにを取材しようとしているのか、気になったもので」

タブレットを陳に返すと、城戸はミラー越しに大畑、清家を再び見た。二人の目が光っていた。

8

「サングラスの男、名前がわかりました！」

公安総務課のオペレーションルームで、搭乗者名簿を調べていた若い捜査員が声をあげた。

「一番のスクリーンへ」

志水は言った。大型液晶モニターにパスポートの写しが拡大表示される。入管のシステムに入って調べたらしい。

〈KIDO　MAMORU……城戸護〉

志水は城戸という男の顔を睨んだ。緩くカールする頭髪、薄い眉毛、一重の瞼（まぶた）、少し高い鼻梁（びりょう）。うっすらと無精髭（ひげ）があるが、これといった特徴のない顔だ。年齢は四四歳。

「基礎情報を」

若手捜査員が肩をすくめる。

「戸籍、職歴等々ずっと調べておりますが、一つもヒットしません」

「どういうことだ？　戸籍謄本がなければパスポートの発行申請もできないだろう」

「その通りなのですが……」

若手捜査員が萎れた。

「他に情報はないのか？」

オペレーションルームの中で反応する者は一人もいない。

「意図的に情報が削除されたということだな」

自分に言い聞かせるように志水が告げたときだ。背広の中でスマートフォンが鈍い音をたてながら振動した。取り出してみると、心当たりのない番号が表示されている。

〈高村だ〉

耳元で不機嫌なダミ声が響いた。

「こちらから総括審議官の警電にかけ直します」

舌打ちをなんとか堪え、志水は電話を切った。刑事畑ばかりを歩んだキャリアは、携帯電話のリスクを全く理解していない。志水は手元の固定電話の受話器を取り上げ、諳んじていた番号を押す。

「失礼します。志水です」

〈福岡でおまえたちも行確しているよな〉

低い声で高村が言った。隠し立てしても仕方ない。

「ご指摘の通りです。総括審議官の命令通り、我々は触っておりません」

〈わかっている。映像は持っているか？〉

「ありますが、なにか？」

志水は指を鳴らし、若手に指示した。即座に福岡空港の到着ロビーで秘撮した静止画、動画がオペレーションルームの二つのモニターに表示される。

捜査一課は銀行の裏口座に絡んだ殺人事件の関係者として王を追っている。当然、同じような画像を持っているはずだ。なぜわざわざ公安部に照会してくるのか。

「捜一のデータに不具合でも？」

〈想定外のことが起こった〉

「週刊誌の記者のことですか？」

福岡空港の国際線ターミナルで突然、週刊新時代の記者が王に接触を試みた。

〈そう、大畑とかいう女性記者のこともそうだ〉

高村の口調が微妙に変化した。大畑は防衛省の発表に先駆けて北朝鮮船籍のタンカーが公海上で石油を瀬取りする記事を新時代の誌面に載せた。政府は面子（メンツ）を潰された格好となったため、警察庁は大畑を要注意人物のリストに載せたらしい。

「他になにか？」

志水は尋ねた。電話口で高村が咳払いする。

〈サングラスの男の映像はあるか？〉

慎重に探りを入れるような声音だ。

「城戸護ですね」

〈もう調べたのか……〉

電話口で高村が黙り込んだ。高村が連絡してきた理由は城戸なのか。志水が顔を向けると、会話を聞いていたのか、若手捜査員が大型スクリーンの画面を切り替えた。五〇インチの液晶画面に、城戸の顔が大写しになる。

〈本当に城戸なのか〉

「ご存じなのですか」

〈……いいか、城戸にも触るな。奴は非常に危険な男だ〉

高村が一方的に強い調子で言った。

「どういう意味で危険なのでしょうか？」

〈おまえらが知らなくともいいことだ。とにかく触るな〉

電話が切れた。

「どうされました？」

若手の捜査員が言った。志水が高村とのやりとりを説明すると、若手が首を傾げた。

「刑事はなにか隠していますね。調べてみます」

手元のノートパソコンのキーボードを、若手捜査員が叩き始めた。

9

大畑はヤフオクドームの見本市から、駐車場に停めたミニバンに戻った。清家は助手席でずっとノートパソコンと格闘中だ。

「どうだった？」

画面に視線を固定させたまま、清家が言った。

「ダメです。王に近づこうとすると、神経質そうな秘書、それにあのサングラスのボディーガードが睨んできます」

王の一行は博多駅近くのホテルを発ったあと、メルセデスで海沿いにあるヤフオクドームに向かった。栗澤が言った通り、大規模な工作機械の見本市に行ったのだ。

栗澤から入手した業者用のＩＤでゲートをくぐり抜け、大畑は王らの行方を追った。ドーム球場の内外野部分には特殊なシートが敷かれ、日本の大手メーカーのほか、中小の業者も専用ブースを構えていた。精密部品を自動で組み立てるアーム型ロボットなど、最新技術が披露され、バイヤーが熱心に企業側担当者と話し合っていた。

事前の情報通り、王は日本の工作機械、精密部品関連のブースを精力的に回り、熱心に商談していた。サングラスの男は王に張り付き、常に周囲を監視していた。大畑はなんども間合いを詰めたが、入り込む余地はなかった。

スキャンダルを起こした政治家や芸能人への突撃取材には慣れている。王についても同じ要領で突っ込むはずだったが、ボディーガードの無言の圧力に気圧された。

「清家さん、さっきからなにやっているんですか？」

王の顔が撮れたので自分の仕事は終わったと言い、清家は見本市には入らなかった。

「気になることを調べていた。もうすぐ結果が届く」

大畑は清家のパソコンの画面をのぞきこんだ。空港で撮った写真が並んでいる。

「あのボディーガードですね」

「編集部のデータ担当に分析を頼んだ」

清家はエンターキーを押した。ボディーガードの顔写真が拡大表示される。ダッシュボードの上のスマホが振動した。清家がスマホを取り上げ、通話ボタンを押す。

「おう、どうだった？」

清家がボソボソと話し始めた。なんどか頷き、電話を切る。表情は今ひとつ冴えない。

「データはヒットしたようだ」

清家は再びノートパソコンのキーボードを叩いた。メールに添付されたファイルを開ける。画面の左側にサングラスのボディーガードの顔、右側には自衛隊の迷彩服姿の男がいる。

「俺の朧げな記憶とほぼ一致したんだがな」

一旦ファイルを閉じ、清家がメールの本文を表示した。

〈サングラスが邪魔で断定できませんでしたが輪郭と鼻梁、口元はほぼ一致しています〉

週刊新時代は五年ほど前に過去の取材データを社員が共有できるように基幹システムを一新した。新時代を含め、言論構想社が保有する写真はすべてデジタル化され、データベースに入っている。最新の顔認証システムも導入したことから、カメラマンが撮った写真と保有する膨大な写真データを照らし合わせることも可能になった。

「元自衛隊員なら、ボディーガードをしていても不思議じゃありませんよね」

迷彩服に身を包んだ男の写真には、輪郭や鼻の部分に小さな緑色の枠がかかっている。顔認証システムで現在のサングラス男と共通項として認められた部分だ。おおよその人物像が浮かんだが、清家の表情は冴えない。

「ただの自衛隊員じゃない。選りすぐりの戦士だ」

清家が迷彩服の胸を指した。太い指の先にダイヤモンドをモチーフにした徽章が光っていた。

10

〈総括審議官を刺激するような言いぶりはやめてくれ〉

電話口で警視庁本部にいる公安部長が言った。

「しかし、刑事部の連中に任せきりにしておく方が危険かと思います」

〈おまえの性分はわかっている。捜査するなとは言っていない。だが、審議官はあの通りの人物で官邸中枢ともツーカーだ。波風を立ててもらっては困る〉

「わかりました」

舌打ちを堪え、志水は警電の受話器を置いた。

「お咎めですか？」

樽見が訊いてきた。

現在の公安部長は一年前に着任したベテランのキャリアだ。国を護るという強固な意志を持ち、組織の内外からの圧力に対しての耐性も高い人物で、志水ら部下からの信頼も厚い。

だが、高村という人物には歯が立たない。

二〇一四年に内閣人事局が発足し、警察庁を含めた全省庁の高官人事はすべて官邸が取り仕切るようになった。阪官房長官が番頭として支える芦原恒三内閣は長期安定政権となり、財務省や外務省などの霞が関のエリート官僚たちは官邸の顔色を始終気にするようになった。警察庁も例外ではない。刑事畑出身者を嘲笑してきた警備・公安畑の幹部たちも、人事局の実質トップである阪の意向を忖度し、その懐刀を自任する高村に逆らえない状態が続いている。

志水は強く首を振ったあと、オペレーションルームに詰める部下に向けて声を張る。

「上層部の意向は気にしなくてもよい。城戸という男の素性を徹底的に洗え」

捜査一課の大部屋なら低い唸り声で捜査員全員が応じる場面だが、公安部は全く違う。それぞれの捜査員が黙って頷き、自分の持ち場に戻った。

「私なりの予想を話してもいいですか？」

志水の隣にパイプ椅子を引き寄せ、樽見が言った。

「戸籍が消されているということは、我々と同じタイプの人間ではないでしょうか」

公安部の捜査では、しばしば極秘の潜入任務がある。極左や海外の諜報員と接触する前段階で、警察の職歴はおろか、学歴や戸籍を書き換えることがある。

「どういう意味だ？」

「市ケ谷です」

樽見がさらに声を潜めた。市ケ谷とは、防衛省と自衛隊を指す。

「情報本部ということか？」

樽見が近くにあったデスクトップパソコンのキーボードを叩く。

「いえ。この組織の全容は、我々もつかんでいません」

樽見が液晶モニターに映った動画を指した。新任の防衛大臣が市ケ谷駐屯地で自衛隊幹部や陸上自衛隊の部隊のパレードに臨むニュース映像だった。装甲車やモトクロスバイクの機動部隊が粛々と行進している。

「この連中です」

バイク部隊の次に、オープン型のジープが二台現れた。乗車している隊員たちは、ゴーグルと黒いマスクで顔を完全に隠している。

「この部隊はなんだ？」

樽見は動画を止めて画面を切り替えた。志水の目の前に聞きなれない言葉が表示される。

〈特殊作戦群（SFGp）〉

「日本にゲリラやテロリストが潜入した際、即時対応できるように訓練された特殊部隊です」

樽見の言葉に志水は頷いた。

「防衛大臣のほか、官邸の幹部、そして自衛隊の中でも統合幕僚長や陸自の幹部だけが部隊のディテールを知っているようです。我々のように秘匿行動をしています。訓練でも一般の部隊とは接触しません」

「その部隊への入隊にあたっては――隊員と組織の秘密を守るため、個人情報を抹消すると聞きました」

志水はオペレーションルームの盗聴防止装置のついた電話をつかんだ。

11

「御社の技術は本当に素晴らしい。新製品の初期出荷分の二〇台すべて、ぜひ弊社に売っていただきたいのです。値引きやら面倒な交渉はしません。今後も継続的に購入する予定もあります」

襖越しに王の穏やかなクイーンズイングリッシュが響く。個室には、東証一部上場の精密機械メーカーの技術部長、営業担当の専務がいる。城戸は廊下に立って、王のガードを続けていた。

日本有数の特殊な精密加工技術を持つ企業の幹部は、英語で対応中だ。王は右手のカレッジリングの由来を面白おかしく話し、座を和ませていた。

中国メーカーの成長力は高く、精緻な日本製の工作機械はほとんど奪い合いの状態にあると強調していた。人件費が高騰していることもあり、中国企業は省力化に熱心で、多数の引き合いがきている——王が話し続ける。

城戸は左腕のパネライに目をやった。時刻は午後八時二六分。一行が西中洲の高級割烹の個室に入ってから四五分が経過した。

王らは、凝った造りの先付けから食事をスタートさせた。食事の捗り具合をチェックしながら、仲居が甲斐甲斐しくサービスを続ける。先付けのあとには長崎の五島列島から取り寄せたというゴマサバやA5ランクの和牛が出された。一緒に食事をという王の誘いを固辞し、城戸は部屋の外で周囲の警戒を続けた。気を利かせた仲居が握り飯を運んでくれたが、これも断った。身辺警護の任務中に飲食は厳禁だ。

部屋は事前に城戸が入念にチェックした。日本メーカーの幹部が座る位置は、窓際の上座で背後は那珂川だ。川の向こう側は九州一の歓楽街、ネオンが煌めく中洲が控える。春吉橋近くの幹線道路脇は酔客で混雑していた。

割烹は那珂川にかかる春吉橋のたもと近く、寿司屋やフレンチ、イタリアンの店が密集する西中洲エリアにあった。外部から個室に突入するには、壁を乗り越える必要がある。歓楽街の近くで多くの人目もあり、それは非現実的だと城戸は判断した。

個室内の花瓶や掛け軸、コンセント、鴨居などに盗聴器は仕掛けられておらず、小型のカメラが設置されている様子もなかった。日本メーカーの幹部が到着する五分前に王も立ち会いながら、部屋がクリーンであることを確認済みだ。

城戸は部屋の前を一旦離れ、他の個室の様子をうかがった。

仲居にチップをはずみ、予約客の内訳を事前に聞き出していた。その大半が地元の名士たちだった。九州のブロック紙の編集局長と地元プロ野球の球団幹部が王の個室の向かいの部屋にいる。中からは博多弁の大きな声が漏れる。隣が電力会社の広報部長と地銀の営業関係者の部屋だ。こちらも知らされていた通りの面子が入室した。怪しい人物はいない。

城戸は足音を忍ばせ、細く傾斜のきつい階段を下りた。カウンターが見渡せる位置にある大きな水槽に鯛や呼子(よぶこ)のイカが泳いでいる。

一階は白木のカウンターに一〇人分の席があり、背広姿のサラリーマン風が三人、あとは巻き髪の女たちと中年男という同伴らしき三組が占めていた。四人がけのテーブル席は六つ、満席だった。トイレに行くふりをしながら、城戸は客たちを注視した。料理に夢中なカップル、顔を真っ赤にして笑い合うサラリーマン——どこにでもいそうな人種だが、一人だけ不自然な空気を纏う人物がいた。二階に通じる階段に背を向けたブレザー姿の男は、酒や料理に目もくれず、テーブルに置いたスマホを睨んでいる。監視要員かもしれない。

素早く視線を飛ばし、一階をチェックするが、それらしい機材は見当たらない。だが、最近は極小の高性能カメラが一般にも売られている。カウンター下の空きスペースや板前の背後にある食器棚にでも仕込まれたら、よほど念入りにチェックしなければ探し出すことはできない。

ブレザー男はどんな動きを見せるか。かつて所属していた組織の教官から、優秀な諜報員は背中にも目があると習った。全神経を研ぎ澄ませれば、たとえ行動確認の相手が背後にいても見失うことがないという。教官の話はにわかには信じがたかったが、こうして相手を前にすれば、まんざら嘘ではなかったといつも思う。

トイレの方向に進み、入り口が見渡せる角を曲がったところで城戸は足を止めた。ジャケットから小型のミラーを取り出し、一階の客席の方に向ける。ブレザーの男が周囲を見回している。しばらくして店の一番奥の席、恰幅の良いサラリーマン風の男に目線を送っているのがわかった。

やはり、王は諜報関係者に監視されている。空港の到着ロビーで福岡には売っていない夕刊紙を持っていた刑事風の男たちとは違う、行動確認のプロたちだ。

トイレ脇にある手洗い場で大げさに水音を立てたあと、城戸は何食わぬ顔で一階席に足を向けた。

少なくとも二人の監視要員がこのフロアで気配を殺して待機し、王の動向を探っている。

盗聴器はチェックしたが、どうにかして会話を傍受しているかもしれない。互いにアイコンタクトを交わした二人のほかにも、カウンターの同伴風のカップルも一味かもしれない。店の外には二倍、いや三倍の要員がいるはずだ。すでに囲まれているのか。王の言葉は嘘だったのか。

〈国連決議違反で会社を潰すようなリスクを取ることはありません〉

週刊新時代の大畑という記者は、北朝鮮関連のネタを追っている。福岡まで来たということは、王がなんらかのビジネスに関わっていると確信しているからだろう。

福岡空港の到着ロビー出口の光景が蘇った。知り合いを待っている風の男が、小型デジカメのズームを伸ばしていた。あの男も確実に王の姿を捕捉していたはずだ。

空港から割烹まで陣を敷ける組織はそう多くはない。北朝鮮関係者、協力者の動向を見張っている警視庁公安部の外事二課だろう。ただ、商談中の部屋に踏み込むようなことはしないはずだ。

「もしもし、ちょっと待ってください……」

階段の上り口付近で、城戸は香港で買ったプリペイド式のスマホをジャケットから取り出し、着信があったふりをした。

店の外に出る。春吉橋に面する大通りは相変わらず人通りが多く、若者や中年男性、綺麗に着飾った夜の女たちが行き交っている。

高級割烹がある一角は、表通りに面した大衆居酒屋のビルの背後にあり、喧騒とは無縁だ。わずかな街灯を頼りに、城戸は目を凝らした。

割烹の三軒隣のフレンチレストランに向かっていた酒屋の従業員が、軽のワゴンに戻ると勢いよく走り去った。軽のテールランプを目で追うと、川に近い公園脇にグレーのミニバンが停まっているのがわかった。空港やヤフオクドームの見本市でなんども王に接触を試みようとした週刊新時代の大畑という女性記者、カメラマンの清家が使う車だ。

見て見ぬ振りをして、城戸は体を天神方向に向けた。大通りから西中洲の一角に歩いてくる五、六人の酔客が見える。その後方に、黒いセダンが停まっている。ナンバーは白、ハイヤーではない。目を凝らすと、空港で作業ジャンパーを羽織っていた男が二人、運転席と助手席にいる。

公安部の外事二課と、全く畑の違う刑事部と思われる捜査員がなぜ王を追うのか。考え続けながら、城戸は店に戻った。

12

JR市ケ谷駅に近い五番町のとんカツ屋で、志水は自衛隊情報本部総務部に勤務する男と早めの夕食を摂った。

若松町のオペレーションルームから電話で呼び出すと、男は気安く食事に付き合ってくれた。互いに国を護る任務に就いている。志水はここ五年ほど男と定期的に会っているが、つい三〇分ほど前の反応は初めて見せるものだった。

福岡に現れた城戸の秘撮画像を提示した直後、ヒレカツ定食を食べていた男の箸が唐突に止まった。男の表情は、見てはいけないものに接し、目のやり場に困っているようにすら思えた。

「ＳＦＧｐにいた城戸護という男だな？」

「いくら志水さんでも、答えられない。ＳＦＧｐの具体的な任務、所属メンバー等々の詳細は大臣さえ知らされていない」

「城戸は今日、帰国した。この写真は福岡空港で撮ったものだ。ウチの上層部が城戸のことを気にしている。本来は別の人物を狙っていたのだが、城戸の存在を認識した途端、風向きが変わった」

「城戸は現在、香港を拠点にボディーガードとかリスク管理のコンサルタントをやっていると聞いた。俺が言えるのはここまでだ」

男は二人分の金をテーブルに置き、逃げるように店を後にした。

　駅前でつかまえたタクシーに揺られながら、志水は考え込んだ。ゲリラやテロリストに対応する特殊部隊ＳＦＧｐの存在が自衛隊の中でも相当にデリケートな扱いとなっているのはわかる。だが、あの男は城戸の名前を聞くなり、口を閉ざしたのだ。

　なぜ高村は城戸にこだわるのか。先ほどの男の態度もおかしかった。城戸は何をしたのか。高村は何か重大なことを隠しているのか。

　次は誰に当たって城戸の情報を引き出すか。思案していると、胸ポケットに入れたスマホが二回振動した。樽見からだ。

〈すぐ戻られたし〉

　志水は運転手に表通りから小径に入るよう指示し、鬱蒼と生け垣の樹木が生い茂る邸宅前で降車した。小径と坂道を小走りに抜け、追っ手がいないことを確認しながら、オペレーションルームのある第八機動隊の敷地に戻った。

　ドアを開ける。樽見がスクリーンの前に立っている。

「なにがあった？」

「アレです。王を張っている捜一の連中です」

　五〇インチの画面に黒いセダンが映し出されていた。

「場所は？」

「福岡市博多区西中洲です。王は商談相手と割烹に入っています。捜一の連中は割烹から二〇メートルの地点で待機しています」

「対象（マルタイ）に近づきすぎだ」

「こちらもご覧になってください」

樽見はそう言うと画面を切り替えた。グレーのミニバンが映し出される。

「捜一は何のつもりだ？」

「どうやら今晩、王に任意同行（にんどう）をかけるようです」

警察庁の高村は、外交ルートで根回しを進めていると話した。だがビジネス相手のいる場所で触るのはいかがなものか。刑事部のやり方はいつも唐突で乱暴だ。

「店の中の様子は？」

再度画面が切り替わった。大勢の客が集うカウンター席とテーブル席、別フロアの個室らしき場所が映る。

「店には何人配置した？」

「従業員を含め六名、店の外には二〇名います。監視を警戒する城戸の動きもつかんでいます」

「何が起きても対応できるように準備させろ」

志水は警電に手を伸ばした。受話器を取り上げ、諳んじた番号を押しかけたが、思いとどまる。高村に何を言っても無駄だろう。捜一の刑事が王に接触するとき、城戸はどう動くのか。万が一、小競り合いにでもなったら自分の部下をどう動かすべきなのか。志水は腕を組み、考え続ける。

13

酔客たちが行き交う。大畑は真っ暗なミニバンの中で、ハンドルにもたれて待ち続ける。

「あいつら、刑事(デカ)だな」

望遠レンズを付けたミラーレス一眼を構え、清家が言った。大畑は助手席と運転席の間にあるノートパソコンを凝視した。前方に停車する黒いセダンが映っている。最新のカメラは、テザー機能を使って、ファインダーに映り込む画像をパソコンへ自動的に送る。スタジオでモデルを撮影する際などに使う機能だ。ノートパソコンと携帯型Ｗｉ-Ｆｉルーターを使えば、ファインダー越しのライブ映像を編集部にいるメンバーもリアルタイムで視聴できる。

「この辺で誰かを張っているのでしょうか？」

大畑の問いかけに清家が答える。

「王かもな。せっかく遠征してきたんだ。一粒で二度おいしい取材をやろうじゃないか」

清家が足元のカメラバッグから粘着テープを取り出し、器用にリング状に巻く。

「カメラを固定する」

清家はミラーレス一眼の底面に即席の両面テープを貼り、ダッシュボードに置いた。カメラ背面にある液晶モニターをチェックしながら、料亭の玄関とセダンが映るように調整しているようだ。映像を編集部に送り続けることができる。

「俺は近づいてシャッターチャンスを狙う」

清家がカメラバッグから別の小型カメラを取り出した。

「最優先は王への体当たり取材。あの刑事連中が王に接触したら面白いから、捕物の可能性も頭に入れておけ」

九州一の繁華街だけに事件は絶えない。暴力団の活動も活発で、しばしば小競り合いがある。刑事が王ではない人物を張っていたとしても不思議ではない。

ノートパソコンの画面の中で、運転席と助手席のドアがほぼ同時に開く。

「行くぞ」

肉眼でセダンを監視していた清家も動いた。

「おまえは車の中で待機しろ。大きな動きがあれば、動画の録画ボタンを押して合流しろ」

「了解で――」

大畑が言い終える前に清家が降車し、静かにドアを閉めた。パソコンの画面の中で二人の刑事がゆっくり歩き出す。清家はカメラをダウンジャケットの裾に隠し、歩を進めている。大畑の乗るミニバンは那珂川沿いの小径、倉庫脇に停車している。黒いセダンは天神側の幹線道路近く、その二〇メートル手前に王の一行が入った割烹がある。

大畑は薄暗い通りに目を向けた。刑事たちと清家の距離がジリジリと狭まっていく。刑事の狙いは本当に王なのか。海上で瀬取りの現場を押さえたときと同様、口から心臓が飛び出してきそうな緊張感が全身を支配する。

大畑はダッシュボード上のミラーレスカメラの動画用録画ボタンを押し、パソコンの通信機能もオンにした。スマホから動画を送り続けている旨のメールを編集部に送り、清家の背中を追った。周囲には一帯の飲食店から出てきた身なりのよい男女が五、六人いる。その向こう側から、目つきの鋭い刑事二人がゆっくりと歩み寄ってくる。大畑はスマホを手に取って、刑事たちと目が合わぬよう気を配った。王の一行がいる割烹の外塀に沿って近づく。

14

〈刑事部の連中が動きました！〉

公安総務課オペレーションルームに、西中洲の雑踏に紛れ込んだ捜査員のくぐもった声が届いた。志水は一番の大型モニターを凝視した。黒い覆面車両から降り立った二人の捜査一課の刑事たちが大股で高級割烹に向かっている。

「この二人、なんという名前だ？」

若手捜査員がキーボードを叩く。大型モニター横の画面に制服姿の男二人の写真を表示させた。どちらも強行犯係で暁銀行の殺人事件を追っている巡査部長だ。

〈週刊誌の連中もいます〉

オペレーションルームの画面が瞬時に切り替わった。ダウンジャケットを羽織った太った男、背後には背の高い女の姿が見える。

「一課の仕事を邪魔するようなことがあれば、秘かに排除。その際はこちらから指示する」

捜一の方針に賛成したわけではないが、同じ警視庁の刑事が彼らに妨害されるようなことは許さない。

「太ったメガネは必ずカメラを隠し持っている。捜一の動きを撮らせるな」

〈了解〉

「鉢合わせはまずいですね」

樽見が指摘した直後、大きなモニターに千鳥足で歩く二人の男の背中が映った。清家の行く手を遮るように危なっかしく動いている。現場から報告を入れてきた捜査員が早速酔っ払いに化けた。

〈王の一行、まもなく店の外に出ます〉

今度は女性の抑えた声がオペレーションルームのスピーカーに届いた。志水は店の外観の映像に目をやる。

「あと何分後で、何名だ？」

〈現在、玄関で靴を履いています。日本のメーカー幹部二名のほか、王と陳、それに城戸の三名、計五名です〉

仲居として割烹に潜り込んだ女性捜査員からだった。

「週刊誌の連中を排除しますか？」

樽見が志水の顔を覗き込んだ。志水は首を振る。

「介入はギリギリまで待て。露骨なことをやれば後々面倒なことになる」

樽見が頷いた。

〈割烹の玄関開きました。日本のメーカーの二名が先に出ました〉

先ほどの女性捜査員が言った。

「捜一の連中は？」

画面が目まぐるしく切り替わる。捜一の刑事二人の背中が大写しになった。

「音声は？」

〈こちらでフォローしています〉

別の要員が答えた。店の玄関近くに隠しマイクを仕込んだのだろう。風切り音や車の排気音に混じり、男たちの声が響き始めた。志水は全神経を集中し、会話に耳を傾けた。

〈……中洲のクラブを予約してあるのですが、ぜひご一緒に〉

スピーカーから嗄(しゃが)れた男の声がした。

「誰が話している？」

〈機械メーカーの部長です〉

女性捜査員の声だ。

「待機中の要員を至急、中洲に動員できるよう準備しろ」

志水が顎をわずかにあげると、キーボードを叩いていた若手が中洲一帯の地図をモニターに出した。次はなにを指示すべきか。志水が腕組みしたときだ。

〈Excuse me, Mr.Wang〉

野太い男の声がスピーカーから響いた。

志水は大画面を凝視した。大股で割烹の玄関に歩み寄った捜一の巡査部長が切り出していた。いかつい肩越しに眉根を寄せる王の顔も映った。

〈おい、やめろ！〉

別の男の声が聞こえた。日本語だ。画面の奥に写り込んだ男は城戸だった。捜一の刑事とは別の方向に体を向け、王の前で壁となっている。

〈週刊新時代です！〉

太った男が画面に入ってきた。何度もフラッシュが光る。

〈Mr.Wang, just one question!〉

女の金切り声も混じり出した。大畑とかいう小うるさい記者まで加わったか。

「まだ手を出すな！」

捜一の刑事と週刊誌記者の登場で混乱する現場映像を見ながら、志水は一喝した。

15

大畑の目の前で王のボディーガードが動き、清家の行く手を遮った。

「やめろって言われて怯んでいたんじゃ、商売にならないんだよ。なあ、城戸さん」

名前を呼ばれても、城戸という男は平然としている。

「みなさんは、先に中洲へ。すぐ合流します」

城戸が告げた。王の会食相手らしき日本人二人が足早に立ち去った。清家が言う。

「王さんに話がある。ウチの記者に少しだけ時間をもらえないか？」

「クライアントはメディアとの接触を望んでいません」

こんなことで取材を諦めるわけにはいかない。大畑は身を乗り出し、口を挟む。

「ほんの一分でいいんです！」

城戸が首を振った。王が後ずさりして店に戻ろうとしている。まずい、また逃げられてしまう。

「あんたら、邪魔なんだよ」

刑事が城戸に言った。

「なんでしょうか？」

「王さんに用があると言ってるだろう」

英語で王に話しかけた刑事だ。やはり警察も王を狙っていた。大畑と同じ目的なら公安部かもしれない。

〈一粒で二度おいしい取材をやろうじゃないか〉

清家の言葉が頭蓋の奥で反響した。王のコメントと連行される写真。両方得られれば出張の成果は大きい。

「そもそも、あなた方は？」

強圧的な警官とは対照的に、城戸は冷静だった。固唾をのんで大畑が双方を見つめていると、刑事が胸のポケットから警察手帳を出した。

「警視庁捜査一課です。王さんにお尋ねしたいことがあります。近くの警察署までご同行願いたい」

刑事の言葉には有無を言わせぬ響きがあった。城戸の後方にいる痩せた付き人が素早く王に耳打ちする。刑事の言葉を通訳しているのだろう。なぜ殺人や強盗を追う捜査一課なのか。

王の口元が動いた。ノーと言ったのがわかる。

「私のクライアントはその必要がないと言っています」

「俺はあんたと話したいとは言ってない。どけよ」

刑事が城戸を押しのけようとした。その瞬間だった。刑事は呻き声をあげると、右手首を左手で押さえながら蹲った。すぐそばにいる大畑にも、なにが起こったのか理解できない。

「クライアントは話す必要がないと言っています。令状はお持ちですか？」

醒め切った声だ。

「おまえ、手を出したな」

今まで黙っていたもう一人の刑事が城戸ににじり寄った。

「公務執行妨害で逮捕してもいいんだぞ」

「先に手をかけたのはあなたの相棒です」

「つべこべ言うな。とにかくその中国人をこちらへ渡してもらう」

頭に血が上ったのか、刑事の口調が荒くなった。

「クライアントは任意の事情聴取に応じる考えはありません。どうかお引き取りください」

王に近づこうとする刑事に対し、城戸は通せんぼの形で立ちふさがった。

16

「志水さん！」

大型モニターの一番を睨んでいた部下の樽見が叫んだ。

「おまえが大声を出しても状況は好転しない」

捜一刑事が城戸との距離を詰めた。城戸に倒された刑事も立ち上がり、加勢する。

〈ボディーガードかなんか知らんが、おまえと王を博多中央署に連れていく〉

若い方の刑事が怒鳴りながら、手錠を取り出した。

〈このまま放置しますか？〉

「手出しするな」

冷静に言ったものの、志水の拳の内側にじっとりと汗が滲んだ。

　西中洲の割烹の玄関前で、行確対象者につきまとう週刊誌の記者とカメラマン、組織内の天敵とも言える捜一の刑事がもみ合っている。週刊誌の二人は取材という名の下に対象者に突進し、刑事は獲物を横取りされてなるものかと焦れている。

　今、冷静に事を分析しているのは志水以下、公安のメンバーだけだ。高村がいくら人脈をフルに活かして根回ししたとしても、令状なしで王の拘束を急ぐのは明らかにまずい。まして現場を週刊誌関係者がつぶさに見ている。メディアが騒げば、面子を重んじる中国政府が黙っていない。この局面をどう打開させるかで、日中関係まで変わるかもしれない。

〈公務執行妨害の現行犯で逮捕する！〉

　刑事が声を荒らげ、手錠をかざしながら一歩前に踏み出した。城戸と王を力ずくで連行するつもりか。

「ひとまず、カメラマンの機材を排除せよ」

　手元のマイクを使って、志水は指示を出した。

〈了解〉

　先ほど酔っ払いに化けた現場捜査員が答えた。画面の中で、千鳥足の男が二人、清家の背後に近づいていく。ぶつかったと思った次の瞬間には、もうその場を離れていた。

〈データ入手、完了〉

これでメディアの扇情的な報道は回避した。あとは捜一のメンバーをどうするかだ。

〈午後九時四八分、現行犯逮捕。両手を出せ！〉

捜一刑事が怒鳴った。城戸が両腕を捜査員に向ける。

〈ツブゥ……〉

西中洲の現場から、咳き込むような不快な音が届いた。志水は画面を凝視した。ちょうど捜一刑事の背中が大写しとなっている。

「なにが起こった？」

〈……グフゥ、グゥ〉

機械のハウリング音ではない。生身の人間が発する呻き声が公安総務課のオペレーションルームに響く。

志水や樽見、他の捜査員も一斉に画面へと視線を向けた。次の瞬間、刑事二人が倒れた。背後には、平然と仁王立ちする城戸の姿がある。

「別の角度の映像はないのか？」

「……少しお待ちください」

樽見の横に座っていた若手捜査員がせわしなくキーボードを叩く。一番の隣、三番のモニターに望遠で捉えた画像が表示された。高級割烹の玄関前を那珂川の方向から捉えた画像だ。

「遠いぞ、画像をアップしろ！」

志水の指示に、若手が反応する。拡大画像がすぐに表示された。

「一番モニターに切り替えろ！」

仁王立ちした城戸の画面が、横からのショットに変わった。ちょうど捜一刑事が腕を伸ばし、城戸の手首に手錠をはめる瞬間だった。

「再生速度を落とせ」

映像がスローモーションになる。手錠を持つ刑事の手が城戸に触れた瞬間だ。城戸は刑事の腕を叩くと同時に右手を捻り上げ、膝に蹴りを入れた。もう一人の刑事の鳩尾（みぞおち）に四発の正拳突きを打ち込み、体勢を崩した二人の首元に手刀を振り下ろす。

「捜一のメンバーを救助。王の身柄を取れ！」

異様な光景を目の当たりにした志水は叫んだ。

17

「……あんた、ただじゃすまないぞ」

カメラマンの清家が言った。城戸は応じる。

「任意の要請だった。手を出したのは警察官が先だから、正当防衛だ」

足元で気を失っている二人の刑事を見下ろす。なぜ殺人などの凶悪犯を扱う捜査一課、しかも警視庁の刑事がわざわざ福岡まで来たのか。

王は任意同行を拒否した。雇い主の要望に沿って、捜査員たちを排除したが、釈然としない。

「一部始終を映したから、あとで揉めたときに証人になるよ」

清家が小型のミラーレスカメラを顔の辺りに掲げ、得意げに言った。

「ＳＤカードは無事か？」

清家が首を傾げた。

「先ほど、誰かが抜き取ったような気がする」

捜一の刑事たちが城戸との間合いを詰め始めたとき、酔っ払いを装った人物が清家に近づき、手慣れた様子で小さなカードを抜き取るのを城戸は見逃さなかった。手練れのスリのような目にも留まらぬ動きだった。

「どういうことだ？」

カメラ本体の底面をチェックした清家が素っ頓狂な声をあげ、城戸、大畑を交互に見た。

「ここを離れた方がいい」

城戸は言いながら、王と陳の姿がないことに気づいた。店内に逃げ込んだのか。捜一の刑事は振り払ったものの、中には公安の捜査員がいる。なぜ捜査一課と公安が同時に王を張っていたかは不明だが、捜一の刑事がのびてしまった以上、公安はなんらかの動きに出るのではないか。城戸は店の玄関に向けて走った。

引き戸を開けると、恐れていた事態が起きていた。王らが商談中に、城戸に握り飯を持ってきてくれた若い仲居がいた。

上がり框に陳が倒れていた。仲居の両腕は王の首を固めている。チョークスリーパーが決まり、王が仲居の腕をつかみ激しく抵抗していた。

この女まで公安の捜査員だったのか。城戸は間合を詰め、仲居の首筋に躊躇なく手刀を振り下ろした。王の首から腕を放し、仲居が倒れ込んだ。

「王さん、しっかり！」

城戸は王の肩をつかんで、激しく揺さぶった。幸い、王は落とされる直前だったようで、目を開けた。

「王さん、ここからすぐに安全な場所へ。大濠公園の近くに領事館があります」

城戸は王の肩を支え、立ち上がらせた。そのとき、背後に複数の人の気配がした。

「動くな」

低い声が響き、黒光りする銃口がゆっくりと近づいてきた。清家のカメラからSDカードを抜き取った男だ。

「私のクライアントにどんな容疑がかかっている？　任意であんたたちについていくいわれはない」

王を自分の背後に下がらせながら、城戸は言った。

「保護しろとの命令だ。なにぶん緊急なんでな。令状が必要なら、あとから適当に出してもらう」

銃を構えながら、背広姿の公安捜査員がにじり寄ってきた。その背後にも銃口が二つ確認できる。

「落ちつけよ。領事館に電話させてもらうぞ」

背広の刑事を牽制しながら、城戸は自分のジャケットからスマホを取り出した。領事館の電話番号は登録してある。城戸はスマホをタップした。

〈這裡是駐福岡総領事館（こちらは駐福岡総領事館です）〉

「日本の警察に不当な捜査を受けている。大至急保護を求める」

中国語でまくし立てると、城戸は端末を王に向けた。ここはクライアント自身から訴えてもらわねばならない。

だが、王が予想外の行動に出た。左手の中指にはめていた大ぶりなカレッジリングを叩いた。石が外れ、乾いた音を立てて三和土に落ちる。次の瞬間、王が指輪を口に当て、何かを飲み込んだ。

「王さん！」

城戸が叫んだ直後、王が膝から頽れた。

18

「状況を報告しろ！」

志水は手元のマイクに怒鳴った。

〈二〇分前、王を福岡市内の総合病院に救急搬送しました。捜一および当方の要員は軽傷でしたので、所轄署で手当てを受けています〉

現場から届く声が弱々しい上に要領を得ない。苛立ちを抑え込み、志水は言葉を継ぐ。

「中国総領事館の動きはどうだ？」

樽見が慌てて手元のキーボードを叩き始めた。

「城戸が電話を入れたため、彼らも動き始めたようです。東京の大使館、本国とも何度も連絡しています」

樽見のノートパソコンの画面に、領事館の通話記録、建物内の音声データを示す表示がある。公安部が秘かにモニターする秘録用ソフトは、職員の会話をとらえている。共産党幹部に近い人物が日本の警察に任意同行を求められた揚げ句、自殺を図ったのだ。騒がないほうがおかしい。

「王と領事館との接触はできるだけ引き延ばせ」

ノートパソコンに視線を固定させたまま、樽見が了解ですと言った。いつも冷静な樽見だったが、今は様子が違う。志水自身も経験のないトラブルの連続で、樽見が動揺しても仕方ない。このまま状況が悪化すれば日中関係にトラブルが生じてしまう。

大型モニターが並ぶエリアにいる若手捜査員が、志水を呼んだ。若手は警電の受話器を手でふさぎ、戸惑っている。電話の相手は想像がつく。志水は近くにあった受話器を取り上げた。

〈一体、福岡はどうなっているんだ！〉

警察庁の高村総括審議官が電話口で怒鳴った。

「現在の状況をご説明します」

〈公安（ハム）が何十人もいながら、なぜこんなことになった？〉

「あとで秘撮映像をご覧にいれますが、我々としては最善を尽くしました」

志水は冷静に状況を説明した。

「監視を続けていると、週刊新時代のカメラマンと記者が現れました。強引な連中ですので、対応に苦慮しました」

〈週刊誌はこちらでなんとかする〉

高村が不機嫌そうに言った。

「お願いします」

志水は報告を続けた。

「混乱を避ける目的で外事二課の要員に王を保護するよう指示した直後、城戸がこれを妨害しました。やむなく拳銃による威嚇行動に出たとき、王が指輪に隠し持っていた薬物を飲み込みました」

公安部が責められるいわれはない。志水は喉元まで這い上がる言葉をのみ込む。

「全く予想外の事態が起こってしまい、我々としても王を救急搬送するしか手立てがありませんでした」

高村が舌打ちする。

〈城戸はどうした？〉

「現場から姿を消しました」

電話口で微妙な間が空いた。やはり、高村は城戸の動向を気にしている。

〈行方は追っているのか？〉

「もちろんです。ただ、巧みに網をすり抜けているようで、正確な動向はつかんでいません」

王が救急車に乗せられる間に、城戸は夜の博多に消えた。志水の目は、博多を映すオペレーションルームのモニターに向き続けている。

〈城戸を確保しろ〉

耳元で高村の低い声が響いた。

「全力を尽くします」

高村が咳払いする。

〈奴は危険人物だ。少々荒っぽいことをしてもかまわん〉

高村の声に強い意志を感じた。

19

「手を引けって、どういうことですか？」

〈どうもこうもない。編集長より上から天の声が降ってきてしまった。問答無用、これ以上

やっても無駄だ〉

博多中央署で事情聴取を受けたあと、大畑と清家は解放された。駐車場に停めたレンタカーのミニバンに戻った途端、大畑のスマホが鈍く振動し、デスクの篠田からの着信を告げた。

「電話、替われ」

助手席の清家が無理やり大畑のスマホを取り上げ、狭い車内で怒鳴り合いを始めた。篠田は契約記者から社員に転じ、五年前にデスクに昇進した叩き上げで、本来現場思いの上司だ。そんな篠田でさえ、予算を握る言論構想社の経営幹部を無視するのは難しい。広告主や株主関係で横槍（よこやり）が入ったのだろう。

「東京に戻ったら、圧力かけた連中をあぶり出すからな」

捨て台詞（ぜりふ）を吐いた清家が乱暴にスマホを放った。画面に付いた唾をパーカの裾で拭いたあと、大畑は口を開く。

「早すぎませんか？」

新時代はライバル誌と熾烈（しれつ）なスクープ合戦を展開しており、刺激の強いネタを常に追い求めている。芸能人やスポーツ選手だけでなく、ここ数年は現役の大臣、有力国会議員、県知事の色恋沙汰や汚職関連の記事も多数扱っている。地を這うように取材してきた。何日もレンタカーで寝泊まりして決定的な瞬間をファインダーに収める。言い逃れできない証拠を積み重ね、最終的に当事者にコメントを求めにいく。その直後から、様々な形で記事への妨害工作が始まる。

取材相手によっては関係のあった言論構想社のＯＢに泣きつく。広告代理店経由で通年の広告出稿の相談を持ちかける、訴訟をちらつかせて様子をみる――圧力は珍しいことではないものの、西中洲の騒動からほんの数時間で横槍が入った。やはり早すぎる。

「あの王とかいう中国人が危険な奴ってことか」

「前回の瀬取りの件も関係しているのでしょうか？」

「あるかもな。北のタンカーに原油を積み替えていた船のオーナーは、中国人だからな」

「でも、なぜ捜査一課が王を？」

「俺もその点がわからん」

料亭での一幕で、警視庁捜査一課の刑事が王を追っていたことがわかった。現場には警視庁の公安部の捜査員も張り込んでいた。一課と公安は水と油――両者が連携しているのは予想外だ。

「超速の圧力といい、データも奪われるし、邪魔が多すぎるな」

清家が手元の小型カメラを見ながら、悔しそうに言った。

「それに、この動画も……」

レンタカーのダッシュボードに置いたミラーレス機は、大畑が車を降りる前に録画ボタンを押し、Ｗｉ-Ｆｉ経由で編集部にリアルタイムの画像を送っていた。だが、大畑が清家の後を追って西中洲の街に降り立った直後、動画再生が途切れたと編集部にいた記者が教えてくれた。

「誰かが車に乗り込んで回線を切り、動画のデータも回収した。そんなことまでするんですか？」

怒りにまかせて、大畑はハンドルを叩いた。

「俺も自分のカメラからまさかメモリーカード盗られるとはな。焼きが回ったよ」

新しいＳＤカードをカメラに挿しながら清家が言う。

「清家さん、引き下がるんですか？」

「まさか。王の搬送先を割るのが先決だな」

大畑はスマホの画面をタップした。すでに福岡市内の主だった病院はピックアップしてある。

「クライアントを残して姿を消した元レンジャーも現れると思いませんか？」

「可能性は大だ」

「ひとまず病院を片っ端から当たりましょう」

自分に言い聞かせるように告げると、大畑はミニバンを始動させた。

20

「謝謝（ありがとう）」

タクシーの後部座席で、城戸は福岡の総領事館の職員に電話で礼を言った。

「東公園近くの病院へ」

病床数一四〇〇を備え、九州で一番医療設備が整う大学病院の名を告げ、後部座席のシートに体を預ける。

ほんの三〇分前、目の前でクライアントの王が思いもよらぬ行動に出た。カレッジリングの大きな石を取り外し、指輪の台座に仕込んでいた薬物らしきカプセルを摂取したのだ。城戸は王の口に指を突っ込み、吐き出させようと試みたが、すでに飲み込んでいた。王は口から泡を吹き、なんども体を痙攣（けいれん）させた。神経剤あるいは青酸化合物の類いかもしれない。

なぜ捜査一課と公安部が王を監視していたのか。福岡の夜の街の灯りを見ながら、城戸は考えを巡らせた。

王が倒れた直後、城戸に銃口を向けていた公安捜査員の態度が一変した。慌ただしく蘇生措置を行い、救急車も迅速に手配した。

〈安心しろ、絶対に助ける〉

　最初に銃口を向けた捜査員は城戸にそう告げ、救急車に乗り込んだ。騒動で駆けつけた福岡県警の制服警官ともみ合う週刊新時代の大畑、清家のコンビを横目に、城戸は秘かに西中洲を離れた。

　公安部が王の安否を気にするのは理解できる。不可解なのは捜査一課の存在だ。強行犯を担当する彼らがなぜ東京からわざわざ福岡まで駆けつけ、強引に任意同行を求めるようなことをしたのか。

　カメラマンの清家と大畑という記者は、北朝鮮関連のネタを追っている。あの二人がなんらかの確証的な情報を得て、接触してきたのは間違いない。

「お客さん、そろそろ着きますけど、どこの病棟に？」

　城戸は助手席越しにダッシュボード近くに取り付けられたカーナビの画面を覗き込む。

　現在位置を表す赤い矢印の右側には、東公園、それに福岡県警本部、県議会議会棟などが表示されている。左側には広大な大学病院の敷地が映る。大小三つの駐車場や庭園、研究棟や薬学部ビルの奥に一一階建ての病棟がある。

「道路沿いの正門前バス停で降ろしてください」

「外来病棟前の車止めでなくてよかと？」

「見舞いの品の雑誌を忘れたんでね。近くのコンビニで買っていきますから」

城戸は改めて周囲を見回した。タクシーは博多の中心街を抜けていた。王が搬送されたのは県警本部と目と鼻の先にある病棟だ。きっちりとガードを固め、王の体調が戻り次第いつでも事情聴取ができる。

「そろそろです」

運転手がブレーキを踏んだ。城戸はジャケットのポケットから黒いキャップを取り出し、目深に被ってタクシーを降りた。

周囲を見回す。県の主要官庁が集まるエリアだ。大きなビル群からは煌々と灯りが漏れている。ゆっくりと歩みを進め、城戸は大学病院を確かめた。病棟にすんなり正面から入れるはずもない。どこが突破口になり得るか。

城戸は病院の周辺を点検した。公園の茂みに蹲り、暗視用望遠鏡で病院の正面玄関を確かめた。防刃チョッキを身につけた私服警官が二人、六尺棒を持って出入りする人間を監視していた。正面突破は容易いが、玄関で二人を倒せばたちまち騒ぎになる。

城戸は人の流れが途切れるのを待って、茂みから研究棟の方向へ小走りに移動した。防犯カメラの位置を把握し、警官の有無を見極めた。大学病院の広大な敷地には、地上一一階建てのメイン棟がある。薬学部の研究棟、医学部の研修センターも控える。それぞれ建物の周囲には防犯カメラが設置され、広角レンズが通行人を映し出す。城戸は自衛隊の特殊作戦群時代に受けた訓練通りに、カメラの死角を探した。メイン棟の西側、駐車場に近い外階段周辺から入るしかなさそうだ。

六尺棒を持った県警の捜査員が見えた。メイン棟の裏側に回り、窓枠に手足をかけて外壁を四階まで這い上がり、監視の目がない踊り場に出た。そこからは一フロアずつ点検し、特別病室のフロア、一〇階を探し当てた。

城戸は奥の病室へと歩を進めた。廊下に若い警官が一人立っている。無言で近づく。

「ここからは立ち入り禁……」

警官が城戸の右肩に手を置いた。その瞬間、警官の右手首を左手でつかみ、捻った。警官が顔を歪める。素早く背後に回り、首に右腕を巻きつけて絞め落とす。日本の警察は逮捕術の一環として柔道や剣道を学んでいるが、犯人確保に重点が置かれているため、不意打ちには滅法弱い。

〈病室前、異常ないか？〉

城戸が警官を長椅子の陰に移動させていると、肩口の受令機のスピーカーから掠れた声が響いた。城戸は小さなマイクを取り上げ、異常なしと告げた。

城戸は個室のスライドドアを開けた。酸素吸入器から漏れるヒューヒューという音、心電図から発せられる規則正しい機械音が室内に響いている。暗がりの中で目を凝らす。薄いカーテンがベッドの四方を囲み、王の姿は見えない。城戸は息を殺しながら、ゆっくりと部屋の中心へと進んだ。

心電図のリズムを聞く限り、王の容体は安定しているようだ。カーテンをそっと開け、ベッドに横たわる王を見る。口元には酸素吸入マスクが装着され、目を閉じている。胃洗浄などの処置を施されたのだろう、西中洲で服毒した直後より顔色が良い。城戸は足音を立てぬよう枕元に近づいた。依然、呼吸のリズムは安定している。

「Ｍｒ．Ｗａｎｇ」

城戸はそっと声をかけた。王がゆっくりと目を開ける。城戸の顔を見て、慌てて体を起こそうとする。

「そのままで」

王がわずかに顎を動かした。クライアントは何度も瞬きを繰り返す。なにか言いたいことがある様子だ。城戸が酸素マスクを慎重に外すと、王が口をわずかに開く。ヒューヒューと空気が抜け、言葉にならない。城戸は自分の左手を王の顔の前にかざす。

「ここに伝言を」

王が右手の人さし指を動かした。指先がかすかに震えている。ゆっくりで構わないと告げ、城戸は待った。

〈B〉

城戸の掌にアルファベットの大文字の感触が伝わった。

〈A、I〉

「BAIですね？」

王が目でそうだと告げた。王はなおも指先を震わせている。続きがあるのだ。城戸は王の顔の前に手をかざし続ける。

〈T〉

王が大文字を書き、指をおろした。これで最後ということか。見つめると、王が頷いた。

「BAITですね？」

城戸がメッセージを言葉にする。王が真っ赤な両目で応じた。そのときだ。

「Freeze!」

背中から聞こえた声に、城戸は体を硬直させた。

21

「一番モニターに現場写真を」

感情を排した声で志水は指示した。

「こちらです」

福岡県警の公安捜査員が県警本部捜査一課と鑑識課からいち早く取り寄せた複数の写真を、大型液晶に表示させる。

「……ひでぇ」

個室のベッドを撮った写真が表示された途端、若手捜査員の一人が口元を押さえた。凄惨という言葉がそのまま当てはまる。顔面を撃ち抜かれ、王が絶命していた。シーツと壁に赤黒い大きなシミが広がっている。若手には刺激が強かったのだろう。

「もう一人の分を」

志水の指示で画面が切り替わった。王が横たわるベッドから窓際に二、三メートル離れた地点で、壁を背にして床に座る細身の男がいた。

「画面を拡大してくれ」

若手捜査員が応じた。細身の男は座り込んでいるのではない。自ら顎から頭を撃ち抜き、絶命したらしい。

「凶器は？」

「六四式拳銃です。人民解放軍が採用している短銃で、九発の銃弾が装填(そうてん)可能です」

　手元のノートパソコンを叩く樽見が言った。画面が小型拳銃の写真に切り替わる。旧ドイツ軍のワルサーという名機を模した小型拳銃で、グリップに中国共産党のシンボル、星の刻印がある。

「福岡県警の鑑識の見立ては？」

　志水の質問に、樽見が再度反応した。

「陳が王に向けて至近距離から発砲し、その後自殺したようです。簡単な弾道分析もあります」

　仲間割れなのか。そんな考えが志水の頭に浮かんだとき、樽見が口を開く。

「今、下足痕の分析結果が入ってきました。救急隊員、病院職員、陳の足跡のほか、西中洲で採取された城戸のものも出てきました」

「やはり、そういうことか」

　銃声に驚き、病院のスタッフが駆けつけたとき、護衛役の巡査はいなかったという。城戸によって気を失わされたのだろう。幾重にも警備網が張り巡らされた大学病院に忍び込み、城戸は王と接触を試みたのだ。

「城戸が手を下した可能性は？」

「詳細な分析が終わっていないのでなんとも言えませんが、弾道や硝煙反応等々を勘案すると、陳という男が撃ったようです。ただ拳銃の銃身には、同じく西中洲で採取できた城戸の指紋も残っていました」

樽見がノートパソコンにある情報を読み上げた。志水の手元の警電が鳴った。受話器を取り上げる。

〈中洲で城戸を見逃したおまえらの失態だ！〉

高村が怒鳴った。志水は顔をしかめながら、通話内容をオペレーションルームにいる全員が聞けるよう、スピーカーフォンに切り替えた。

「服毒した王の身の安全が最優先と現場が判断したためです」

電話口で高村が露骨に舌打ちする。

〈そんな甘い考えが、結果的に王を死なせた。違うのか！　おまえら、どうやって責任を取るつもりだ？〉

高村は冷静さを失っているようだ。

「のちほど、報告書をご覧ください」

〈現場は福岡県警が仕切る。手出しは無用だ〉

「お任せいたします」

〈それから、拳銃に城戸の指紋が残っていた。これから行方を追う。こっちは公安（ハム）も全面協

力するんだ〉

「失礼ですが、城戸が犯人（ホシ）という意味でしょうか？」

〈ほかに誰があんなことをやれるんだ！〉

一方的に言うと、高村が電話を切った。志水は樽見と顔を見合わせる。

「城戸が、ですか？」

志水は首を振った。銃把ではなく銃身ということは、陳を制止しようとして指紋が付着した可能性が高い。頭に血が上った高村は聞く耳を持っていなかった。

22

「なにか起きましたね」

東公園沿いの道に停めたミニバンの中で、大畑は言った。赤色灯を回した福岡県警のパトカーが二、三台猛スピードで脇を通り抜け、大学病院の敷地に入った。

「また探りを入れてみるか」

助手席で清家がスマホを取り出し、通話を始めた。相手は地元紙かテレビ局報道部のスタッフのようだ。清家は車を降りた。

事件事故の類いが発生した際、記者クラブに所属していない週刊誌には連絡は入らず、いつも出遅れる。清家とともに王の搬送先探しに躍起となり、この大学病院にたどり着いたばかりだ。出遅れが致命傷にならぬようリカバリーせねばならない。

そっと運転席のドアを開け、大畑も路上に降り立った。博多湾の方向から冷たく乾いた風が吹き付け、髪を揺らす。大学病院の正面玄関には、今までなかった黄色いテープの規制線が張られていた。万が一、王になにかが起こっていたら。胸の中で急速に不安が膨らむ。規制線の周囲に増え始めた制服警官の姿を見ていると、ジャケットに入れていたスマホが鈍く振動した。待ち受け画面には、編集部の文字が表示されていた。

〈大変なことが起こった。今どこにいる?〉

通話ボタンを押した途端、デスクの篠田の声が響いた。

「福岡の大学病院前にいます。なにかありましたか?」

〈おまえらが追っていた王という男が殺されたらしい。俺のネタ元からたった今入った情報だ〉

大畑は絶句した。王は搬送されたという病院で殺されたという。

〈中国人二人が死亡。未確認情報だが、犯人は日本人らしい〉

日本人という言葉に、大畑は鋭く反応する。

「城戸護という名前でしょうか?」

〈名前は聞いていないが、ネタ元は危険人物だと言っていた〉

大畑は息をのんだ。

頭の中にサングラスをかけた城戸の顔が浮かんだ。城戸は王にぴったりと寄り添い、大畑を完全シャットアウトした。ボディーガードが依頼主を殺すのか。篠田の話は信じがたい。

電話を切った大畑は、清家に伝えようと足を踏み出す。

「動くな」

突然、背後から男の低い声が響いた。体全体が硬直するが、わずかに首を後ろに向ける。

「動くなと言ったはずだ」

大畑の視線の先に、目つきの鋭い男がいた。

「城戸さん、王さんを殺したのですか？」

城戸が首を振った。

「乗れ」

指示に従い、大畑は運転席のドアを開けた。城戸が素早く後部のスライドドアに手をかけ、ミニバンに乗り込んだ。

「出せ」

「でも、カメラマンが――」

ルームミラー越しに城戸を見るが、聞き入れてくれそうもない。

「出せ」

城戸のぶつ切りの言葉には、問答無用の圧力がある。大畑は始動ボタンを押した。少し離れた場所で通話していた清家が振り返る。

「早く出せ」

大畑はアクセルを踏み込んだ。

23

ミニバンが走り出した。これからどうするか。城戸が考えを巡らせていると、運転席の大畑が口を開いた。

「どこへ？」

「なるべく裏道を使って、北へ」

あてがあるわけではない。

「多々良（たたら）川がナビに出ていますが、そちらでも？」

ああと返答すると、車内の空気が重く沈んだ。大畑という記者がチラチラとルームミラー越しに様子をうかがってくる。城戸は後部座席の空いたスペースに大きめのリュックを置き、窓から周囲を警戒し始めた。

「ラジオを。臨時ニュースの類いがあったら音量を上げてくれ」

大畑がラジオを点けると、ヒップホップが流れ始めた。指示通り、大畑は幹線道路から外れる。

城戸はリュックのポケットからプリペイドSIMを挿したスマホを取り出し、ニュースサイトをチェックした。米中貿易戦争の続報、永田町の人事、芸能人のスキャンダルといった見出しがランキング形式で表示されているが、福岡で起きた事件に触れたものはない。

「王さんは誰に殺されたんですか？」

ミラー越しに大畑が言った。

「俺ではない」

王が自分の掌にメッセージを残した直後、事態が急変した。陳という秘書は、見かけとはまったく違う人間だった。

「このまま逃げるんですか？」

逃げる――大畑が発した言葉が耳殻を鋭く刺激する。

「なにが起こったのか聞かせてくれるなら、あなたの手助けをしてもいい。本当のことを教えてください」

大畑が早口で言った。絶命した王の顔が浮かぶ。死体は見慣れているが、自分が護るべき人が殺されたのは数えるほどだ。

「真相を知るまでは引き下がれない」

暗がりの中で、城戸は唸った。クライアントを撃ち殺した。そんなデマが流れれば、一生商売ができなくなる。王とは良好な関係だった。なぜ死のうとしたのか。どうして陳が撃ったのか。

「大学病院でなにが起きたんですか?」

「……あんたが知る必要はない」

「警察はローラー作戦をかけてくるはずです。福岡から出るのも難しいと思います」

大畑がまくしたてた。

「そんなことはあんたよりも知っているさ」

自衛隊の特殊作戦群時代、警察の捜査手法を様々な形で学んだ。幹線道路や高速のインターで検問が実施され、トランクや荷台まで徹底的に調べられるだろう。主要な駅や空港にも捜査員が配置され、監視カメラの画像や人相書きが配られる。逃げ場はほとんどない。

もう一度、出来事を振り返る。王が震える指先でメッセージを残した。〈ＢＡＩＴ〉という短い言葉だった。真意を確かめようとしたとき、背後に人の気配を感じた。振り向くと、中国人民解放軍の六四式拳銃を構えた陳が立っていた。

〈Freeze!〉

それまでの弱々しい姿ではなかった。両脇をしっかり締めて六四式拳銃を構え、銃口はまっすぐ王を狙った。訓練を受けた元軍人か警官、あるいは諜報員だったのかもしれない。陳は何のためらいもなく王を撃った。城戸が銃を奪おうとすると、かわした陳は城戸を撃とうとはせずに、自分の顎の下に銃口を当てて、もう一度トリガーを引いた。

それ以前になぜ王が服毒自殺を図ったのか。王が遺した〈ＢＡＩＴ〉という言葉の真意はなにか。サスペンションの硬いミニバンのシャシーが軋む。城戸は揺れの中で考え続けた。

「城戸さん！」

突然、大畑が声をあげた。フロントガラスの向こうに、赤い警備棒がいくつも光り、先を行く車両を停めていた。

「検問です……」

大畑の声が震えていた。城戸は運転席のヘッドレストに手をかけながら言う。

「突破だ」

大畑がごくりと唾を呑み込んだのがわかった。

24

「このミニバン、週刊新時代が借りているレンタカーです」

オペレーションルームに樽見の声が響いた。福岡に展開する捜査員の人繰り表をチェックしていた志水は、部下に目をやる。

最も大きな一番のモニターを、樽見が指す。ミニバンの後部ドアとナンバープレートが映った。たしかに〈わ〉に続く番号がプレートに記されている。

福岡市内の道路に設けられた検問ポイントだ。白バイ警官の耳元につけた小型カメラがライブ映像を県警本部に送っている。一〇〇〇キロ離れた東京・若松町のオペレーションルームでも同じ画像をチェックすることが可能だ。

「別の角度は？」

「少々お待ちください」

樽見が忙しなく手元のキーボードを叩く。画面に赤く光る警備棒が映り込んだ。検問に立つ交通機動隊員のヘルメットに装着されたカメラが、セダンの運転席で不機嫌そうに座る男性ドライバーを映し、後方に停まったミニバンのフロントガラスにも向けられた。

「記者の大畑だな」

薄暗い画像だが、肩を強張らせてハンドルを握るボブカットの女は、間違いなく大畑だ。

「大畑は城戸に接触している。ミニバンはくまなく調べるよう徹底させろ」

「了解です」

樽見が警電に手をかけた。城戸が潜んでいるかもしれない。病院の周辺、主要な交通機関やターミナル駅の監視カメラ、タクシーのドライブレコーダーの類いを調べても城戸の姿はどこにも確認できなかった。

警察庁の高村の指示で、福岡県警の一〇〇人以上の捜査員が投入されていた。志水は一番のモニターを睨み続ける。大畑が不安げな目線で周囲をチェックしている。助手席にカメラマンの姿はない。

志水は手元のキーボードを素早く操作すると、東公園近くにある大学病院の監視カメラ映像を呼び出した。広大な駐車場、車寄せ、救急外来と主要エリアに設置された画像をノートパソコンの画面に一括表示させる。一時間半前からの画像をリワインドし、早送り再生させる。

「現場への指示は出したか？」

「たった今」

「こっちでも見逃すなよ」

志水は画面に目線を固定させたまま、樽見に指示を飛ばした。計八カ所のうち、画面の一番左下隅にある画像に志水は注目した。薄暗い街灯近くに見覚えのあるミニバンが停車し、ライトを消した。ナンバーも一致する。小さなコマを拡大する。時折、太った中年男が車を降り、煙草をふかしている。

「樽見、三番のモニターだ」

志水は手元の画像をオペレーションルームの壁にかかる液晶モニターに切り替えた。

「大畑、清家のコンビですね」

画面のミニバンの横を福岡県警のパトカーが猛スピードで通り抜けていった。清家が電話をかけ始める。大畑が運転席から降りた。

「いたぞ」

志水はモニターを指した。リュックを背負った男が歩み寄る。次の瞬間、大畑が運転席に、男は後部のスライドドアからミニバンに乗り込んだ。

「レンタカーのミニバンに重要参考人乗車中。繰り返す、ミニバンに重要参考人が……」

警電の受話器をつかんだ樽見が大声で福岡県警の担当者に指示を飛ばす。

「検問で身柄確保したら、福岡県警の公安担当を城戸に接触させる」

モニターの中で赤い警備棒が何本も激しく揺れていた。運転席の大畑は、まっすぐ先を見据えている。薄青の交機制服を着た警官三人がミニバンのフロントガラスをなんども叩いた。

そのとき、ミニバンが前に停車するセダンをバンパーで押し始める。

「絶対逃がすな！」

樽見が叫んだ。前のセダンを押しのけて加速したミニバンが、警官の制止をかわして検問を突破する。

25

「こんなことして、どうするんですか！」

検問を振り切った直後、助手席側から猛スピードで白バイがミニバンを追い越した。白バイの警官がマイクで車を停めろと叫んでいる。運転席に目をやった。大畑は半べそだ。

「振り切るのさ」

城戸は後部座席から助手席に素早く体を滑り込ませた。車の前方で白バイがジグザグ走行を始める。泣き言を並べながらも、大畑が右に左に車線を変えつつ、アクセルとブレーキも器用に踏み分ける。

「なかなか上手いじゃないか」

「芸能人の車を始終追っかけていますから」

不機嫌そうに大畑が言う。

「凶悪犯を乗せるなんて思いもしませんでしたけど」

「だから、俺は殺していない」

「それなら、きちんと警察に説明すればいいじゃないですか！」

「この状況で、通じると思うか？」

城戸は体をよじり、後部座席と運転席の間に置いていた大型のリュックを引き寄せた。中には非常時のためのツールがいろいろと仕込んである。

「本当にどこへ行くんですか？」

ハンドルを握る大畑の顔が引きつっている。白バイが三台に増え、行く手を阻むように何度もブレーキランプを灯す。その度に大畑が急ハンドルを強いられ、タイヤの軋む音とディーゼルの低い唸り声が車内に響く。背後からは複数のパトカーのサイレン音が聞こえてきた。応援部隊が追いついたのか。

「やばいですよ！」

城戸はダッシュボードに設置された小型のカーナビ画面に触れた。現在地を示す赤い矢印は幹線道路から一本脇に入ったところにある。逃げ込むような場所はない。画面の端には青い部分がある。

「港か……」

「なにか言いました？」

明確なプランのないまま走り出していたが、ナビの画面に映る福岡市の特殊な地形を見て、心を決めた。

「この先、多の津という場所に高速の入り口がある。それまで絶対に停まるな」

城戸はカーナビに触れ、親指と人さし指で画面を拡大表示させた。赤い矢印の先に、緑色に彩られた〈多の津ＩＣ〉の表示がある。

「高速に入ったら、袋の鼠（ねずみ）になりませんか？」

一瞬だけナビに目をやった大畑が聞く。その通りだ。高速では、脇道から他の車両や人が飛び出してくる心配もない。警察は追跡が楽になる。ジャンクションや出口を順番に封鎖すれば、獲物を都合のいい場所に誘導できる。川を自由に泳いでいるつもりの鮎が、竹で組み上げた梁簀（やなす）へと追い込まれるのと一緒だ。

「それが狙いだと言ったらどうする？」

「どういう意味ですか？」

「種明かしはあとだ」

三台の白バイのうち、最後に合流した一台が急減速した。一気に距離が詰まる。

「もう、なんなのよ！」

大畑が叫びながら、ハンドルを切る。ミニバンはすんでのところで追突を回避して、左折した。身を挺して停車させようと、白バイの警官も躍起になっている。停まれと何度も怒鳴る。

「次を曲がれば、インターの入り口だ」

交差点の信号が黄色から赤に変わりかける。

「踏め！」

城戸が大声で言うと、反射的に大畑がアクセルを踏み込んだ。エンジンが低い唸り声を上げ、ミニバンはさらに加速した。

助手席側のバックミラーから城戸は後方をチェックした。パトカーの数が増え、後続の捜査車両も猛スピードでミニバンに付いてくる。

「捕まりますよ」

アクセルを踏み続ける大畑が言った。インターの入り口でＥＴＣのバーを弾き飛ばす。

「作戦(ミッション)は不可能と思われるところから詰めた方がコンプリートできる」

城戸はナビの画面を確認した。赤い矢印が緑色の記号と交差したあと、細い道路を突き進んでいる。その先は福岡都市高速の本線だ。

「逃げ場なんてありませんよ」

大畑が不満げに言った。

「そうかな」

「どうするんですか？」

　問いかけには答えず、城戸はカーナビの画面を凝視する。ゲリラ戦で培ったスキルが活（い）きるはずだ。王と陳の不可解な死の真相を炙（あぶ）り出すまで、拘束されるわけにはいかない。

26

〈当該車両、停止命令を無視！　各移動（パトカー）は追尾を継続。繰り返す――〉

　公安総務課のオペレーションルームに福岡県警交通機動隊の発する音声が響き渡った。大型液晶モニターの一番の映像は、その車両のドライブレコーダーからのライブだ。覆面車両の助手席にいる交機の巡査部長が引き続き怒声をあげる。

〈当該車両、信号無視の後、多の津インターから高速に進入。繰り返す――〉

　志水は樽見と顔を見合わせた。

「城戸の指示だろう。脅かされているのかもしれない」

　大型モニターには猛スピードでインターのゲートを駆け抜けるミニバンのテールランプが映る。

「福岡都市高速の見取り図を」

志水が指示すると、一回り小さい液晶にカラフルな路線図が現れた。大畑と城戸が乗るミニバンは、都市高速の東端、福岡インターから二つ目の〈多の津〉から高速に進入した。

「どんな路線なんだ？」

志水の質問に、福岡県警との連絡役になっている若手捜査員が手を挙げる。

「海沿いの高架を走ります。首都高よりも道幅が広く、直線とコーナーが入り交じっています」

志水は路線図とライブ画像を見比べ、腕を組んだ。なぜ閉ざされた空間である高速に乗ったのか。〈多の津〉の次は〈松島〉〈貝塚〉〈箱崎〉とインターが連なる。さらに環状線に合流するジャンクションもある。

「福岡(ふくおか)県警の作戦は？」

「環状線のインターを閉鎖し、一般車両を外に出した上で捜査車両を逆走させて停めるようです」

若手が立ち上がり、レーザーポインターで〈天神北〉〈築港〉などのインターを丸くなぞった。福岡都市高速は福岡市の中心部を円で囲むように走っている。東の外れの方向には福岡空港、南東の方向には太宰府に通じる路線が走る。一般車両を高速から降ろし、何カ所かで行く手を阻めばミニバンを確実に停止させることができる。

「分離帯撤去可能地点は？」

若手が見取り図の数カ所をポインターで指した。高速道路の中央分離帯は、万が一の事故や緊急車両通行に融通をきかせるため、人力で簡単に動かせる地点がいくつもある。地元の交通機動隊ならば分離帯を外して捜査車両を逆走させる計画も練っているはずだ。

「ミニバン車内の秘録は？」

「すみません、まさかこんな事態になるとは考えてもいなかったので」

樽見が頭を下げた。週刊新時代の録画を阻止した要員が盗聴器を仕掛けていたら、城戸の狙いがわかったはずだが、今となっては仕方がない。

「我々は城戸を見くびっていたのかもしれない」

自衛隊の特殊作戦群にいたという男の考えはいまだに読めない。逃げて騒動が大きくなるほど、殺人犯として指名手配しようとしている刑事部の思う壺だ。

〈先を行く一般車両の排除、七割完了……。他でも一般車両の誘導を頼む〉

オペレーションルームに福岡県警の機動隊員の声が響いた。画面に目をやる。ミニバンのテールランプ、そして背の低いガードレールの向こうにうっすらと福岡市内の夜景が見えた。高速は道幅の広い二車線、緩いカーブと直線が交互に連なっている。ミニバンの先には高層ホテルの灯りやライトアップされた福岡タワーがある。

「あれはなんだ？」

志水は大型モニターに映る赤い点滅記号を指した。〈西公園〉と〈築港〉の間に赤いバツ印が点滅している。

「道路と橋梁（きょうりょう）の側壁を定期点検しているようです」

「工事関係者は退避済みか？」

若手が慌てて警電の受話器を取り上げた。騒ぎが拡大し、ミニバンが暴走の果てに市民を巻き込めば、事態は予想外の方向に転がってしまう。なんとか穏便に停車させねばならない。志水はミニバンのテールランプを固唾をのんで見守った。

27

「ここだな」

城戸は助手席からカーナビに手を伸ばした。

「何ですか」

モニターを一瞥した大畑が答えた。進行方向に黄色いバツ印がある。城戸は直接ナビの画面に触れ、〈十〉のマークを何度か押した。画面がみるみるうちに拡大表示された。

「工事現場だよ」

黄色表示の脇に〈施設点検工事〉の臨時メッセージが出た。

「危ないっ！」

突然、大畑が急ハンドルを切った。今まで後ろを走っていた黒い覆面車両が運転席の右脇を通り抜け、目の前に割り込んでいた。ルームミラーを見ると、白黒のパトカーが後ろに急接近している。

「完全に取り囲まれましたよ、どうするんですか！」

大畑が叫んだ直後、ナビが警告音を発した。画面上に追加のメッセージが流れ始める。

〈福岡都市高速、臨時通行止めのお知らせ〉

緊急案内だ。画面上に赤いバツ印が多数表示される。〈築港〉〈天神北〉〈西公園〉——主要なインターの名前の上に赤いバツ印が重なる。

「ほら、やっぱり袋の鼠じゃないですか！」

「そうだな」

城戸はフロントガラスの先、施設点検工事が実施されている辺りを見やった。昨日、ヤフオクドームに向かう途中で、見かけた場所だった。

「私まで逮捕されちゃいます！」

「俺に脅されたと言えばいい」

前に割り込んできた覆面車両のリアガラスに赤い文字が表示された。

〈パトカーの後に続け！　直ちに減速、停車せよ！〉

「よし、運転代われ」

大畑が露骨に顔をしかめる。

「この状況で？」

「すぐにだ」

城戸は有無を言わさず、ハンドルをつかんだ。城戸は足を畳んで運転席へと飛び移る。大畑も息を合わせ、一気に助手席に移動した。大畑がアクセルから足を離してミニバンは一旦急減速したが、城戸がすぐに踏み込んだことで後続のパトカーとの衝突を回避した。

「無茶苦茶です！」

「なに、できたじゃないか」

城戸はシートベルトを締め、アクセルをもう一度踏み込んだ。尻の下でエンジンが低い唸り声をあげている。

「もう降ろしてください！」

大畑が悲鳴をあげた。

「あと少ししたらな」

城戸はカーナビに視線を向けた。黄色いバツ印、点検工事の現場が着実に近づいている。

「追い込まれた鼠は、思いもつかない方法で逃げる」

城戸はアクセルを踏む右足に力を込めた。

28

「福岡県警の交機はうまくやっていますね」

公安総務課の大型モニターに表示された福岡都市高速の路線図を見ながら、樽見が言った。環状線の主要なジャンクションとインターチェンジを通行止めにした上、全ての一般車両を一般道へと誘導した。

「ミニバンとはあとどのくらいで向き合うんだ？」

志水は、高速を逆走している覆面パトカーからの映像を見た。

「二、三分です」

福岡県警との連絡役を務める若い捜査員が言った。リアルタイムで状況が反映される路線図に、志水は再び目をやった。最新の報告によれば、〈百道〉〈愛宕〉から計三〇台の捜査車両が高速に入り、通行止めとなった環状線の内回りを逆走しているという。

〈第一陣、まもまく築港インター通過。繰り返す、まもなく築港インター――〉

福岡県警のライブ音声が公安総務課のオペレーションルームに響く。車両に取り付けられたカメラが巨大な吊り橋のシルエットを映した。薄い青でライトアップされた橋は、福岡の観光案内などで取り上げられる機会の多いランドマークの一つだ。

「工事しているのはあのバカでかい吊り橋、荒津大橋だったな」

「県警からの緊急要請で、作業員たちは避難しました。工事関係の機材はそのままのようですが」

若い捜査員が言った。環状線を何周も逃げ回ることは不可能だ。

「問題ないです」

樽見が断言した。志水は首を傾げる。たしかに福岡県警が敷いた布陣に隙はない。だが高速道路という逃走経路を選んだ時点で、城戸は事態を予測できなかったのか。

「どうしました？」

「いや、なんでもない」

考えすぎだ。福岡県警の戦術にミスはない。高速道路に車両を並べて、物理的に阻止するフォーメーションを組めば、ミニバンは絶対に停まる。

〈当該車両、確認！〉

福岡県警の追跡車両から音声が届いた。逆走する車は、橋のたもとに達していた。

〈あとわずかで接触します〉

逆走する車両から報告が入る。直後、無線の音声がオペレーションルームに響いた。

〈各移動は大至急、車体を真横にして、当該車両の進路を塞げ！〉

予想通り、福岡県警は道を塞ぐ作戦に出た。ライブ映像を見ると、先頭車両が急ハンドルを切り、高速道路の外壁と直角になるように停車していた。後続車両も先頭の車と同じようにハンドルを切り、道を塞ぎ始めた。

「三重の壁ですね」

樽見が指摘した。一列目、二列目に四台ずつ、三列目には二台の機動隊のバスが配置されている。

「城戸はどうする？」

志水は挑むように告げた。

「さすがに投降するでしょう」

樽見が言い、若手捜査員たちも頷いた。たしかにこの壁なら、突破が困難なのは明らかだ。

それでも志水の気は休まらない。城戸を買いかぶりすぎているのか。

〈当該車両、減速開始。各移動、身柄確保に向け準備！　繰り返す……〉

心に湧き上がった小さな不安をかき消すように、福岡県警の交機隊員の声が響いた。

〈当該車両、さらに減速。停車後、直ちに身柄確保せよ！〉

志水は映像を凝視した。ライトをなんどか点滅させたあと、ミニバンが目視できるほどスピードを緩め始めたのがわかった。

29

助手席で大畑がため息をついた。城戸はブレーキペダルを踏んだ。〈東浜〉のインターを猛スピードで駆け抜け、〈築港〉の表示が見え始めたときから、前方から多数の車両が逆走してくるのに気づいていた。

大畑がフロントガラスの先を指す。荒津大橋のちょうど中間地点の辺りには異様な光景が広がっている。車両が横向きとなって道を塞いでいる。全長三五〇メートル、海面からの高さは四〇メートルもある巨大な吊り橋だ。中間点に壁を作られては、突破は不可能だ。

城戸はミニバンを停車させた。追跡してきた車両も停まった。

「二人とも手を上げて車から降りてきなさい」

パトカーからマイクの声が聞こえてきた。無視して、城戸は大畑に告げる。

「逃げ切ったあと、必ず取材に協力する」

「本当ですか？　でも、どうやって？」

「あとで教える。ところで、一つ頼まれてくれないか」

城戸は助手席との間に置いたリュックのポケットを開け、大畑の眼前に小型のナイフをかざした。

「人質に取られている、そんな感じで演技を頼む」

「立てこもりを？」

「そんなバカなことはしないが、少しだけ時間がほしい」

城戸が言った直後、二〇メートルほど先の覆面車両から捜査員が降り立ち、懐中電灯でこちらを照らし始めた。指示した通り、大畑が自分の頬にナイフを当てる。その瞬間、捜査員が無線で何事か話し始めたのを確認できた。

「その調子だ」

城戸はハンドル下のボックスをこじ開け、素早くヒューズ類をチェックした。最新型のミニバンには追突防止装置がついている。これを解除しないと、ミッションはクリアできない。

「なにをしているんですか？」

懐中電灯の灯りに目を向けたまま大畑が言った。そのとき、目的のヒューズが判明した。

「一、二分の辛抱だ。それから解放する。あとは俺からの連絡を待て」

城戸は周囲を見回した。警察は立てこもりを警戒し、様子を見始めたのだろう。これも計算通りだ。元兵士という前歴はおそらく警察に把握されている。大畑という記者はあくまで民間人で、安全確保を最優先させるのが日本の警察のやり方だ。

もう一度、城戸は車の周辺を確かめた。前方には車両の壁、後方にも一〇台以上のパトカーの赤色灯が回っている。助手席側、工事関係者が放置していったと思しきフェンスや工具の類い。その先に、パイロンが置かれている。大きな蛍光色の旗が何本もある。

「城戸さん、いったいどうするんですか？」

痺れを切らしたように大畑が言った。

「もう降りていい。迷惑をかけてすまなかった。出るときは指示通りにしてくれ」

「えっ？」

大畑が拍子抜けする声を出した。

「両手を高く上げ、バックドアに回れ。あんたらの荷物を下ろして、ゆっくり後ろのパトカーに向かって歩いていけ」

指示を出しながら、城戸はもう一度パイロンの先を見た。やはり、昨日見かけたときから、工事はそれほど進んでいない。これならば十分にミッションは達成できる。

「本当にいいんですか？」

「バックドアから荷物を下ろしたら、絶対にドアを閉めないでくれ」

「どうして？」

「そのうちわかる。さあ、行ってくれ」

城戸が言うと、大畑はナイフをダッシュボードに置いた。

「絶対に取材受けてくださいよ」

「もちろんだ。俺もあんたの力が必要だ」

大畑は頷くと、両手を高く掲げ、降車した。捜査員たちが忙しなく無線でやりとりするのがわかる。県警本部にいる上役たちの判断と指示がなければ動けないのだ。この点も計算通りだ。城戸が警戒を続けていると、バックドアが開き、ガサガサと荷物を下ろす音が聞こえた。

大畑が二歩後ろに下がった。城戸はアクセルを強く踏み込む。タコメーターの針が跳ね上がり、エンジンが唸り声をあげた。ミニバンはディーゼルの力強いトルクとともに走り始めた。

捜査員たちが一斉に駆け出す。パイロンが次々と左右に吹っ飛び、フロントガラスに仮設のフェンスが迫った。城戸は歯を食いしばり、もう一段アクセルを踏み込んだ。フェンスはあっという間に吹き飛び、四つのタイヤが空転した。城戸の目の前に漆黒の博多湾が広がった。

第二章　潜行

1

宿直担当だけが残る東京・若松町の公安総務課のオペレーションルームで、志水はノートパソコンを睨み続けた。耳の奥で、高村総括審議官の声が響く。

〈城戸は抜きんでて優秀な空挺部隊経験者で、しかもレンジャーの教官だった〉

城戸が福岡都市高速の荒津大橋からミニバンごと飛んで、姿を消してから、一〇日が経過した。福岡県警は博多湾で捜索を続けたが、城戸を発見できていない。高さ四〇メートルの地点からの落下だ。即死との見方が大勢を占めている。実際、引き揚げられたミニバンは原形をとどめないほど大破していた。城戸は車の外に投げ出された、という見立てだ。

志水は警戒を緩めなかった。城戸がなんらかの手段でミニバンから脱出し、大畑に接触すると考えた。福岡から帰京した週刊誌記者の行動確認を続けている。

城戸の生存すら確認できないまま、ただ時間だけが過ぎていた。停滞感も漂うなか、三時間前、高村から情報が入った。それが城戸の経歴についてだった。電話口の高村の声には、焦りが感じられた。城戸の安否をもっとも気にしているのは、依然として高村だというのは間違いない。

志水のノートパソコンの画面には、顔面に黒や茶色のドーランを塗り、迷彩服を着た自衛隊レンジャー隊員が映っている。

レンジャーは、選りすぐりの隊員にのみ与えられる称号だ。シンボルはダイヤモンドをあしらった徽章。どんな障害も乗り越える強固な精神を持つ兵士の証しだ。称号を得るには三カ月間、寝食の時間を削ってまで過酷な訓練を繰り返し、精神と体力の限界に挑む。元レンジャーらの体験記をチェックすると、訓練中に二、三割の隊員が過酷さに心をへし折られ、脱落するとあった。

座学の講義や基礎訓練のあとは、水辺での揚陸訓練、富士山麓の樹海での敵陣急襲を想定した実戦さながらの演習も行われる。一対一での格闘術のほか、夜間の山岳進攻、パルチザン役の地元民との接触方法を探るなど、訓練は多岐にわたる。この過程で、全国の部隊から特別推薦された体力と精神力に秀でた候補生たちが次々と篩にかけられ、残った隊員のみがダイヤの徽章を胸につけることを許される。

レンジャーが特別な兵士だとしたら、彼らを指導していた城戸は、まさに最強の兵士といえるだろう。しかも、高村は空挺部隊とも言った。陸上自衛隊の中でも精鋭とされることは志水も承知していた。輸送機やヘリコプターに乗り、敵陣の至近距離にパラシュートで急降下して拠点を奪取するのが、空挺の主任務だ。降下だけでも相当な技術を要する。銃器の扱いにも長けていなければならない。城戸は、自衛隊が総力を挙げて鍛え上げた、戦闘のプロフェッショナルなのだ。

そんな人間なら、謎の多い特殊作戦群(SFGp)でも重要なポジションにいたに違いない。内閣官房長官秘書官を長期間務めた高村は、部隊編成の詳細について情報を得ていたのだろうか。城戸の経歴を明かしてくれていれば、福岡で別の捕捉方法で対処できたかもしれない。

志水は首を振った。失敗を他人に転嫁した時点で、公安という組織は負けなのだ。この国を護るという任務に、負けは認められない。なんとしても打開策を見つけ、城戸の行方をつかまねばならない。

気になるのは、高村がなぜ城戸の経歴を明かさなかったのかという点だ。早い段階で刑事部が身柄確保できると高村は思っていたのか。今になって情報提供してまで、城戸の身柄をとりたい理由とは。疑念は膨らみ続ける。志水はキーボードを叩き、画面を切り替えた。

西中洲で城戸を捉えた映像が流れ始める。城戸が凄(すさ)まじい速さで技を繰り出していた。相手との間合いを詰め、確実に相手の関節を決めていた。不意打ち的な打撃で下半身にもダメージを与えている。柔道や空手とは全く違う動きだ。柔道であれば、相手を投げたり足を払ったりする際に、腕や足で反動をつける。空手でも相手に正拳突きを入れるときには腕や拳が技に備える。

城戸の武術は事前に動きを察知させない。強いて言えば、相手の呼吸に合わせて自在に構えを変え、付け入る隙を見せない合気道に近い。

「そちらの武術については、現在調べを進めています」

突然、背後から声が聞こえた。振り返ると、樽見が立っている。手にはファイルがある。

「なにか収穫か？」

「城戸の基礎情報です」

樽見がファイルを開いた。基礎情報とは、捜査対象人物の生い立ちや職歴などを網羅したものだ。

「説明を頼む」

樽見が頷いた。一〇日前に香港から王が来日した際、ボディーガードの城戸の経歴を洗った。特殊任務に就く公安捜査員のように、学歴、職歴はおろか、住民票や戸籍までもが消されていた。

福岡の騒動から五日後、樽見はオペレーションルームから姿を消していた。公安総務課の主要メンバーとして、樽見は城戸の経歴を調査していたのだ。

柔和な顔つきとは裏腹に、食いついたら離さないタイプの部下だ。在日大使館が数多く集まる麻布署で、諜報活動をする各国のS（スパイ）たちを監視下に置き、隙のない仕事をしていた。右腕になると見込んで、麻布署から樽見を引き抜いたのだ。

最初に城戸について調べ始めたとき、自衛隊の協力者は断片的なことしか教えようとしなかった。

〈城戸は香港を拠点にボディーガードとかリスク管理のコンサルタントをやっていると聞いた〉

協力者のつれない言葉を思い出しつつ、志水は樽見を見据えた。

「香港を生活の場にしていることは知っている。新しい情報（ネタ）なのか？」

樽見がファイルのページをめくり始める。

「城戸は九龍の中心部、呉松街で中古フィルムカメラの専門店〈ギースフォト〉を営んでいます。こちらが城戸の店舗の写真です」

見開きの左ページに詳細な香港の下町の地図、右側にはデジカメで撮った写真がある。地図上の店の位置には、蛍光ペンで印が付けられていた。

店舗は飲食店や怪しげなマッサージ店が入居する煤けた雑居ビルの二階にある。廊下に面したガラスのショーウインドーには、シルバーやブラックの古いカメラのボディーのほか、様々なタイプのレンズが陳列されている。

「香港総領事館にいる要員を急遽派遣し、調べさせました」

樽見がページをめくった。店内を撮影した写真が並んでいる。警視庁公安部は、海外の大使館にも書記官や領事代理などの肩書で要員を送り込んでいた。

店の中の棚には、ライカやローライフレックス、ハッセルブラッドなど名機と呼ばれる古いフィルムカメラが陳列されている。ニコンやキヤノン、アサヒペンタックスなど日本メーカーの旧型ボディーも並ぶ。コレクターズアイテムと呼ばれる希少性の高いカメラボディーやレンズは、二〇〜三〇年以上前の古い型でも一〇〇万円近い値が付く。メーカーの名を見る限り、城戸の店は高級品ばかりを扱っているようだ。

「ギースフォトは貴重な品が集まることで知られ、内外のコレクターが通うそうです」

樽見がまたページをめくる。レンズやフィルムの箱が並ぶショーケース横に、すらりと背の高い少女が立っていた。肌がやや浅黒く、瞳は大きい。

「アグネス・キド、一七歳。もともとラオスの難民で、城戸が香港で引き取り、親代わりになっています。香港のインターナショナルスクールに通い、広東語と英語に堪能です」

元兵士と難民の娘――意外な組み合わせだと思いながら、樽見を見た。

「香港の担当者がボディーガードの話を振ったようですが、この少女はとぼけたそうです。おそらく紹介者が必要なのでしょう」

「他には？」

「香港の登記によればギースフォトの創業は三年前となっています。城戸が香港に住み始めたタイミングとほぼ一致します」

自衛官を辞めた城戸は、海外に移り住んだ。香港に行き着くまでの過程にも重要な事柄が埋まっていそうだ。

「香港から集まった情報はこれだけです」

樽見がファイルを机に置いた。今度はスマホを取り出す。

「出身地なども判明しましたのでお知らせします」

樽見がスマホの画面を指で拡大し、メモを示しながら話す。

「生年月日は一九七三年、昭和四八年一二月二七日で年齢は四四歳。市ケ谷によって抹消される前の本籍地は東京都新宿区大久保――」

志水は城戸のデータを頭に刻み込む。

「その辺りはちょうどJR新大久保駅近く、大久保通りの辺りだな」

詳細な地図を思い浮かべた。公安部に配属されて以降、地名や細かな番地に接するたびに一切合切を記憶にとどめておく習性ができている。

「新大久保駅の東側、大久保通りに面した商店街にある古い写真館が城戸の実家です」

樽見がスマホをタップした。正装した親子、晴れ着姿など昔ながらの家族写真が飾られた写真館のショーウインドーが画面に現れた。

「屋号は城戸フォトスタジオ。城戸の祖父が昭和初期に創業した店で、当時は城戸写真館の名で商売を始めました」

「海外で家業と同じような商売を始めたのか」

樽見がゆっくりと頷いた。写真館の息子がなぜ兵士になったのか。それにもまして、気になるのは、日本の店を継がず、香港に移った点だ。志水が首を傾げると、樽見が口を開く。

「城戸の姉は、父親の弟子と結婚しました」

志水は納得して頷いた。樽見が首を振る。

「義兄は五年前にガンで亡くなっています。以降、姉が細々と営業を続ける傍ら、自家製のケーキを販売しています。売り上げの内訳は、写真関係が一に対し、ケーキが九です」

樽見は年間売り上げの動向を具体的な数字で示した。

「では、城戸の学歴を」

樽見がまたスマホをタップした。

城戸は区立の小学校、中学校を卒業したあと、西早稲田にある都立の名門高校に進学。さらに西北大学理工学部機械工学科に進んだ。

「西北大での成績は極めて優秀で、大手機械や電機メーカーから内定を得ていたようですが、なぜか陸上自衛隊に入りました」

理系の優秀な人材が陸上自衛隊へ。進路としては珍しい。なぜ城戸は特殊な道を歩んだのか。本人、あるいは近しい人物に理由を尋ねるしかない。

「自衛隊の階級や昇進についてご存じですか？」

「防衛大出身者がウチの会社のキャリア的な位置付けだというくらいで、詳しいことは知らない」

市ケ谷で食事を共にした防衛大出身の情報本部の男の顔を、志水は思い浮かべた。国を護るという目的は同じだが、自衛隊の組織がどのような構成なのか、ほとんど知る機会がなかった。

「城戸は防衛大出身者と同じ扱いで、幹部候補として入隊しています」

樽見が机にあった用紙を引き寄せ、ペンでメモを書き始める。

「防衛大出身者はB課程、一般大卒者はU課程と呼ばれているようです。Bは防衛大、Uはユニバーシティーの略と思われます。二つを合わせ、自衛隊では大卒幹部候補をA幹と称しています」

志水の脳裏に、防衛大の卒業式のテレビ映像が流れた。詰め襟姿の卒業生たちが一斉に帽子を投げる恒例の行事だ。

「A幹の隊員は、警察のキャリアと同様に一、二年おきに全国の駐屯地、部隊を転勤していきます。城戸も北海道や東海地方の部隊を経験し、その過程で特殊作戦群のメンバーに抜擢されたようです。除隊時の任地は沖縄でした」

「最後のポストは？」

「南西諸島方面の全域をカバーする第一五旅団、その中で第一五偵察隊の隊長を務めていました」

志水はすぐに手元のノートパソコンのキーボードを叩いた。画面には那覇の首里城守礼門を模した旅団のロゴマークが現れた。その下には夕焼けに映える輸送用大型ヘリの写真がある。美しい書体で〈美(ちゅ)ら島の護り〉というコピーもついている。

ここ数年、中国が海洋進出を積極化させているため、沖縄の自衛隊の陣容が拡充されている。近隣諸国と摩擦を起こし続ける大国に臨む南西の最前線に、城戸はいたことになる。

「なぜ辞めた？」

湧き上がった疑問を口にした。

「そこは謎です」

樽見が言いよどむ。

「信頼できる市ケ谷の情報源も本当に知らない様子でした」

国防の最前線にいたエリート自衛官が辞めた。最後に所属していたという偵察隊の陣容は不明だが、現場責任者として志水と同じく多数の部下を率いていたはずだ。

「高村審議官が城戸の素性をすぐに明かさなかったことと関係がありそうだな」

「同感です。城戸の行方を、あんなに気にしているんです。それなりの背景があるはずです」

「極秘で調べろ。国を護るために、俺たちは全てを知る必要がある」

志水はノートパソコンの画面に映る旅団のホームページを睨んだ。

2

「それじゃ、お先に」

篠田らデスク陣と取材記者、編集部付のアルバイトら五、六人が、次々と編集部から出ていった。

編集長席の背後にある大きな掛け時計に目をやる。時刻は午前二時半を回っていた。編集長以下、篠田らの幹部たちは次号の目玉記事を三本校了した。筆の遅い作家たちの連載小説も全て届いた。九段下の週刊新時代編集部は、極度の緊張状態からようやく解放された。だが、大畑の体と精神は一向に休まらない。

瞼にウエットティッシュを置くと、大畑は椅子の背に体を預けた。目を閉じた途端、福岡の荒津大橋で、パトカーや白バイに追い詰められた光景が蘇る。

大畑は瞼の上に置いたウエットティッシュを引き剝がし、体を起こした。福岡での騒動のあと、福岡県警本部で事情聴取を受けた。相手は目が笑っていない捜査員だったが、大畑は城戸に脅かされて一緒にいただけだと主張し続けて、なんとか解放された。しかし、大通りでタクシーを拾い、福岡空港で飛行機に乗るまで、相手の男がずっとあとを尾けてきた。搭乗口前で男は別の男の肩を叩き、尾行を交代した。

今度は別の目つきの悪い男が大畑を見つめていた。公安は自らの存在感を消して対象者を追う場合と、姿をさらして監視するケースがあると清家や先輩記者から聞いたことがある。自分はまさしく後者の対象となったのだ。言論構想社に戻って窓から下を見ると、ステーションワゴンが停車し、背広姿の男たちが編集部のフロアを見上げていた。

大畑は椅子から立ち上がり、忍び足で窓際の書棚に近づいた。新時代のバックナンバーが詰まった棚の脇から、再び下を覗く。やはりワゴンが停車していた。

城戸は博多湾の荒津大橋から車ごとダイブした。普通に考えれば、もう亡くなっているはずだ。ただ遺体が発見されたという情報はない。そもそも自衛隊のレンジャーの称号を有する人物だ。福岡での別れ際に残した表情が忘れられない。

〈逃げ切ったあと、必ず取材に協力する〉

高速道路を封鎖した福岡県警の車両群を前にする絶体絶命の局面だが、表情はどこかリラックスしていた。

福岡空港で突撃取材を敢行した際、城戸にほんの少し触れられただけで尻餅をついた。あのときは、言いようのない恐ろしさ、冷たいオーラに押し切られ、両腕が粟立った。都市高速で最後、城戸にはたしかに余裕があった。無数の警官たちに囲まれてはいたが、あの瞬間、全身に鳥肌が立つような感覚は消え、どこか安心している自分がいた。

「なんなのさ、あの男……」

胸の奥からわき上がる感情を抑えるように、大畑は呟いた。カップラーメンを啜っているアルバイトの大学生に尋ねる。

「ねえ、私宛てに電話とかメールはなかった？」

「ないっすよ。念のため、昨日からの投稿を全部転送します」

投稿とは、週刊新時代のサイトへの情報提供だ。読者の身近な場所で事件事故が発生したら、写真や動画を簡単に提供できるアプリもある。

　手元のパソコンに着信ランプが灯った。添付ファイルを開く。プロ野球選手が違法カジノ店に出入りしている、〈ギャラ飲み〉と呼ばれる若手起業家との合コンに露出が減ったグラドルが出ていた――集まった情報は、篠田ら担当デスクが精査する。

　大畑は他の情報をチェックした。芸能人がお忍びで現れるバーの名前、人気アイドルの自家用車のナンバー……。城戸の気配はまったくない。大畑はため息をつく。

「どうした？」

　背後から低い声が響いた。振り返ると、大きなカメラバッグを抱えた清家が立っていた。芸能班の夜回りに同行していたのだ。

「重要な情報が入ったぞ」

　清家がスマホの画面に触れ、動画フォルダを呼び出す。

「福岡にいる協力者が、警察から興味深いネタを引いた」

　協力者とは、福岡の地元紙かテレビ局の人間のようだ。

「城戸が荒津大橋からダイブしたあと、福岡県警の鑑識が海からミニバンを引き揚げた」

　清家が声を低くした。

「なにか車内から出たんですか？」

「いや、違う。県警はバックドアを気にしていたらしい」

「そういえば……」

福岡県警の捜査車両に包囲され、大畑がミニバンを降りたときだ。城戸はバックドアを閉めるなと言った。その旨を清家に告げた。

「これを見ろ」

清家がスマホ画面をタップすると、動画が再生された。日中、海岸で撮影されたもののようだ。

「ネタ元のクルーがドローンを飛ばした。撮影場所は博多湾の荒津大橋」

ドローンが橋脚に近づいていくのがわかった。画像は鮮明で、巨大な鉄骨にカメラが接近する。ぶつかるギリギリまでドローンが鉄骨に寄ったところで、清家が動画を止めた。

「ここに傷がある」

太い指の先に、白い引っかき傷のような物が見えた。大畑が首を傾げると、清家が再びスマホに触れた。今度は人気アクション映画のワンシーンに切り替わる。敵に追い詰められた金髪のスパイが、隣のビルに向けて引き金を引いた。出てきたのは弾丸ではなく、ワイヤのついたカギ状の物だった。

「まさか城戸は……」

「落下するミニバンの中からワイヤを発射して、橋脚にぶら下がった。県警はそんな見立てをしているらしい」

大畑は漆黒の博多湾に落下するミニバンの姿を見ていない。橋の縁に近づこうとしたところを、複数の捜査員に阻止されたのだ。あのわずかな時間で、城戸が逃げたのだとしたら。

「城戸は生きている。相当な強者だぞ」

大畑は深く頷く。

「それからもう一つ、重要なブツが手に入った。非公開が条件だがな」

清家がまた、スマホの画面を大畑に向けた。予想外の写真だ。

「これって……」

「殺された王、それに陳とかいう秘書だ」

搬送先の大学病院で王と陳が銃器で殺害された。こうして写真に接すると事件の異様さが際立ってくる。福岡の地元メディアが県警から秘かに入手したもののようだ。大畑はスマホを清家に返し、両手で口元を覆った。一時間前に摂った夜食が胃袋から逆流しそうになる。なんどか咳払いしたあと、大畑は掌で頬を張った。動揺している場合ではない。福岡中を逃走する間、城戸が自分は手を下していないと断言した。警察が城戸に濡れ衣を着せようとしているなら、大きな記事になる。

「城戸は本当に生きてる。取材に協力すると言ったんだろ？」

大畑の気持ちを見透かしたように、清家が言った。

3

「お粥セット、三つくれへんか」

深夜二時過ぎ、酔客たちの喧（かまびす）しい声が響き続けている。カウンターの隅で、城戸は小型ノートパソコンの画面を見つめていた。

「揚げパンも追加や！」

城戸の周囲を香港人の若い店員がなんども行き来する。ここは日本だが、二四時間眠らぬ九龍の呉松街に風情が似ている。

「你想要更多呀（追加は）？」

「我想要炒米粉（焼きビーフンがほしい）」

店員に空になった粥の丼を渡し、城戸は青島（チンタオ）ビールを一口、喉に流し込んだ。

神戸で一番の繁華街・三宮と、古い商店が連なる元町との中間地点にある小さな香港料理店は、終電を逃したサラリーマンや仕事を終えた水商売の人間たちで満員だった。

有名な中華街・南京町は観光客ばかりで、地元客は街中に散らばる小さな中華食堂を好む。

かつて関西の駐屯地に赴任したとき、城戸も神戸出身の部下に店を教えられ、淡い海鮮出汁と軟らかく炊かれた粥の虜となった。以来、時間が許せば店に足を運んだ。

「Thank you, KID」

近くのテーブルにいた中年のアメリカ人男性が青島の小さなボトルを持ち上げ、笑みを浮かべた。

「You're welcome」

城戸が微笑むと、中年男は満面の笑みで親指を立てた。その横で同年代のガールフレンドがウインクした。

博多湾の荒津大橋の橋脚にワイヤでぶら下がって窮地を脱したあと、城戸は長距離バスの荷台に密かに潜り込み、大阪まで来た。以降、海外観光客の一団に紛れ込んだ。アメリカ人の彼らとは、「動物園前一番街」の看板があるひなびたアーケード商店街で出会った。かつて関西一の日雇い労働者の街として知られた「あいりん地区」だ。ドヤと呼ばれた簡易宿泊所がここ数年で続々と低価格帯のホテルに改装され、バックパッカーたちの人気スポットとなっている。

香港で見た日本観光に関するテレビ番組が逃走経路確保のヒントとなった。地下鉄をはじめ、公共交通機関のあらゆる場所で警察が監視の目を光らせていた。

制服や私服警官がいるほか、多数の監視カメラが設置してある。巧妙に逃げおおせたつもりでも、身長や歩き方、あるいは目鼻の位置で最新の認証システムに瞬時に感知される。警視庁公安部はすでに、城戸のデータをシステムにインプットしているはずだ。城戸が自衛隊のＳＦＧｐの要員だったころ、公安部は移動する人間の認証システムの実験を頻繁に行っていると聞かされた。あれから五年以上が経過している。監視網はすでに実用段階にあるとみてよい。

動物園前一番街にある海外客に人気のお好み焼き屋に行くと、中年のアメリカ人男性と連れのガールフレンドに出会った。大阪のディープエリアを楽しんだあと、港町神戸に行く予定だという二人に、城戸はある提案を行った。運賃を少しでも安く抑えたいという二人のリクエストに応じるふりをして、中国人グループが営業する白タクの話をしたのだ。

中年男性から仲介業者に電話をかけさせ、広東省出身の運転手を見つけた。城戸はアメリカ人カップルに同行し、違法営業するワンボックスの三列目のシートに身を沈めた。

高速道路や幹線道路には警察庁のＮシステムが稼働している。あらゆる車両のナンバーと運転手、助手席に乗る人間を鮮明な写真データで保存する仕組みから逃れるには、物理的に写り込まない位置に隠れるしかない。

神戸の三宮で白タクを降りると、城戸はキャップを目深に被り、体格の良いカップルの陰に入り駅前の商店街や商業施設を抜けた。目視できる監視カメラを全て避けて歩いた。

神戸は港周辺に老舗高級ホテルが林立しているが、繁華街の近くには比較的安価で清潔なビジネスホテルが多いとカップルに教え、香港料理の店で深夜に落ち合う約束をした。城戸が神戸のお薦め観光スポットをいくつか教えると、二人は嬉々(きき)として町歩きに出た。

店に入ってから一時間が経過した。人の好いアメリカ人カップルは、隣り合った水商売風の男女と楽しげに話している。城戸は五分に一度、店内の客と店の前を通り過ぎる人間を慎重に観察したが、追っ手の気配はない。

ＳＦＧｐ時代、都市に紛れ込んだゲリラを炙り出す訓練を行った。ホテルやカラオケ店、終夜営業のファミレスなどをさりげなく探すのが定番だったが、教官は雑踏や人混みで人々の挙動に注意を払えと力説した。

店員とは常に広東語で話している。アメリカ人カップルとは英語のため、他の日本人客は城戸を中国人だと思い込んでいるだろう。その場の空気と同化することで、追っ手をまく。もう一度周囲を目視して、城戸はビールを飲み干した。

「停留多久(ずっといられるのか)？」

城戸がビーフンを食べていると、いつの間にか笑顔を浮かべた店主が立っていた。

「立刻出発(すぐに発つ)」

自衛官時代、通っているうちに香港出身の店主と昵懇になり、故郷の魅力を教えられた。自衛隊を辞めてから仕事で海外各地を転々としているとき、香港を訪れた。クライアントとの打ち合わせを香港島で済ませ、スターフェリーで九龍へ渡った。小型のフィルムカメラを手に猥雑な呉松街をそぞろ歩くうち、神戸の店主が九龍で電器店を営む親戚がいると話していたのを思い出した。電器店を探し当てて、朗らかな笑みを浮かべるホイとその家族に出会った。

このとき以降、心と体を休めるため、九龍にホイの家族を時々訪ねるようになった。七回目の訪問で移住する決心を固め、ホイの家族の手助けもあり、九龍の住民になった。

九龍の雑踏にいると、頬を掠める銃弾や目の前で息絶える敵の顔を忘れることができた。海外警備会社に所属する傭兵は、内戦支援やゲリラ掃討の現場で、極度の緊張状態を強いられる。任務が終われば、何事も起こらない平穏な暮らしに飽きる。緊張と弛緩の連続は、いつしか精神を蝕んでいく。

街を走るトラックがバックファイアを上げたとき、あるいは暗い路地裏で怪しげな連中と出会った際に、汗がとまらなくなり、動悸が激しくなる。幻覚や幻聴に悩まされもする。症状が悪化すると、アルコールや薬物に溺れる。部屋に閉じ籠もって鬱を患う——。多くの同僚や部下と同様、城戸も苦しめられた。

香港の街角では、銃声よりも喧しい現地女性たちの会話がひっきりなしに飛び交い、タクシーやトラックは始終クラクションを鳴らして道を譲れと怒鳴りあっていた。騒音の海に身を委ね、美味(うま)い食事を摂り続けて、城戸は生気を取り戻した。

神戸の元町の外れの中華食堂は、九龍の雰囲気を色濃くまとっていた。煙草をぷかぷかとふかす客が多く、酔っぱらいたちの地声は大きい。不快な感じは一切しない。

「你再来一瓶啤酒(ビールのお代わりは)？」

「我不要(いらない)」

生ぬるい青島ビールをちびちびと飲み、ノートパソコンの画面を見ていると、連絡用のアドレスのひとつに着信のマークが点滅した。城戸は暗号ソフトを介してメールを開封した。

〈FM／DAN〉

差出人は、アフリカ西部の政情不安地域で苦楽を共にしたフランス人傭兵、ダニエルだった。

〈Unbelievable!〉

城戸が知るダニエルの文面とは少しニュアンスが異なる。日頃はニヒルな笑いのエッセンスが混ざるが、あまりにもストレートすぎた。メールの文字をさらにたどった。添付した画像ファイルを開けるよう指示が出ている。城戸はクリップのイラストをクリックした。

「まさか……」

かつての上司、イギリス人のアレックスの変わり果てた姿が目の前の液晶画面にある。日本に来てからなんどか衛星電話を鳴らしたが、一切応答はなかった。

アレックスは英特殊部隊SAS出身で、退役後は米国の民間警備会社に転じた歴戦の兵士だ。アフリカや中東、旧ソ連構成国で戦ってきた。紛争地では常に銃弾が飛び交い、血で血を洗う内戦が繰り広げられていた。アレックスは城戸ら部下とともにゲリラ同士の紛争の影に寄り添ってきた。

そのアレックスが、レンガの壁を背にして、だらしなく蹲っていた。スキンヘッドの眉間に鮮血が付着している。相当に腕の立つ狙撃手に撃たれたのは間違いない。

福岡の大学病院で陳に殺された王の顔が浮かんだ。王はアレックスの紹介で城戸に近づいた。その二人が相次いで殺された。

ダニエルへのメッセージを、再び暗号ソフトを介して発信する。ダニエルは即座に返信してきた。暗号ソフトが意味不明の文字列を文章に変換していく。

〈あと数件で引退する。アレックスはそう言って普段より何倍も危険な仕事を取っていたようだ〉

〈中身は?〉

〈シリア国内の紛争地警備、掃討作戦、あとは中国内陸部の暴動鎮圧〉

城戸は思わず唸った。内戦下のシリアは、常に戦闘が繰り広げられている危険地域だ。政府軍、反政府軍、イスラム原理主義ゲリラが三つ巴（どもえ）状態で、それぞれを支援する勢力から送り込まれた傭兵が参戦し、手のつけられない状況に陥っていた。中国内部の暴動はほとんど報じられないが、年々悪化している。

〈あのアレックスがなぜ？　心当たりは？〉

城戸は質問を重ねた。ダニエルが返答する。

〈スコットランドで、引退後の生活を送るのに絶好の土地と古い屋敷を見つけたらしい〉

リバプール郊外の煤けた工場街で生まれ育ったアレックスには、ビールを飲むと必ず出る口癖があった。青々と草が茂るスコットランドの平原に移住し、愛犬のブルドッグと余生を送る。スマホのアルバムには、休暇で度々訪れたというスコットランドの美しい風景が数多く残っていた。

アレックスは五六歳で、兵士としては老齢の部類に入る。高校卒業後に英国の軍隊に入ってからずっと命の危険と背中合わせの仕事をこなしてきた。スコットランドの平原で気楽な余生を送りたくもなるだろう。

〈土地をめぐってアレックスと競合したのが、中国の富豪だったらしい〉

ダニエルのメッセージに、気になる国名が出てきた。

〈アレックスはどこでやられたんだ？〉

〈ジブチの郊外、砂漠の町の倉庫だった。一〇日以上前のことのようだ〉

城戸は眉をひそめた。ジブチはスエズ運河からアラビア海をつなぐ石油ルートの隘路、バブ・エル・マンデブ海峡のアフリカ側にある小さな国だ。それに時期的には自分を王に紹介した日に近い。

〈最近、中国が経済支援を積極的にやっている国だったな？〉

〈経済だけじゃない。ジブチ軍を訓練し、海峡の海賊対策を強化するという名目で大規模な軍事施設も造った〉

また中国だ。ジブチには、石油ルート警備のために古くから米軍も駐留している。中国が割り込むように小国に入ったことで、緊張の糸が張り詰めていると海外のニュース番組が特集を組んでいた。ダニエルのメッセージをもう一度目で追っていると、新たな返信が届いた。

〈アレックスは、米軍施設の警備に従事していた。非番の日に砂漠をジープで走っていたとき、何者かに撃たれ、倉庫に放置されたようだ〉

城戸はアレックスから中国人の王というクライアントを紹介されたことと、日本で起きたトラブルを説明した。

〈中国が仕掛けた罠じゃないのか？〉

ダニエルが即座に指摘した。

〈中国がなぜ？〉

〈それはわからない。ただ、客を選り好みするおまえを引っ張りだすには、アレックスを使うのが有効だからな〉

ダニエルの言葉には説得力がある。たしかに自分と中国とは浅からぬ因縁がある。だが、あれから何年も経った今、なぜなのか。

〈なにかわかったら、また教えてくれ〉

城戸はノートパソコンを閉じた。中国という超大国の影が現れた。王というクライアントはどのような思惑を持ち、近づいてきたのか。アレックスの死も関係しているならなおさら、その答えを見いださねばならない。なぜ王は自ら死を選ぼうとしたのか。陳が銃を使ってまでとどめを刺したのも不可解だ。

周囲を見回すと、相変わらず地元の酔客たちが大声で酒を酌み交わしている。食堂の隅に置かれた液晶テレビでは、ニュース番組が流れていた。

〈日米同盟の強固さは以前より増しています……〉

米中摩擦への対応を問われた芦原恒三首相が、定番の外交方針を語っていた。

状況を打開するにはどうすればよいのか。城戸は考え続けた。

4

若松町の機動隊宿舎の洗面所で髭をあたり、志水は中庭を通り抜けた。整列した隊員たちが規則正しく動くさまを横目で見ながら、志水は敷地の外れにあるオペレーションルームへと急いだ。

スーツのポケットでスマホが振動した。画面を見ると、アルファベットと数字が入り交じった二五桁のコードが表示されていた。公安部とセキュリティー会社が共同で作った専用アプリを起動させる。志水はさらに足を速めてオペレーションルームに向かった。虹彩認証システムで入り口の重いドアを開ける。大型スクリーン前に部下の樽見の後ろ姿が見えた。

「樽見、許可が下りた」

「ドラッグネットですね？」

椅子の背に寄りかかっていた樽見がガッツポーズを作る。

「城戸の捕捉に向けて準備が整いましたね」

笑みを浮かべる樽見に、志水は首を振る。

「楽観はできん。相手はプロ中のプロだからな」

志水は樽見のそばにあったノートパソコンを引き寄せた。職員コードとパスワードを打ち込む。画面の一部が真っ赤になって表示が点滅する。

〈アクセス制限　必要コマンド入力〉

マウスを移動させ、空欄に合わせて志水は先ほどの二五桁のコードを打ち込んだ。

〈Ｄｒａｇｎｅｔ〉

画面が反転し、青い画面に無機質なフォントが現れた。ドラッグネットとは、警視庁公安部が特別に組んだシステムの名だ。底引き網を英訳したもので、使用には公安部長だけでなく、警視総監の許可が必要となる。漁船が海底近くまで届く巨大な網を引き、獲物を根こそぎすくいとるのと同様、このシステムは日本中の通信情報を捕捉する。特定の人物や指定した場所への通信を解析し、次の行動を予測することさえ可能だ。

「まさしく有事ですね」

画面を覗き込んでいた樽見が言った。国家に危険が差し迫っていると上層部が判断したときにのみ使用を許される特殊なシステムだ。志水自身、このシステムを動かすのは初めてだった。城戸という元自衛官の存在が、それだけ危険だと上層部が判断したのだ。

「あの一件以来、運用は二年ぶりでしょうか」

画面を睨んだまま、志水は頷いた。前回ドラッグネットが稼働したのは、イスラム原理主義にかぶれた若いテロリスト集団が来日したときで、外事課が使用した。渋谷のスクランブル交差点で無差別殺人を起こす恐れがあった集団の動向を完全捕捉するため、米国と英国の情報機関からの通報で公安部と警備部がフル稼働した。サッカーの国際親善試合のあと、若者を中心とした群衆が溢れかえる中、改造した軽機関銃を乱射しようとしていたメンバー一〇人は、渋谷駅地下のコインロッカー付近で身柄を確保された。

「まずは大畑を丸裸にする」

志水が大畑の携帯番号を告げると、樽見が手際よく画面中の空欄に数字を打ち込む。画面には即座に膨大な量のデータが現れた。戸籍、学歴、住所、カード使用歴、顔写真、ネット閲覧歴……。

「適宜、分析ソフトの篩にかけます」

樽見が短く言い、作業を始めた。

ドラッグネットは、米国の国防総省傘下の諜報機関、国家安全保障局（NSA）が構築したプリズム（PRISM）というシステムを基に作られた。ニューヨークの世界貿易センタービルに航空機が突っ込む同時多発テロを受けて、米国政府は国土の安全を確保するという名目で愛国者法を成立させた。

同法を拠りどころに、国家安全保障局は国民一人一人が持つ膨大な量の個人情報の収集を始めた。大規模収集という手法で、通信会社などの協力を得て、国民の通話やメールの履歴を全て監視するようになった。

　米政府はネットのプロバイダーだけでなく、通販大手やSNS大手のサーバーにも監視の網を広げ、個人が発するありとあらゆる情報を吸い上げ始めた。日米同盟の名の下、日本もこの仕組みを導入した。その際、独自にシステムを整備・改造して、構築したのが底引き網という名のドラッグネットだ。

「システムの稼働は公安総務課内限定にしろ」

「もちろん、承知しています」

　ドラッグネットの存在は、重大な国家機密といえる。一年ほど前、芦原恒三首相が国会で野党議員から米国の個人情報の監視状況を尋ねられた際、〈個人情報保護の観点から、わが国で同様の仕組みの導入は考えられない〉と答弁してしまった。自身の汚職疑惑が浮上し、野党の攻勢にあっていたため、芦原首相は事前通告のない質問にうっかり答えたのだ。

　首相の国会発言は重い。警察庁上層部と内閣官房の幹部は慌てた。日本版が整備され、運用実績まであげていると暴露されたら、内閣の信用は地に堕ちる。このため、警察庁と警視庁のごくわずかな幹部、そして志水のような実務責任者のみが扱うことにして、二年間も眠らせていたのだ。

「一応、大畑は警戒をしているようですね」

分析ソフトの検索結果の一部が画面に現れた。大畑という女性記者は、会社のメールアドレスをあまり使用していない。多くの企業や官庁では個人のメールを総務やシステム担当者が常時モニターしている。それを嫌っているのだろう。

「大畑の社用メールはゲラのやりとりや社内会議の連絡事項ばかりです」

「個人の分は？」

「こちらです。主にフリーメールを使っているようです」

米国の大手ネット企業が提供するサービスが現れた。

〈定例肉会のお知らせ〉〈新年カラオケ大会について〉〈女子限定・肉祭りの開催要項〉〈韓流しばりのカラオケ大会開催！〉〈大久保定例食事会〉

大畑のメールには個人の予定らしきタイトルが並ぶ。

「食い気と遊びばかりだな」

志水が口にすると、樽見が首を振った。

「いずれもネタ元とおぼしき相手とのやりとりです。件名と中身は違うかもしれません」

樽見は〈韓流しばりのカラオケ大会開催！〉のメールを開いた。大久保にある韓国スナックの名が出てくる。簡単な案内の下に、ワードファイルが添付されている。メモ書きと写真が付いていた。

〈撮影に成功しました〉

志水はテキストに目を走らせた。一カ月前に送ったメールの中には、香港籍のタンカーと北朝鮮籍の小型船が公海上で重油を瀬取りしている写真が添付されていた。

「週刊新時代がスクープした一件だな」

別のノートパソコンで、樽見が週刊新時代のウェブ版を開き、大畑がスクープした記事を表示させる。文責は大畑康恵、写真撮影は清家太とある。

「西中洲でも同じコンビでしたね」

「それより、こいつは誰なんだ？」

志水は大畑の送信相手のアドレスを指した。

〈hamachidori-kuri……〉

「少々お待ちください」

アドレスをコピーすると、樽見はドラッグネットの〈検索〉の欄にペーストし、エンターキーを叩いた。画面が反転し、凄まじい速度で顔写真が次々表示される。

ドラッグネットのシステム内には、日本人の九割以上を網羅するデータが収集されている。〈hamachidori-kuri〉という個人に結びつきそうな情報をデータセンターで抽出しているのだ。

「この男ですね」

一分ほどの間に数百枚の顔写真が表示されたあと、画面が止まった。分厚いレンズのメガネ、白髪頭の中年男の顔が写っている。

「会社支給のパソコンでメールアドレスを切り替えながら使っているようです」

新橋駅前で安酒を好んで飲みそうな男の顔の下に、栗澤幸一という名前が記されていた。勤務先は赤井精工商事という会社だ。

「もう少しお待ちください」

ドラッグネットが赤井精工商事という企業の情報を洗っている。社名からすると、精密機械か工作機械の商売を仲介する商社のようだ。

「なるほどな……」

突然、樽見が唸った。画面を指す。指先には〈91関連　要警戒〉の文字が点滅していた。

樽見が外事二課アジア第二係に連絡を入れてから三〇分後だった。若松町のオペレーションルームに髭の剃り跡が目立つ中年男が現れた。

「志水さん、遅くなって申し訳ありません」

「あいさつは結構、この栗澤という男は？」

志水は問いただした。うっすらと額に汗を浮かべたアジア第二係の警部補、大竹益雄（おおたけますお）が首を左右に振る。

「設立からまだ三年の企業で、監視体制を整えようとしていたところです」

「ノータッチということだな？」

大竹は志水よりも五期上の入庁だが階級は逆転している。それに公安総務課は外事二課を統括する立場にある。

「この企業と栗澤という男がなにを？」

大竹がおそるおそる口を開いた。

「樽見、頼む」

志水はノートパソコンの画面を睨みながら言った。樽見が週刊新時代の特集記事の情報提供者が栗澤だと説明し始めた。公安部の筆頭部局にいきなり呼び出された大竹は、カバーが行き届いていなかったことをしきりに詫びている。二人のやりとりを聞きながら、志水はキーボードを操作した。赤井精工商事の公式サイトを開く。トップの項目には、生え際の後退した中年太りの社長が顧客向けにメッセージを寄せている。

〈日本の優れた技術を世界経済の発展に〉

赤井精工商事の主な取引先は、オーダーメードの特殊工作機械製造企業が中心だ。ミクロン単位で鋼材を研磨することが可能な機械、人間の血管壁よりも薄い人工皮膜を製造する機械などを開発する最新の技術を持つ企業を内外のメーカーに紹介するのが、この専門商社の主業務のようだ。

取引先企業の次に書かれていた取引銀行の欄に目をやった。いなほ銀行、美園協立銀行などメガバンクの日本橋や虎ノ門支店が名を連ねている。志水は末尾にある銀行名に目を留めた。

〈暁銀行神田駅前支店〉

マイナス金利政策の長期化とともに業績を落としている第三地方銀行だ。並び順から見ても取引額は多くないだろう。それでも頭の中に、しかめっ面の高村総括審議官の顔が浮かぶ。捜査一課は暁銀行の副支店長殺害事件の重要参考人として中国の専門商社専務の王を引っぱろうと試み、失敗した。

「これから栗澤幸一に対し、二四時間フルで行動確認を実施します」

大竹が言った。志水は椅子を反転させ、大竹を見上げる。

「誰と会ったのか、その主たる目的が何なのか、水も漏らさぬ報告を上げるように」

大竹が姿勢を正した。

「それに栗澤が朝飯に何を食べたのか、新聞は何を読み、定期的に立ち寄る喫茶店はどこか、ありとあらゆる情報を」

志水は告げた。大竹がオペレーションルームを後にした。

「随分と焦っていましたね」

「人員に限りがある以上、仕方のないことだ。それより、これを見ろ」

志水は取引銀行欄にある暁銀行神田駅前支店を指した。

「臭いますね」

樽見が眉根を寄せた。

「91関連の御用達かもしれん」

志水の言葉に樽見が頷いた。〈91〉とは、公安部の中で中国を指す隠語だ。東京にある在日外国大使館の公用車のナンバープレートに割り振られた数字が使われている。〈79〉はロシア、〈82〉〈83〉はアメリカだ。

「大畑の行確、傍受は樽見が全て仕切れ。気になることがあったら全て知らせろ」

志水は席を立ち、パソコンの前に樽見を座らせた。先ほどよりも力強くキーボードを叩く音がオペレーションルームに響き渡る。

城戸という元エリート自衛官のせいで、公安総務課は失態を演じた。城戸の経歴を把握しないままに追尾を始めたことが契機だった。だが、次第に城戸の人物像は浮かび上がってきた。そして栗澤という人物の存在が炙り出され、中国という大国の影がちらつき始めた。

高村総括審議官はなぜ暁銀行をめぐる殺人事件で陣頭指揮を執ったのか。キーマンである王がなぜ自殺を図り、そして最終的に殺されなければならなかったのか。公総のメンバー全員で事件の全容を暴き出す。

樽見の打鍵(だけん)音を聞きながら、志水が次なるオペレーションの組み立てを頭の中で始めたとき、目の前の警電が鳴った。樽見が素早く受話器を取り上げる。

「大畑が会社を出ます」

オペレーションルームの大型スクリーンに背の高い女の後ろ姿が映った。

5

言論構想社の本社ビルを出たあと、大畑は緩い坂道を靖国神社方向へ歩き出した。午前八時半を過ぎ、オフィスビルへと急ぐサラリーマンが目につく。

大畑はわざと歩くペースを落とし、コンビニの入り口へ向かった。ビルの窓を使い、背後をうかがう。背広姿の男が二人、鋭い視線で睨んでいるのがわかった。手元のスマホに目をやると、ＳＭＳに新しいメッセージが入っていた。画面をタップして着信したアルファベットと数字の組み合わせをコピーし、インストールしたばかりの海外アプリにペーストする。

〈九段下駅、東西線の中野方面。先頭から二両目。二本を見送って、三本目に乗れ〉

画面に現れた指示を暗記すると、大畑は即座にコードを削除した。五メートルほど離れた地上出口からは、ひっきりなしに人が出てくる。

もう一度ガラス越しに後方を見た。先ほどの男たちの姿が消えていた。先輩記者から聞いたことのある「脱尾」に違いない。対象者に尾行を察知された場合、捜査員は素早く立ち去り、入れ替わりで次の要員が補充されるのだという。大げさに振り返り、大畑は周囲を見回した。自分に注意を払う者はいない。スマホを左手に握りしめ、人波に逆らう形で地下鉄の出入り口に向けて歩き出した。

一時間半前、編集部に早出して資料整理をしていた大畑は、顔なじみの老年の清掃員からメモを渡された。そこには簡潔に指示が書かれていた。清掃員に尋ねると、五〇〇〇円もらったという少年が大畑に託すよう持ち込んだのだという。なにかとタレコミが多い編集部だけに、清掃員は疑問にも思わずメモを大畑へと手渡したのだ。

メモには〈ＫＩＤ〉と署名があり、ダークウェブと呼ばれる特殊なインターネット世界で販売されているアプリを探す手段が説明され、代金は仮想通貨を購入して支払うよう指示があった。

〈海外の警備会社が作ったアプリで、まだ日本の情報機関は解読キーを持っていない〉

メモを読みながら、大畑は周囲を見回した。朝が極めて遅い編集部には自分一人しかいない。なぜ城戸は早く出勤したのを知っているのか。

仮想通貨のアカウントを設定する間、本人確認などの手続きでしばらく待たされた。大畑は編集部の窓際に行き、外を見た。周囲のビルの窓はほとんどブラインドが下り、こちらを覗くような視線はない。路上には昨日と同じステーションワゴンが停車している。公安捜査員があちこちにいる中、城戸は東京に来ているのか。飯田橋方面や北の丸公園の方にも目を向けるが、どのビルの窓にも、屋上や外階段にも人影はない。

城戸の指示した通り、ネット上のダークウェブと呼ばれる世界へアクセスした。編集部に度々顔を出すエンジニアから聞いていた通り、薬物や偽造クレジットカードの情報、臓器、兵器などありとあらゆる物が売買可能なポータルサイトが現れた。この画面を詳細に調べたら、特集記事が何本も書けるだろう。大畑は好奇心を頭の隅に追いやり、指定されたアプリを探した。盗聴や無線傍受用品などを専門に扱うサイトで、海外警備会社のロゴマークがついたアプリを見つけ、代金三〇ドル分を入手したばかりの仮想通貨で支払った。

東西線のホームに着くと、大畑はなんども周囲を見回した。近隣にある女子高校の制服を着た生徒の一団が傍らを通り過ぎる。動かない大畑に舌打ちするサラリーマンを睨み返し、指示された通りに中野行きの電車を二本、見送った。同じようにホームに留まる人間はいない。

〈三鷹行きがまもなくまいります〉

場内アナウンスが響いたとき、左手の中のスマホが鈍く振動した。ＳＭＳにメッセージが入った。先ほどと同じく、アルファベットと数字が入り交じったメッセージだった。コピーアンドペーストを経て、専用アプリで暗号を読み解く。

〈二両目に乗車。飯田橋に着く前に四両目へ移動しろ〉

頭の中で城戸の指示を反芻し、大畑はメッセージを削除した。どこに城戸は隠れているのか。線路を挟んで反対側のホームにも、先ほどからそれらしい人物はいない。

〈黄色い点字ブロックの内側でお待ちください〉

構内アナウンスが流れ、シルバーのボディーにブルーのラインが描かれた車両が九段下駅のホームに滑り込んできた。

五、六人の客が降車したあと、大畑は三鷹行きに乗り込んだ。車内は空いている。入り口近くの支柱につかまり、顔をわずかに動かしながら、捜査員がいないかチェックする。

車両の中ほどには大きなショルダーバッグを抱えた高校生の一団がいる。公安捜査員の変装が巧みでも、少年に化けるのは無理だ。スマホを睨むサラリーマンは怪しいが、一度もこちらを見ない。あとは気だるそうに資料に目を落とす若いＯＬがいる。誰も大畑に注目している節はない。

一目で公安捜査員とわかる人物はいないが、油断はできない。かつて取材相手から公安捜査の手法を聞かされたからだ。過激派やカルト教団信者を追いかけた際、公安部は一車両のほとんどの乗客を捜査員に替えてしまったという。当時はまさかと思ったが、自分が監視対象にされてみると、嘘ではないと思えてくる。

〈次は飯田橋、飯田橋〉

車内放送が流れた。城戸には、飯田橋までに四両目に移動しろと指示されていた。飯田橋で城戸は待ち受けているのか。つり革を頼りに移動し、四両目に移った。

〈まもなく飯田橋、飯田橋〉

アナウンスとほぼ同時に、車両が減速を始めた。四両目の一番前のドアに近づき、大畑は外の様子をうかがう。進行方向から次第に飯田橋駅のホームが見え始める。都心に向かう反対側のホームには通勤客が多いが、中野方面はガラガラだ。城戸が待っているならば、混雑するホームではないのか。いや、捜査員とトラブルになれば、一般乗客を巻き込んでしまう。騒動は避けるはず……電車の速度が落ちるのとは対照的に、様々な考えが目まぐるしく大畑の頭の中で行き交う。

〈飯田橋、飯田橋〉

車両がゆっくりと停まる。ドアの内側からホームを見渡すが、醒めた目つきの男はいない。進行方向のJR飯田橋駅方面から乗り換えてくる客も四、五人程度だ。ホームには学生風の若いカップル、ベビーカーを押すショートカットの女性だけが見える。

飯田橋までに四両目に移動――城戸の指示は守っている。次はどうするのだ。飯田橋駅で降りるのか、それとも城戸がダッシュでもして乗り込んでくるのか。

ドアの開く音が、心臓を鷲摑みにするようだ。降りるべきか、それともこのまま乗車していればいいのか。

〈まもなく発車します〉

車掌の声が響いたとき、ホームでベビーカーを押していた若い女と目が合った。

「大畑さんですか？」

突然、目の前にいた女が肩にかけたトートバッグから封筒を取り出した。

〈まもなく発車します。駆け込み乗車はおやめください〉

車掌の声が響く。閉まりかけたドアを肩でブロックしながら、大畑は降車した。

「私、大畑です」

後方でドアが閉まり、電車が走り出す。

「良かったぁ」

若い女が安堵したように言った。

「これ、男の人から預かったんです。来なかったらどうしようかと思いました」

「いつ？　どこで？」

大畑は詰め寄った。

「ほんの一〇分ほど前、この上の交差点です」

女が封筒を手渡しながら、一万円札を見せた。

「渡せばあなたが同じだけくれると言ってましたけど」

大畑も財布から一万円札を出し、渡す。女がそれもバッグに入れた。大畑は代わりに封筒を手にした。

「それじゃ、失礼します」

女はにっこり笑ってＪＲ乗り換え口の方向に去った。周囲を見回してから、大畑は封筒を開けた。九段下にあるビジネスホテルの便箋が折りたたまれている。開いてみると、手書きのメモがある。

〈まずスマホの電源を切れ〉

いきなり命令口調で始まっていた。駅の改札口を出てからの移動手段が事細かに綴（つづ）られている。

〈メモを記憶したら、細かく刻んで女子トイレに流せ〉

　大畑はトイレに向けて走り出した。

6

〈東京メトロ飯田橋駅で失探（ロスト）しました〉

　公安総務課オペレーションルームに、中年の女性捜査員の声が響いた。

「他の要員はどこだ？」

　大型モニターの地下鉄路線図を睨む志水の横で、樽見が怒鳴った。

〈ＪＲのほか、メトロの南北線、有楽町線を調べていますが、対象（マルタイ）を発見できません〉

「タクシーで移動したのかもしれん。駅の監視カメラ映像を回収し、他の要員はタクシー会社を虱潰（しらみつぶ）しに調べろ」

〈了解〉

　樽見の指示に、一〇人の捜査員が無線で返答した。

「申し訳ありません。大畑が突然下車して追尾を回避、ＧＰＳも途切れました。一つ後の電車に乗った要員が飯田橋で下車して捜索中です」

「とにかく早く見つけろ」

ほんの三〇分ほど前、大畑が動き出した。週刊新時代編集部を急ぎ足で出ると、大畑は東西線の九段下駅に向かった。言論構想社前で監視していた要員によれば、途中でスマホをチェックしていたという。

「通信内容はどうなっている？」

「それが解析不能です」

通信担当の捜査員がか細い声で告げた。

「絶対に城戸から指示を受けている。なぜ解析できない？　早急に大畑のスマホの中身を丸裸にしてくれ」

志水は感情を排した声で告げた。日頃、湯水のように予算を使って通信傍受の体制を整えているのだ。一介の記者の通信を傍受できないほうがおかしい。

大畑は再び城戸と会うはずだ。博多湾で行方をくらましてから、城戸は一度も姿を現していないが、志水はそう読んでいた。そのために、常に要員を言論構想社の前に張り付けていた。

だが、鉄壁のはずの布陣は綻(ほころ)びはじめた。ドラッグネットは音声も画像も通信文の内容も、対象のすべてを読み取る。解析できないのはなぜか。

大畑は常に周囲を警戒し、電車を二本も見送るなど手の込んだことを始めたという。点検と呼ばれる監視対象者の行動だ。計一〇人の要員を振り向けたが、点検行動は想定以上だった。やはり城戸から綿密な指示を受けていたのだろう。

大畑が三本目の電車に乗ったことを確認すると、一旦脱尾した要員を捜査車両で飯田橋や神楽坂、早稲田など東西線沿線の駅へと割り振った。

この間、大畑は飯田橋で車両が発車する直前にホームへ降り、女から何かを受け取った。監視カメラで確認すると、大畑は女性用トイレに入り、すぐに出てきた。以降、監視カメラに映らなくなり、姿を消した。

「志水さん！」

突然、隣の席で樽見が声をあげた。手元のノートパソコンには一万円札が映っている。

「城戸と接触したとみられる女から、一万円札を回収。飯田橋付近にいる要員が簡易指紋鑑定を行いました。キャップを目深にかぶった男からいきなり一万円を受け取り、背の高い大畑という女に封筒を手渡すよう指示されたそうです」

やはり城戸は東京にいる。都心に乗り込んできたのだ。

「鑑定の結果は？」

「残念ながら、出ません」

「二人はまだ近くにいる。徹底的に捜せ」

志水は腕組みしたまま、指示を出した。城戸は公安の手法を知っている。しかし、今度は捕捉する。

7

古い倉庫を改装した商業施設の屋根に上り、城戸は腹這いになって高倍率の小型双眼鏡を覗いた。時刻は午前一〇時〇三分、指示通りに動いているならば、大畑がそろそろ視界に入ってくるはずだ。

街中の防犯カメラに映らぬように歩き続け、神楽坂の老舗出版社の隣にある商業施設に来た。海外の倉庫街を思わせるセレクトショップの外壁には、建築家の意向でわざと煤けた色のガルバリウム鋼板が使われている。カーキ色のジャケットを羽織った城戸は容易に周囲の景色に溶け込むことができた。

扇形に広がる木製階段を上り、二階店舗近くの手摺りを足がかりに、屋根へ這い上がった。まだ開業前で周囲に人影はない。リュックを引き寄せ、使い捨てＳＩＭを入れたスマホを取り出し、ＧＰＳのアプリを起動させる。一時間半前、九段下駅近くで点滅していた赤いピンのマークが消えている。大畑は指示を守り、スマホの電源を落としている。

スマホをリュックに戻したとき、商業施設近くの三叉路で鋭いクラクションが鳴り響いた。双眼鏡でチェックすると、白いミニバンが急停車していた。ミニバンのすぐ後ろには実車中のタクシーがいる。急ぎの客でも乗せているのだろう。運転手が苛立った顔でミニバンを睨んでいる。道路を塞ぐ形になったミニバンを通行人がジロジロと見つめている。

タクシーが五度目のクラクションを鳴らした直後、ミニバンのスライドドアが開いた。背の高い女が姿を見せた。大畑だ。タクシーに向かって中指を突き立て、周囲を見回す。飲食店の制服を着た中年男性をつかまえて、二言、三言、言葉を交わした。飯田橋の東西線ホームでメモを受け取ったあと、大畑はあちこち走り回ったのだ。強張った表情をしている。

飯田橋駅前には、事前に城戸が白タクを呼び出しておいた。大阪と同様、首都圏を走る中国人の白タクは漸増傾向にある。中国人向けサイトで検索をかければ、都心在住で無認可の運転手の名が一〇〇人近くヒットする。空車状況と現在の走行位置を確認して予約すると、ものの一〇分で配車は完了する。日本語も話せて、都内や近隣県の地図や渋滞情報に詳しい中国人ドライバーがハンドルを握っている。日本で参入を拒まれている米ウーバーと同じような配車システムは、水面下で実用段階に入っている。ネットで予約する際は中国国内のサーバーが使えるので、公安によるサイバーパトロールもかいくぐれる。

城戸はあらかじめ飯田橋から秋葉原、谷中を回って神楽坂へ向かうようにドライバーに指示を出し、代金を支払っていた。大畑に託したメモでは、ミニバンの三列目のシートに身を沈めて、後続車のチェックをするよう伝えている。三叉路でまごついたのは、チップの払いで揉めでもしたのだろう。

大股(おおまた)で歩く大畑の周囲を城戸は注意深く観察した。公安部が好んで使うセダンや、工務店や配送業者を装った車両もない。勤め人や学生に溶け込む捜査員の姿も見えない。城戸は商業施設の二階テラスに飛び降りた。

神社裏の倉庫の前で、大畑が目を丸くした。

「城戸さん、生きてたんですね」

「言いつけを守ったようだな。公安の追っ手はいない」

「でも、なぜこんな場所に？」

「あちこち回ってもらわなきゃ、公安の目を欺けないからだ」

神楽坂駅に近い、モダンな狛犬(こまいぬ)や社殿を有する赤城神社の裏で、城戸は大畑と再会した。

社殿は二層構造で、本殿はビル二階分ほどの高さに造られている。社殿の下には、近隣住民が抜け道として使う小径と小さな公園がある。街路からは死角になっているため、待ち合わせにはうってつけの場所だ。

「なぜ言いつけを守ったってわかるんですか？」

大畑が両手を腰に当てていた。感情がすぐ顔に出るタイプだ。城戸はスマホを取り出し、画面をタップして大畑に向けた。

「あんたのスマホを監視していた。指示通り、九段下の駅前で画面からランプが消えたからな」

大畑がたちまち眉根を寄せる。

「どういうことですか？」

「福岡でドライブしたとき、端末情報を登録させてもらった」

大畑の眦（まなじり）がたちまち吊り上がった。バッグからスマホを取り出し、電源を入れようとする。

「待てよ。電源入れた瞬間に公安が追いかけてくる。スティングレイがたちまちあんたの電波を捕捉する。公安部の作戦室のディスプレーに位置情報を示すランプが灯る」

「スティングレイってなんですか？」

「アメリカの諜報機関が作った携帯電話の監視・盗聴システムだ。毒針を持つ巨大なエイからその名が付いたらしい」

城戸は米国防総省傘下の情報機関の名を告げた。大畑が唾を呑み込んだ。

「もちろん、日米同盟の名の下、日本でも同じ仕組みが運用されている。日本政府は存在を否定するが、アメリカの前の大統領は公に認めている」

城戸の言葉に大畑が目を丸くし、強く首を振った。

「テロリストのウサマ・ビン・ラーディンを覚えているか？」

「ええ、9・11の首謀者と言われていた人」

「彼はある日を境に携帯電話を一切使わなくなった」

城戸は十数年前の話を大畑に伝える。

「中東の砂漠の丘からビン・ラーディンが携帯電話を使って部下に指示を飛ばした翌日、その小高い丘は跡形もなく消えた」

「どうしてですか……」

「米空軍の無人攻撃機が爆撃したからだ」

城戸は感情を排し、淡々と告げた。

「あの日を境にビン・ラーディンは世界中の通信網が全てモニターされていると悟ったらしく、作戦を変えた」

「なぜそんな話を知っているんですか？」

「ビン・ラーディンに仕えた男が元同僚だった」

大畑が手で口元を押さえた。かつて反米勢力を支援していた元ロシア軍出身の武器トレーナーが、高額のサラリーで米国の民間警備会社に移籍したのだ。訛りの強い英語を話すロシア人は、ゲリラにAK-47などの銃器の手ほどきをしたとウオッカを飲みながら笑っていた。

「新時代編集部の固定電話、主要な取材スタッフの携帯電話はもちろん、社用メール、個人のSMSもほとんどを公安が盗聴し、モニターしている。それくらい公的権力の監視網は徹底的だ」

「会社の前にあったステーションワゴンから盗聴をしていたわけですね」

大畑が言ったが、城戸は首を振る。

「それは古いスパイ映画、二、三〇年前の話だ。今はもっとテクノロジーが進化している」

大畑が顔をしかめる。

「以前、芦原首相がアメリカのような監視体制は日本ではあり得ないって国会で答弁しています」

「スティングレイはもちろんのこと、日本ではドラッグネットという独自のシステムが運用されている」

城戸は鼻で笑ってみせた。大畑がバッグから小さな手帳とペンを取り出した。

「メモは取るな」

城戸は強い視線を送った。大畑はため息をつき、腰に手を当てた。

「ドラッグネットってなんのことですか？」

「日本版ＸＫｅｙｓｃｏｒｅ（エックスキー・スコア）だ。底引き網のように日本国中から個人情報を根こそぎ集めるのさ」

大畑がまた驚いた顔をする。

「エックスキー・スコアって、あのスノーデンが暴露した国家ぐるみの監視システムのこと？　スノーデンの告発は本当のことですか？」

「俺が勤めていた警備会社は、裏から情報を買っていた。生きた情報を基に行動しなければ、戦場では殺されてしまうからな」

城戸は淡々と言った。


「追加で回鍋肉（ホイコーロー）の単品お願いします」

城戸の目の前で、大畑がレンゲを持つ右手を高く挙げた。

混み始めた神楽坂の中華食堂で、中年の女性店員が威勢よく応じている。街を東西に貫く表通りから奥に入った店は、城戸が高校生のころからスナップ撮影を楽しんだ小径に面している。店の入り口の黄色のテントも健在で、〈Ｔｈｅ　Ｌａｈｍｅｎ〉という怪しげなローマ字のプリントも残っている。

「なぜリスクを冒して私に接触してきたんですか？」

看板メニューの炒飯を食べながら、大畑が訊いた。

「この界隈は街が古い。防犯カメラの類いもよそに比べて少ないからな」

赤城神社から食堂まで、入り組んだ路地を四、五分歩いた。新しいマンションや住宅には防犯カメラがセットされているが、神楽坂の古い街に最新鋭の監視機器はまばらだ。

「はぐらかさないでください」

小鉢のスープをすくってから、大畑が言った。

「今はメシに集中してくれ。回鍋肉も全部食っていい」

城戸は自分の手元にある皿に目をやった。サイコロ大のチャーシューが入った炒飯の三分の一程度を胃におさめた。大畑が食べているのは、同じ炒飯でも二合のボリュームを誇る大盛りで、それが早くも半分消えている。

炒飯をスープで流し込んだ大畑が城戸を睨んでくる。

「大食いって思ってるんですか。でもね、朝ごはん食べようとしていたときに飛び出したから、お腹が空いているんです」

黒味噌ソースがたっぷりと絡んだ回鍋肉がテーブルに置かれた。回鍋肉も炒飯と並ぶ人気メニューだ。大畑は直箸で肉とキャベツをたっぷり取り、自分の炒飯の皿に盛り付ける。

「生きているとは思っていましたけど、あの橋から車で飛ぶって、やっぱりすごいですね」

「清家とかいうカメラマンと一緒に俺の経歴を調べたんだろ？　どこまで知っている？」

「かつて東富士の演習場でレンジャー訓練を取材したとき、あなたに会ったことを覚えていました」

福岡・西中洲の記憶が蘇る。清家はいきなり城戸の名前を呼んだ。

「俺の履歴は基本的に全部消されている」

城戸は大畑を睨んだ。

「消されたってどういうことですか？」

怪訝な顔を大畑がした。城戸は首を振る。

「俺は特殊部隊に所属していた。この組織は治安上の理由からほとんど世間に公表されていない。メンバーが誰で、どんな訓練をしているかも国家機密だ」

納得はしていない様子だが、大畑は小さく頷いた。

「ここからの話だが、オフレコだと約束できるか？」

大畑が身を乗り出す。猟犬の目つきだ。

「俺の信頼する元上司が殺された」

「自衛隊の人ですか？」

大畑が声を押し殺した。城戸は首を振る。

「自衛隊を辞めてから、アメリカの警備会社に就職した。そのときのイギリス人上司だ。俺たちはあちこちの紛争地に派遣され、何人もの仲間が死んだ。彼は誰もが認める歴戦の勇士で、簡単に殺されるような男じゃない」

城戸は天井を見上げた。仕事の終わりに部下の首に太い腕を巻きつけ、〈ビール飲みにいくぞ〉と言っていた優しい男の顔が瞼の裏に現れる。

「その元上司が殺されたことと、今回の騒動がどう関係するんですか？」

目線を戻すと、大畑が両目を見開いていた。

「俺は傭兵稼業から卒業して、今はリスク管理のコンサルタントをやっている。仕事は元上司や元部下など信頼できる人物からの紹介しか受けない」

「王は、そのイギリス人の元上司からの紹介だったんですか？」

「そうだ。見本市に行く、しかも福岡だ。楽な仕事だと思ったが……」

大畑が頷く。

「怪しいところは？」

「香港で会うことになってからトラブルの直前まで、不審な点はなかった」

今にして思えば、王のカレッジリングに注意を払っておけばよかったかもしれない。指輪に毒が仕込んである可能性——戦場で神経を研ぎ澄ましているときなら、考慮していただろうか。

「福岡の大学病院で、王が気になる言葉を遺した」

大畑がまた身を乗り出してくる。

「王は蘇生していたが、口がきけない状態だった。俺の手にアルファベットでB、A、I、Tと文字を書いた。ベイト、直訳すれば餌だ」

城戸は釣り竿を引き上げる手振りをしてみせた。王と陳の死を説明する。

「それで、心当たりはありますか？」

城戸は一旦口を噤んだ。あの事柄が今回の騒動にリンクしているのか、城戸にもまだ確証はない。あれから五年以上が経過した。もしも自分が、釣り針に突き刺される餌になったのであれば、なぜ今なのか。合理的に説明できる材料が一つもないのだ。

「なぜあんたとカメラマンが王を張っていた？　どんなルートでネタを引いてきた？」

城戸は尋ねた。大畑が眉根を寄せる。

「情報源秘匿は記者の基本です。明かすわけには」

口元に付いた黒味噌ソースを紙ナプキンで拭き、大畑が口を一文字に結んだ。

「そういう態度なら、話はご破算だ。俺は一人で調べを続けることにしよう」

テーブルの伝票を取り、城戸は腰を上げた。

「ちょっと待ってください。少しだけ時間を」

大畑が声をおさえて懇願した。

城戸は大畑を凝視した。ブラウンに染めたボブカット、高く細めの鼻筋、二重で切れ長の目——気の強そうな顔だ。その額にうっすらと汗を浮かべている。大食い記者は懸命に考えを巡らせ、ネタ元と元兵士を天秤にかけているのか。

「時間切れだ」

離れようとすると、大畑が城戸の左腕を強くつかんだ。

8

志水はオペレーションルームの大型モニターの表示を地図からニュース番組に切り替えた。右手を記者団に向けて挙げ、足早に官邸ロビーを通り過ぎる芦原恒三首相が映った。何人かの若手捜査員が志水に視線を向けてくる。

「気にするな、時間を確認したかっただけだ」

オペレーションルームが一瞬で静まり返った。志水があえて言った時間という言葉の重みを、部屋にいる全員が感じているだろう。

週刊新時代の大畑を九段下駅で見失ってから三時間以上が経過した。樽見は追跡班に矢継ぎ早に指示を出しながら、都内の主要駅や大規模商業施設に設置された監視カメラ映像を解析する班の様子も見守っている。

「まだ見つからないなんて、どうしたんだ！」

樽見が苛立った声をあげ、解析班の六人のメンバーを睨んだ。

「すみません、どこにもヒットしません」

三〇歳になったばかりの若手捜査員が殊勝に頭を下げる。眼前のデスクトップパソコンには、二〇カ所以上の監視カメラの映像がリアルタイムで流れている。

改札口を通る人間の一人一人の顔に、次々と薄いグリーンの枠がかかる。デジタルカメラのオートフォーカス機能を応用して、動体物の認識スピードを上げたソフトが稼働している。

個人を特定する顔認証システムも半年間で五回のバージョンアップを繰り返した。SNSなどで写った人を認識する汎用サービスと基本システムは同じだが、データベースに収められた前歴者や要警戒対象者がいれば、アラートが表示されるとともに自動追尾する設計に改められた。当然、大畑と城戸の情報も担当者がデータをアップロードしている。

「検索範囲をターミナル駅だけでなく、郊外の小さな駅やバス停周辺にも広げろ」

樽見の指示で、別の捜査員がキーボードを叩く。

「樽見、落ち着け」

志水が低い声で告げた。樽見は顔を曇らせる。

「一〇〇〇カ所以上のポイントでヒットしないとなれば、範囲を広げるしかありません」

「わかっている。ただ、城戸のことだ。そう簡単に手がかりを残すとは思えん」

下唇を噛んだ樽見が若手捜査員の肩に手をかけ、デスクトップパソコンの画面を凝視し始めた。

失礼します、とくぐもった声が志水の背後から聞こえた。

「なにかわかったのか、大竹警部補」

「ひとまず、栗澤幸一の基礎（キチョウ）調査のデータを」

大竹は本部に戻る時間を惜しみ、部下たちを走らせて情報を集めたようだ。志水の手元にファイルを広げる。

年齢は四六歳、岩手県釜石市の県立高校を経て、東京の私大工学部に入った。卒業後は複数の機械メーカーや販売会社への転職を経て、現在の専門商社に勤務している。外務省のデータから抽出した渡航歴に、志水は注目した。

「上海や深圳で会っている相手は？」

「現地で情報収集を急がせています」

志水は転職履歴と渡航データを見比べた。中国企業と取引する機械メーカーや販社の社員ならば渡航するケースは増えるだろうが、やはり多すぎる。毎週のように渡航している期間もあった。

志水が顔を向けると、大竹が頷き、ページをめくる。銀行口座のデータがファイルされていた。

「暁銀行の錦糸町支店か」

入出金の欄をチェックする。ここ半年間、毎月二度、金曜日に二〇万円が振り込まれている。出金は少なく、残高は六〇〇万円近くになっている。金を振り込んでいるのは〈サンメイト企画〉という企業だ。

「深圳からドローンを輸入する小さな会社です。オーナーは中国籍の在日三世です」

セルフレームのメガネをかけた細面の男の写真が挟み込まれていた。

「諜報関係者か」

大竹がさらにページをめくる。外事二課から上がってきた報告書には、別の写真があった。

「濃鑑（のうかん）です」

細面の男が食事をしている相手は、志水にも見覚えがあった。

「在日中国大使館の武官で、人民解放軍の情報部門の一員です」

「栗澤を引っぱるネタも拾ってくれ」

栗澤のデータを目に焼き付けたあと、志水はファイルを大竹に返した。警電の受話器を取り上げ、諳んじていた番号をプッシュした。


「いきなり呼び出して悪かったな」

「とんでもない。久々に志水さんからの電話でちょっと驚きましたけど」

警視庁第八機動隊の敷地から北西に五〇〇メートルほど離れた場所にある蕎麦屋で、志水は電話の相手と待ち合わせた。志水が戸塚署刑事課時代に面倒をみた後輩だった。

店員に蕎麦とミニカツ丼のセットをオーダーしてから、志水は言った。

「あの神津がもう警部補か。俺も歳をとるわけだ」

神津隆夫は、戸塚署の交通課から強く希望して刑事課に異動してきた一三歳年下の刑事だ。今は捜査一課にいる。

「志水さん、今もたしか……」

周囲を見回しながら、神津が声を潜めた。

「ああ、一四階の住人だ」

一四階は警視庁本部で公安総務課が入るフロアだ。階の異なる刑事部とは全く行き来がない。一〇年ほど前に刑事部から公安部にスカウトされた直後、志水は所轄署や警察学校の仲間たちとの連絡を一切断つよう当時の公安総務課長に厳命されてもいた。

「こんなところで俺と話していても大丈夫ですか？」

もう一度神津が周囲を見回した。

「この店は平気だ。客の大半は近所の住民か隣の大病院の関係者や患者だよ」

神津が少し肩の力を抜いた。この界隈の商店や飲食店については、樽見の部下たちが主人や従業員の身元、宗教や支持政党のほか、客層もあらかた調べ上げている。公総課はクリーンの判定が出ている店しか使わない。

「それにしても、久しぶりだ。奥さんは元気か？」

「ええ、子供も三人目が生まれました」

「そうか、今度お祝いになにか贈らないとな」

神津が首を振る。

「あの、志水さんが俺を呼び出すなんて、よほどのことがあるんですよね？」

頼りない口調だが、視線は鋭い。会う人間全てを疑ってかかる刑事眼（デカめ）だ。

「一つ教えてほしいことがある。おまえの班が担当でないことは承知しているが、暁銀行の一件について知りたい」

銀行の名を出した途端、後輩の刑事眼が鈍く光った。

「一課の強行犯捜査係の中でも、とりわけ腕利きが集まっている班が担当していますけど」

「今、俺が調べている一件と少し関わりがありそうなんだ」

「そうなんですか……」

神津の声が萎んでいった。捜査一課は複数の班が互いに手柄を競い合う熾烈な職場だ。他班と捜査情報を共有するようなことはない。ただ、神津は何も話せないという様子ではない。

「気づいたことがあれば何でもいい」

「あの、俺から聞いたってことはどうかご内密に」

志水がうながすと、神津がまた周囲を見回した。

「同業者はいない」

「ちょっと異例というか……」

「なにがだ？」

「通常の殺人（コロシ）事件とは指揮系統が違うというか」

指揮系統という言葉で、志水はすぐに渋面の高官の顔を思い浮かべた。

「頭越しで指示が出たんだな」

神津が頷いた。

「警察庁総括審議官か。どの段階で割り込んできた？」

「事件の第一報の直後です」

暁銀行の副支店長が殺された。都内で起きた殺人事件なら所轄署に捜査本部が設けられ、署の刑事課と本部捜査一課の強行犯捜査係が動員されて、これを一課長が統括する。多忙な一課長は事件の全体像と体制を見て、指揮は現場の部下に任せるのが慣例だ。それが、近い将来警察庁長官か警視総監になろうという人物が初動段階から割り込んできた。異例というより前例がない。

「その後もしばしば捜査本部（チョウバ）に顔を出され、現場は困惑しています」

犬猿の仲である公安部にも口を出すくらいだ。高村の動きには焦りすら感じられる。

「悪いが、なにか聞こえてくれば漏らさず教えてほしい」

不安が幾分和らいだのか、神津の表情は明るくなっていた。

9

神楽坂の中華食堂を出て、城戸は大畑と肩を並べ、裏通りを歩いた。

「俺についてくるのであれば、一つ条件がある」

「密着取材できるなら、呑みます」

「少し散歩に付き合ってくれ」

なぜ週刊誌が王を張っていたのか。城戸が巻き込まれる騒動を予知していたように。そこには作為の臭いがある。

城戸は大畑を揺さぶって、ネタ元を教えろと迫った。別のネタを前にして、情報源を売るかを試してみたのだ。大畑は一切明かさなかった。

「あんたが書いた記事を読んだ。北朝鮮の原油密輸、いいアングルで写真も撮れていたし、テキストもわかりやすかった」

神戸・元町の裏通りにある香港食堂で、城戸は大畑の記事を検索した。芸能人の賭博疑惑や政治家の色恋沙汰など、多種多様な記事を書いていた。今回の件に絡んでいそうなのは、公海上の瀬取りに関するものだった。

「王をターゲットにしたのは、あの瀬取りの追加取材だったのか？」

大きく息を吐き出すと、大畑が口を開いた。

「王が北の密輸に絡んでいるっていう趣旨のタレコミがありました。もう一度言うけど、ネタ元は明かせません。情報を裏取りしていくと、全て事実だった。瀬取りのときも、香港を出る船の詳細な情報がもたらされ、だから撮影に成功しました」

「王の会社が国連決議違反の商いを裏でやっていたわけか」

王は上司が黒社会に恨まれていると言った。日本出張中にトラブルが起きては困る。それが警護依頼の目的だった。中国共産党は北朝鮮という国家の事実上の保護者だ。国連決議で北への制裁圧力が着実に強まる中でも、秘かに食料や原油を分け与えているその実行部隊として、中国の商社が動くのはあり得る話だ。

王は実際に精密機械を専門に扱うビジネスマンだった。日本メーカーの幹部たちとの会話を聞いていたが、特殊なハンダ付け技術のことや、硬度の高い特殊金属を研磨する機械の話などは、淀みもなく、自然だった。まったく畑違いの原油取引、それも密輸に手を貸すのか。香港島で会食したときも、不自然な点はなかった。だからこそ警護の依頼を引き受けた。

「王が密輸に絡んでいたとしたら、当然、日本の公安警察は目をつける。来日すれば、行動確認するのは当たり前だろう」

城戸は自分に言い聞かせるように告げた。

「だから西中洲に何人も公安捜査員がいたんじゃないですか。私たちも取材データを奪われたりして、散々な目にあいました」

「警視庁捜査一課の連中はなぜ王に同行を求めた？」

福岡空港の国際線到着ロビーで真っ先に感じたのは、捜査一課の刑事たちが放つハンターの気配だった。やり方は稚拙だったから、すぐに包囲網に気づいた。

「その点はわかりません」

「捜査一課は密輸を捜査したりはしない。一課が出てきた謎を解く必要もある」

「情報集めなら、私の専門分野」

いきなり大畑が歩みを止め、トートバッグからスマホを取り出した。

「やめろって。こんなところで電源を入れたら、たちまち取り囲まれるぞ」

大畑は肩をすくめた。

「あとで連絡用の機材を渡す」

「わかりました。それより、どこに向かっているんですか？」

石畳の小径の先、黒塀が見え始めた。神楽坂でも一番風情のあるエリアだ。

「お座敷遊びをするとか……」

「お座敷は当たっているが、残念ながらメシや酒じゃない」

城戸は足を速めた。先ほど中華食堂から連絡すると、当てにしていた人物は急な申し出を快諾してくれた。そろそろ準備が整っているはずだ。

「俺についてくるなら条件があると言っただろう」

城戸は黒塀の隣、苔(こけ)むしたブロック塀の前で足を止めた。ブロック塀に古びた呼び鈴がある。城戸は躊躇なくボタンを押した。しばらくして、古い木製のドアの向こうで人が動く気配がした。

「はい、お待ちしておりました」

家の中から艶のある女の声が響いた。大畑が眉根を寄せる。城戸はドアを開けた。

「ご無沙汰しております、護さん」

「こちらこそ。急なお願いをして申し訳ありませんでした」

薄暗い玄関に、髪をアップに結った小柄な老女が立っている。

「早くドアを閉めろ」

大畑に言った。老女が微笑む。

「どうやら彼女さんではなさそうね」

「違います！」

城戸が答えるより早く、大畑が反応した。

「お邪魔します」

城戸はブーツを脱ぎ、老女の後を追った。大畑もついてくる。

「護さん、何年ぶりかしらね」

「かれこれ五、六年ですね」

老女の穏やかな声に接すると、慣れ親しんだ街に戻ってきたことを実感する。分厚いジャケットの袖を大畑が引っ張る。

「城戸さん、ここはなんなんですか？」

「条件を呑むんだろ？」

大畑が渋々頷いた。城戸は老女に続いて、狭い廊下を曲がる。小さな中庭が見えた。箱庭と言ったほうが正確かもしれない。昔と変わらず、隅々まで手入れが行き届いていた。小さな灯籠と陶器の睡蓮鉢がある。分厚い大正ガラス越しに見ると、数匹の金魚が鉢の水面近くを優雅に泳いでいる。

「ようやく日本に帰ってきたという実感がわいてきました」

「まあ、年寄りみたいなこと言わないの」

廊下の先から、老女のたおやかな笑い声が聞こえる。また角を曲がる。薄暗かった周囲が明るくなり、廊下の先に四畳半ほどのスペースが現れた。天井から照明が吊られ、足元にはブルーシートが敷かれている。中央には丸い椅子、前には姿見がある。大畑が狐につままれたような顔になった。

「俺は町の写真屋の倅でね。かつてここは親父がよく撮影に使っていた。俺は助手だった」

大畑が再度城戸と老女を交互に見た。

「昔、この家は置屋だった。俺たちは芸者さんの出張撮影に来ていたんだ」

「なぜここにブルーシートが？」

大畑が首を傾げた。

「そこに座れ」

大畑が渋々丸い椅子に座った。玄関の方向から甲高い女の声が響く。

「母さん、遅くなってごめんね」

パタパタという足音が迫ってくる。

「この人が護ちゃんの彼女？　随分若いのね」

ショートカットの髪をヘアジェルで固め、小さな革のバッグを持った細身の女が入ってくるなり言った。黒いレザーのステンカラーコート、パンツも黒革だ。

「はじめまして。神崎美南よ」

美南が大畑の肩に手をかけた。

「幼馴染みがたってのお願いって言うからね、店を若い子たちに任せてきちゃった。神楽坂上で小さなサロンやっているの」

美南は足元に置いたバッグから黒い包みを取り出し、大畑の目の前で広げ始めた。

「鋏？　サロンって、美容室ってことですか？」

「そうよ、護ちゃんから聞いてないの?」

美南が怪訝な顔で城戸を見た。

「仕事が急ぎで決まったからな」

「あらそうなの。まあ詳しくは聞かないけど」

美南はバッグから小さな霧吹きを取り出し、大畑の髪を濡らし始めた。老女が手際よく大畑の首回りにカバーをつける。

「髪を切るなんて、聞いてないんですけど」

姿見を通し、大畑が睨んだ。

「奴らの目を欺く必要がある」

城戸が顎をしゃくると、美南が頷き、鋏を動かし始めた。大畑が聞く。

「どうしろと?」

「男に化けてもらう。肩幅はがっちりしているし、背も高いからな」

美南が大畑の前髪をつかみ、一気に鋏を入れた。

10

若松町の蕎麦屋を出た志水が、公安総務課のオペレーションルームに戻ると、若手に活を入れていた樽見が振り返った。結果を聞くまでもなく、沈んだ表情には収穫なしと書いてある。

「検索範囲は広げたのか」

「二三区だけでなく、都下、近隣県の主要駅、バス、タクシー等々の監視カメラ映像は漏れなく手配しました。埼玉、千葉、神奈川の各県警担当者にも協力させています」

「N（エヌ）システムは？」

樽見が力なく首を振った。やはり城戸は大畑とともに地下に潜ったのだ。監視の網が行き届かない場所はどこか。考えを巡らせても答えは出ない。城戸は都内、おそらくは都心で息を潜めている。大畑を連れ、そう遠くへは行けないはずだ。なんらかの行動の準備をしているのだ。

「あっちはどうなった」

志水は左の親指を立てた。樽見が頷き、デスク上にあったタブレットを取り上げた。蕎麦屋に行く前、調査を指示していたデータだ。

「公用車の運用状況はこんな感じでした」

志水はタブレットを受け取り、一覧表に目をやった。

〈永福自宅（午前七時二〇分発）↓首都高経由で本庁――〉

細かいマス目には、公用車の立ち寄り先がびっしりと分単位で記されている。

「自宅と本庁、あとは赤坂の料亭やホテルか」

「赤坂は内閣官房時代の元同僚との定例会合のようです」

志水が顔を上げると、樽見が頷いた。

「公用車の運用に不審な点はありません」

樽見が公用車の部分に力を込めた。

「でも、こちらをご覧ください」

樽見がタブレットの画面をなんどかタップした。人さし指と親指で画面を拡大させ、再び志水に向ける。

「つい二週間前の記録です」

〈永田町のホテルでの会合終了後、業務外との理由でタクシーを利用、帰宅〉

記述を読んで顔を上げると、樽見が頷いた。

「人事一課（ヒトイチ）が定期的に行確していました」

樽見が手早く画面を三度叩く。すると静止画に切り替わった。

「六本木、それとも銀座か？」

大理石のフロア、重そうな樫（カシ）の扉が写っている。

「錦糸町です」

志水は目の前の画面をスワイプした。背の高い女を両脇に従え、上機嫌な様子で店に入っていく高村が写っている。ホステスの顔に、高村が頬をすりつけている写真もある。

「店の中身は、現在調べさせています」

「刑事部の連中は遊び方が派手だからな」

警視庁本部の人事一課は、庁内の警部以上の幹部捜査員や職員の動向を監視するセクションだ。捜査対象者との癒着、組織内での色恋沙汰等々、カバーする範囲は多岐にわたる。警察官、関係職員がトラブルを起こせば世間の怒りを買う。内々で処理できる問題は人事一課が秘かに動き、関係者を依願退職させて、組織全体を守るのだ。本来、高村のような警察庁のトップ級の幹部は監視対象ではないが、一部の人間をまれにチェックする。万が一に備えたのだろう。人事課には公安部経験者も多い。樽見はその筋から情報を引いてきたのだ。

「裏でなにかを隠している気配が濃厚だ。外堀から埋めるぞ」

志水は小声で言い、樽見が力強く頷いた。

11

「着いたわよ」

ＳＵＶのハンドルを握る美南が言った。二列目シートの城戸は身を起こし、上体を覆っていた美容室用の薄緑のケープを外し、周囲を見回す。

「もういいぞ」

隣の大畑に声をかける。大畑もゆっくりとケープを取った。美南が仕事で使っている車は、商店街のコインパーキングに停車していた。

「ここはどこですか？　なんか寂れた感じですけど」

人通りの少ない商店街の様子を大畑が指摘する。

「二丁目だからな、昼間の人口は極端に少ない」

「新宿二丁目ってことでしょうか？」

「せっかく男っぽくなってもらったしな」

ルームミラー越しに美南が笑い出した。

「綺麗なボブだったのに、ごめんね」

一応謝ったが、美南は楽しそうだ。

「取材のためですから」

トートバッグから取り出した小さな鏡で、大畑が自分の髪をチェックした。

「どこから見ても男だ。美南の腕は確かだ」

大畑が自分の後頭部をさすった。耳の上まで綺麗に刈り上げられた髪は、頭頂部がジェルで固められていた。前髪を上げ、オールバックのようにしてある。綺麗に七三に分け目がつけられている。

「ヨーロッパのサッカー選手のイメージで刈ってみたのよ。サングラスかけたらもう完璧」

美南の言葉は的確だった。ヘアカットというより、刈るというイメージが合う。大畑の後頭部と側頭部は三ミリ程度の長さに揃えられ、青々としていた。

「ありがとうございました！」

むきになった子供のような口調で、大畑が言った。

「それじゃ、案内するわね」

美南が運転席から降りた。城戸は後部座席のドアを開ける。大型リュックを背負い、ポケットからサングラスを取り出す。

「とりあえず、これを使ってくれ」

差し出すと、大畑はひったくるようにサングラスを手にする。

「頭はサッカー選手で、着ているものは女性って、ちぐはぐすぎます」

大畑は猫背になり、城戸の背後にぴったりと付いてくる。

「その辺りの手配も美南がやってくれている。任せておけば大丈夫だ」

美南は速足で歩く。仲通りを南下し、カレー屋の角で左に折れた。車一台がようやく通れる細い道沿いには、エスニック系の料理屋やシャッターを下ろしたバー、レストランがある。いくつかの店の前を通り過ぎ、美南が足を止めた。

「ここの三階よ」

美南が細長い雑居ビルを指した。バーやスナックのピンク色をした看板がかかっている。細長いビルは七階建てで、薄暗いホールの先にエレベーターが見える。

「亡くなった父親が大昔に買ったビルでね。三階は私が倉庫代わりに使っているの」

エレベーターを呼ぶボタンを押しながら、美南が言った。

「何から何まで悪いな。騒動が片付いたらお礼する」

エレベーターに、美南を先頭に三人で乗り込む。

「どうして二丁目に？」

「追っ手の目をくらますためさ。女性記者がサッカー選手に化けるとは誰も思わないだろう」

「この人バカなこと言っているけど、根は真面目だからね」

美南が城戸と大畑を交互に見上げた。

「美南は、口が堅い。万が一にも情報が漏れる心配はない」

「昔から神楽坂には権力(おかみ)に歯向かう人が多くてね。護ちゃんがなにを企(たくら)んでいるかは知らないけど、幼馴染みだし」

エレベーターが三階に着き、扉が開いた。

「あらっ、姐(ねえ)さん、遅かったじゃない」

目の前に、ロングの金髪をカールさせた女がいた。城戸より背が高い。派手なアイシャドーとどぎつい口紅が目立つ。いや、その低くドスの利いた声は男だろう。足元を見ると底の分厚いブーツを履いていた。

「アタシの私服、いくつか持ってきたわよ」

金髪女は有名ブランドの大きな紙袋を掲げてみせた。

「恩にきるわ。来月は無料でカットしてあげる」

美南が袋を受け取りながら、快活に笑った。

「嬉しい！」

金髪女は投げキスをして、エレベーターに乗り込んだ。

「大昔に観た映画があるんだが……」

城戸は手酌でタンブラーにビールを満たした。薄青レンズのサングラスをかけ、髪をジェルで固めた大畑が蕎麦を手繰るのを止め、首を傾げている。

新宿二丁目の仲通りに面した蕎麦屋のテーブル席で、城戸と大畑は向かい合って座っていた。午後七時半、夜更けまで飲み歩く向きが多い街では早朝の時間帯に当たり、店はガラガラだ。

「ジャッカルという名の伝説のスナイパーを描いた映画だ」

仏大統領の暗殺計画などの史実を基に英国の作家が小説を発表し、のちにドキュメンタリータッチの映画が製作されたのだと城戸は説明した。

「フランス警察の追跡をかわすため、ジャッカルは変装しながら潜伏を続けた」

「そういうモデルがあったから、私が？」

大畑が刈り上げられた後頭部をさすった。

「当時とは比較にならないほど、探索技術は進んでいる。日本の公安警察は優秀で、潜ったネズミを炙り出すのは得意技だ」

「手配書が回っているんですか？」

「宿泊施設や店舗、街角の至るところに監視カメラがある。ドラッグネットという大量監視（マス・サーベイランス）用のツールはそのすべてを網羅して、モニターしている。だが、それを扱うのは人間だ。奴らには男女二人組という意識がある。その思い込みを逆手に取る。アナログなのが逆に効くのさ」

「レンジャー訓練とか空挺部隊でそんなスキルを？」

城戸は首を振る。

「いや、海外でいろいろ仕事をするうちに覚えた」

「ほら、まただ。詳しいことは言えないんですか」

大畑は割子蕎麦を猛烈な勢いで手繰り始めた。

「食いながら聞いてくれ。あんたが姿を消した以上、公安は行方を捜しながら、王の取材に関しても情報源を探っているはずだ」

薬味のかつおぶしとネギを蕎麦にかけながら、大畑が頷いた。

「あんたの会社用、私用のパソコンの通信履歴はすべて公安に洗われている」

私用と告げたとき、大畑が箸を止めた。

「いろいろと工夫してネタ元とやりとりしていたのだろうが、公安は相手をもう炙り出しているはずだ」

大畑が肩を強張らせた。

「奴らは身柄確保するようなことはしない。二四時間フルに監視して、接触相手や立ち寄り先を把握する。利用できるように丸裸にして弱みを見つける」

「なんとかしなきゃ……」

大畑が腕を組んだ。城戸はビールのアテに出された揚げ蕎麦を口に放り込んだ。大畑を変装させ、潜伏先も確保した。このトラブルの渦を巻き起こした張本人を見つけ出し、落とし前をつけさせる。プロを相手に舐めた真似をした人間をそのまま放置するわけにはいかない。足を洗いたいと考えている稼業だが、アグネスが大学を卒業するまでは、なにかとカネがかかる。彼女を真っ当な人生のレールに乗せるために、稼ぎ続ける必要がある。失敗は成功の糧などという甘えが通用する業界ではない。トラブルを解決するまでは絶対に撤退できない。

「これから、あんたのスマホを使えるようにする」

リュックから衛星電話の携帯用送受信ユニットを取り出し、城戸は大畑の目の前に置いた。スマホを受け取ると、手早く通信用のＳＩＭを取り外し、ユニットとつないで起動する。

「あっ、電源を入れると……」

「ＳＩＭを抜いたから、大丈夫だ。公安もこの電話は追跡できない。レスポンスは悪くなるが、アプリも使える。同じユニットを言論構想社の出版復興基金宛てに送ったから、清家に受け取らせろ。連絡には新しくアドレスを取って、文面に気をつけろよ。清家のメールも監視されていると思え」

大畑が早速スマホを取り上げ、操作し始めた。眉根を寄せる大畑を見ながら、城戸はつぶやく。

「追われるばかりじゃ能がない。ちょっと挨拶するぞ」

どういう意味か問う大畑に、城戸は曖昧な笑みを返した。

第三章　反撃

1

東京・九段下の交差点に、勤め人たちの乾いた靴音が響いている。大手都銀の支店が入るビルの外階段に身を隠した城戸は、言論構想社の本社前を監視していた。

古いレンガ壁とモダンなガラス戸を組み合わせた建物の脇には、グレーのミニバンが停車中だ。運転席と助手席はスモークガラスで、後部の窓にはすべて黒いパネルが装着されている。車内は改造が施され、通信機器の類いが満載のはずだ。

城戸は双眼鏡の倍率を上げた。ミニバンのそばに額の後退した中年男が立っている。黒いダウンジャケットにコーデュロイのパンツ、一見するとテレビマン風だ。イヤホンを挿している。近隣の企業の始業時間が近いため、周囲には絶えず人が行き交う。不自然さはないが、音楽を聴いているようには見えない。

デニムのジャケットでスマホが振動した。特殊な暗号アプリを使ったメッセージが、大畑から届いた。

了解と返信し、城戸は再び監視に意識を集中させる。勤め人の流れに逆らうような動きがあった。言論構想社の一階、正面玄関の回転ドアから、大きなカメラバッグをたすき掛けにした中年太りの男が飛び出してきたのだ。

〈ミッション、まもなく開始〉

城戸は小型双眼鏡をジャケットのポケットに入れた。階段の手摺りをまたぎ、工事用の足場を伝って人通りの少ない小径に降り、交差点の方を見る。清家は飯田橋方向に歩きながら、背後をうかがい、右手を挙げる。実車中のタクシーが通りすぎる。その度に、清家は苛立った顔を見せ、また飯田橋方向へと進む。ダウンジャケットにコーデュロイパンツの中年男、三メートルほど後方に濃紺のロングコートを着た女が続く。ショルダーバッグからキャップとサングラスを取り出し、城戸は二人の公安捜査員との間合いを取りながら一行の後を追った。

清家は老舗ホテルの駐車場近くまで行くと、タクシーを探しながら、急に引き返す。中年男との距離が詰まる。中年男は清家の横を通り過ぎ、ホテルのエントランスへ去った。清家はいらいらした様子でタクシーをまだ探している。中年男がとったのは、公安流の脱尾という行動だ。公安要員を入れ替える。

依然タクシーは止まらない。清家は顔をしかめ、また飯田橋方向に速足で進む。背後に濃紺コートの女がつく。城戸は通りの反対側に目をやった。白い商用バンが停車し、後部ドアからボア付き作業服の男が降りてきた。目は清家を追っている。城戸は一旦歩みを止め、スマホに目を向けた。顔を動かさず、周囲を見る。コートの女、作業服の男も公安捜査員だ。あと三、四人は付近に待機しているだろう。

清家から二〇メートルほどの場所に、ピザの配達用スクーターが停車した。トリコロールカラーのツナギを着た青年がエンジンを切り、ヘルメットを脱いだ。耳元にやはりイヤホンがある。この男も捜査員だ。城戸はスマホの専用アプリをタップし、二丁目のアジトにいる大畑へのメッセージを打ち込む。

〈ミッション、順調。反対車線に渡ってタクシーを拾うよう指示を〉

日本語のテキストが数字とアルファベット交じりの暗号コードに切り替わった。

〈了解、送る〉

間髪を容れずに大畑からの返信があった。

城戸は清家に目をやった。憮然とした表情で、車の流れを睨んでいる。ロングコートの女は足を止め、スマホの画面をチェックしながら清家を監視する。白いバンの男もスマホで通話しているが、目は清家を向いている。宅配ピザの男も同様だ。

城戸は改めて周囲をチェックする。ビルの窓から清家を見下ろす人影はない。停車中のタクシーや商用車十数台の運転手や同乗者の仕草、態度は自然だ。現状、清家を追尾している公安捜査員は三人だろう。

〈次の指示をよろしく〉

大畑からメッセージが届いた。

昨夜、蕎麦屋で食事したあと、作戦を練った。大畑に伝えたように、追われるばかりでは能がない。

清家を囮にする。公安部は躍起になって、姿を消した大畑の行方を探っている。大畑が取材をやめるような記者でないことはわかっているだろう。コンビを組む清家に接触する可能性が高い。必然的に公安は清家への監視を強めると踏んだ。

クラクションの音が響き渡った。トラックやハイヤーが大通りを横切る中年太りの男の前で急停車した。清家は悪いと拝む手振りをしたあと、反対側の歩道に向かった。午前の早い時間帯、都心から郊外に向かう車の流れはまばらだ。

ほんの一瞬だが、大通りを横切った清家と白いバンの傍らにいた男の目が合ったように見えた。バンの男は何食わぬ顔で後部ドアを閉め、運転席へと向かう。清家はタクシーを探し続けている。白いバンのエンジンがかかった。公安捜査員二人目の脱尾だ。

黄色のタクシーが清家の前で急停車した。宅配ピザの男がスクーターのエンジンをかけ、周囲の状況を確認し始める。タクシーで移動する清家を追うよう指示が出たのだろう。

清家が大きなカメラバッグを後部座席に放り込み、太った体を折り曲げるようにタクシーに乗った。城戸は飯田橋方向に五〇メートルほど移動して、大畑にメッセージを送る。

〈ピックアップだ〉

車が現れた。助手席に乗り込む。ハンドルを握っているのはニット帽を目深に被った大畑だった。

「この先に白いバンが止まっている。動き出したら後を追ってくれ」

「あの車ですね」

八〇メートルほど先にあるバンを大畑が指した。

「ゆっくりでいい。この車との間に二、三台挟んで走ってくれ」

大畑が頷き、サイドブレーキを解除させた。バンが動き出す。城戸はフロントガラスに目をやった。指示した通り、大畑は黒いセダンと軽トラを挟み、公安捜査員が乗った白いバンを追う。

「バンが急にUターンしたり、スピードをいきなり上げたときは無理しなくていい」

白いバンの運転手は今頃、指揮官から次の指示を受けているはずだ。脱尾後、自らが追われているとは考えないだろう。白いバンは九段下から東の方向へ走り、首都高の高架をくぐって専大前の交差点近くで小径に入った。

「ゆっくりでいい」

追尾を外れたとはいえ、相手は公安捜査員だ。極端に近づくと気づかれてしまう。

「ビルの駐車場に入るみたいです」

居酒屋やラーメン屋が立ち並ぶ一角に、古い雑居ビルがあり、一階が駐車場になっているのが遠目にもわかった。

「ここで降りる。また待機してくれ」

白いバンがバックで車庫入れを始めた。大畑が車を止める。距離はおよそ五〇メートルほどだ。城戸は白いバンの姿が見えなくなるのを確認し、外に出た。

2

「清家の架電先は？」

東京・若松町の公安総務課のオペレーションルームに樽見の声が響いた。志水は携帯電話の分析担当の女性捜査員に目を向ける。

「ここにリストになってます」

「一番のスクリーンへ」

タクシーを追跡するスクーターからの画像が切り替わった。電話番号がいくつも表示された。

「今、出します」

女性捜査員がキーボードを叩いた。それぞれの電話番号の横に企業や個人の名前が表示される。

〈スケールカメラ西新宿本店〉〈カメラの浄土堂〉……。上にある八つの番号は、カメラの専門店らしい。清家はカメラマンだ。電話してもおかしくはない。

「各店の防犯カメラはアクセス可能か？」

樽見の問いに、別の捜査員が答える。

「二分ください！」

「一分だ。早くしろ！　どこかのカメラ屋に大畑か城戸がいるかもしれん」

志水は架電先リストに目を走らせる。

〈中華飯店　龍峰〉〈立ち食いそば　榎〉〈スタンドバー・加賀美屋〉――カメラ店以降は飲食店の名が並んでいる。

「通話時間のデータは？」

志水は口を開いた。分析担当が弾かれたようにキーボードを叩く。大型スクリーンに二〇の架電先の名前、通話時間が表示された。志水は立ち上がる。

「くそっ」

オペレーションルームに詰める捜査員たちの動きが一瞬止まるのがわかる。

「全部ワン切りだ。電話をかけるフリをしただけだ」

志水は一覧表を指した。通話時間は、いずれも二、三秒だった。

「秘撮映像をリワインドしろ」

棒立ちになる樽見を押しやり、志水は言った。画像担当の捜査員がノートパソコンにつないだ編集機のジョグダイヤルを回し始めた。大型スクリーンの画像が秘撮映像に切り替わる。

「電話をかけたのは芝居だ。清家は追尾に気づいている」

スクリーンに、タクシーに乗った直後の映像が映った。宅配ピザのスクーターのミラー脇に仕込んだ高性能小型カメラは、タクシーの後部座席でうつむく清家の後頭部を映し出している。清家はスマホを操作していたのだろう。

「清家のタクシーは今どこにいる?」

スクリーンの画像がまた切り替わる。今度は車のボンネットが映った。気づかれることを警戒し、新たな車両を投入したのだ。ドライブレコーダーの画像がそのままオペレーションルームに転送されている。主婦らしき女性が運転する軽自動車を挟んで清家の乗るタクシーが見える。清家は癖毛を掻いている。

「タクシーの現在位置は台東区千束付近。九段下から秋葉原を抜けて、浅草を経由してここまで来ています」

ＧＰＳ解析を担当する捜査員が告げた。画面が二分割され、タクシーの走行軌跡が地図上に表示される。

「どこに行く気だ？」

樽見が誰にともなく言った。志水の胸がざわめく。飛び出すように会社を後にして、タクシーを拾う。追っ手を警戒する様子を見せなかったのも演技だろう。引きつけるためか。

「タクシーが停まるようです」

スクリーンには、いびつに曲がった道路と派手な電飾をつけたビル群、黒い背広の男たちが何人か画像に映った。

「タクシー停車。追尾班、注意！」

樽見が無線機で告げた。

「画像、信号標識を拡大！」

志水の指示を受けた担当者が標識をクローズアップする。

〈吉原大門〉

表示された交差点の名前を見て、志水は唇をゆがめる。

「やってくれるじゃないか」

清家が大きなカメラバッグを抱え、黒い背広の男たちとともに派手な立て看板が目立つビルに吸い込まれていく。

「清家が特殊浴場から出てくるまで、各担当は暫時待機！　何人か入店せよ」

樽見が告げたとき、清家が歩みを止め、振り向いた。口元に笑みを浮かべている。

3

白いバンを運転していた男は、九段下で見たボア付きの作業服姿ではなく、ツイードのロングコートを着て雑居ビルから出てきた。

三〇メートルほど離れた煙草屋の庇(ひさし)の陰から、城戸は公安捜査員の様子を見守った。コートの男は三〇代半ばで、中肉中背だ。どんな服装でも、周囲に溶け込むことのできる体つきと言える。男は神保町の裏通りを行き交う車と人を一瞥したあと、御茶ノ水駅方向へと緩い坂道を上り始めた。

城戸はキャップを目深に被り直し、距離を置いて追った。学生らしき若者が時折、城戸を追い越していく。前を歩く男が、こちらに気づいている様子はない。

狙い通りにミッションは進行している。車を降りた直後、清家が入店したというメッセージが、大畑から届いていた。

坂道を上りきると、コートの男は御茶ノ水駅に向けて歩みを速めた。ＪＲか、地下鉄もある。脱尾した要員はどこに行くのか。突き止めるのがミッションの目的だ。福岡で待ち構えていた公安部の現場指揮官は誰なのか。追っ手の裏をかいて追跡し、相手の内情をつかむ。コートの男は駅前のスクランブル交差点に近づく。サラリーマンや学生のほか、ギターケースを抱えた一団など、周囲に人が増えた。城戸は思い切って男との距離を詰める。このままＪＲに乗るのか、別の車両が待機していて、男を拾うのか。桜田門の警視庁本部に戻るかもしれない。

城戸は頭の中にいくつもの対応パターンを浮かべる。一〇メートルほど先で、男がコートのポケットからパスケースを取り出した。交通系のＩＣカードが入っているのだろう。となれば、一番近いＪＲに乗る。中央線か、総武線か。東京方面なのか、新宿方面なのか。

信号が青に変わる。男が速足で歩き出した。改札前はかなり混雑している。男は巧みに人を避けながら先を急ぐ。城戸がジャケットのポケットからＩＣカードを取り出したとき、男が突然足を止めた。

気づかれたか。城戸は券売機の方向に逸れた。監視カメラの位置を確認する。交差点側を向いた広角レンズが一台、改札一帯を映し出すカメラも一台設置されていた。キャップをさらに目深に被って横目で様子をうかがうと、男はスマホを右耳に当てている。

「了解……」

男は改札へ向かう人波を避け、城戸の立つ券売機近くに移動してきた。なんどか頷き、口を開く。

「了解、ヤギュウへ戻ります」

男がスマホをコートのポケットに入れ、改札に向かった。城戸は追いながら考えた。組織内のコードか隠語なのだろうか。ヤギュウ——聞いたばかりの言葉を頭の中で反芻する。男は戻ると告げた。ヤギュウというのは地名だろう。

城戸は頭の中で地図を広げた。ヤギュウ、柳生……。埼玉県北部の加須市には、東武日光線の柳生駅がある。秋葉原で東京メトロ日比谷線に乗り換えれば、北千住から東武伊勢崎線へ乗り入れる電車もある。しかし、高い機動性を求められる警視庁公安部が、都心から離れて拠点を構える合理的な理由はない。

男は改札を抜け、新宿方面のホームへ向かった。総武線に乗るのか、それとも中央線か。

大畑からメッセージが入る。

〈次の指示を〉

西へ移動する、と送信しかけたとき、構内のポスターが目に入った。民間衛星放送局のもので、正座する侍の姿があった。その途端、城戸は答えを見いだした。かつて歩き回ったことのあるエリアが脳裏に浮かぶ。踵(きびす)をかえして、大畑を呼び出した。

コートの男が発した「ヤギュウ」という言葉で連想したのは、新宿区若松町だ。男は戻るとも言った。本部か、待機所か。いずれにしても拠点が置かれているはずだ。若松町一帯は古くからお屋敷町として知られている。田園調布など新興の高級住宅地とは別の特徴がある。

大畑にはアジトで待つように伝え、お茶ノ水から乗ってきたタクシーを降りた。城戸は中堅出版社の屋上に陣取り、都営地下鉄大江戸線の若松河田駅を見張った。

まもなく、ロングのツイードコートを着た男を見つけた。他の乗降客に混じって周囲の様子を観察しながら、城戸が予想した通りの場所に向かって歩き出す。城戸は双眼鏡をジャケットにしまい、屋上から降りた。男との距離を確認し、小径から表通りへ出る。人波を避けながら、男の背中を追う。男は出版社から一〇〇メートルほどの場所で足を止め、六尺棒を持った制服警官に身分証を提示すると、ゲートの奥に消えた。

〈警視庁第八機動隊〉

横目で看板を見ながら、城戸は門前を通り過ぎた。

警視庁の機動隊は首都の警護全般を担う警備部の傘下にある。自分を追うのは公安部と捜査一課のようだが、第八機動隊の敷地内に指揮官がいても不思議ではない。隠密行動を取る公安捜査員なら、人目につきやすい警視庁本部よりも、この場所の方が使い勝手が良いはずだ。

機動隊の敷地から五〇メートルほど西へ、抜弁天（ぬけべんてん）交差点の方向に歩き、城戸は小径に入った。忙しなく車が行き来する表通りとは違い、お屋敷町の中は人通りも少なく、閑静という言葉が似合う。

おそらく、第八機動隊の敷地内に公安部の実動部隊がいる。城戸を追い回す指揮官も控えているはずだ。

マンションや住宅の玄関にある防犯カメラに気を配りつつ、城戸は住宅街を進む。しばらく歩くと、古いマンションの前にたどり着いた。

〈旧柳生但馬守（やぎゅうたじまのかみ）邸跡〉

新宿区が設置した案内板に、柳生但馬守の略歴と街の歴史が書かれている。三〇年近く前、父親のライカＭ４を持ち出し、江戸時代の旧跡を撮って歩いた。近辺には尾張藩の別荘があった。戸塚方面に足を延ばせば徳川八代将軍吉宗をはじめ歴代将軍が頻繁に祈禱に訪れたという神社もある。

柳生という隠語は良く練られたものだ。邸宅跡と第八機動隊は目と鼻の先にあるが、この街の住人でも柳生但馬守が住んでいたと知る者は少ない。

久々に訪れた邸宅跡で、どうやって指揮官を探るか、城戸は考えをめぐらせた。前方一〇メートルほどの地点に宅配大手タケル運輸のワンボックスカーが停車する。スライドドアが開き、作業着姿の若い配達員が小ぶりな荷物を三つ摑み、近くのマンションに向かった。近づくと、インターホンで客と話す配達員の声が玄関ホールから聞こえる。

城戸はスライドドアのノブに手をかけた。施錠されていない。城戸は荷室に乗り込んで、荷物の伝票に目を走らせた。目的の配達先のものもある。ドアをロックし、窓をわずかに開けた。

しばらくすると、バックミラー越しに段ボール箱を一つ持った配達員が、口を尖らせながら戻ってくるのがわかった。

「ったくよ、時間指定しておいていつも居ねえじゃねえか」

愚痴を言いながら、配達員がスライドドアのノブに手をかけた。施錠されているのに気づき、怪訝な顔をして、運転席に回って乗り込んでくる。助手席に段ボール箱を置いた。エンジンをかけ、車を発進させる。城戸はゆっくりと運転席の背後から顔を出す。

「配達途中に悪いな」

「なんだ、あんたは……」

配達員が目を丸くした。

「次の配達先、少しだけ変更してくれないか」

「ちょっと待ってよ、ウチはタクシーじゃないよ！」

配達員がダッシュボードに載せてあったスマホに手をかけた瞬間、城戸は隠し持っていた小型ナイフを取り出す。

「危害は加えたくない。少しだけ言うことを聞いてくれ」

「なにをすればいいんだよ？」

「第八機動隊にはいつも配達しているよな。顔パスで入構できるか。敷地の中に入るだけでいい」

城戸は一万円札を三枚、助手席に放り出した。

「降ろせという地点まで、敷地の中を進んでくれ」

「俺が通報したら？」

「それはやめたほうがいいかもな。タケル運輸若松河田営業所の田巻保君よ」

城戸が目を覗き込んだ。配達員は深いため息を吐きながら助手席の金をつかむ。

入り口を警備する若い機動隊員に配達員が声をかけると、相手もご苦労さまと応じた。城戸は荷室に身を潜め、様子をうかがった。顔見知りらしく、天気の話題を交わしてから、配達員はワンボックスカーをゆっくりと敷地の中へ走らせた。

「変な考えを起こすな。指示通り動いてくれ」

「どうすればいい？」

配達員は怯えた口調で、ルームミラー越しに言った。

「ゆっくりといつものルートを走れ」

「それじゃあ受付横の荷物置き場だ」

車は時速一五キロほどで第八機動隊の敷地を走った。助手席側の窓から見ると、広い運動場があり、濃紺のトレーニングウエアに身を包んだ三〇人ほどの男が隊列を組んでランニング中だ。

「受付は本棟にあるのか？」

「そう。隊員用の宿舎や別棟も回るけど」

首都を守る機動隊の敷地に、追われる身の城戸が潜り込んでいるとは誰も思わないはずだ。

公安部の捜査員たちはどこに詰めているのか。城戸は周囲を見回しながら配達員に尋ねる。

「他にはどんな建物がある？」

「奥の方にプレハブの小屋みたいなのがあるね。武道場の建て直しでもしているのかもね」

機動隊員は体力勝負だ。敷地内に武道場があっても不思議ではない。プレハブという言葉が気になった。

「そのプレハブの近くまで行けるか？」

「ああ、でも配達しないと……」

「仕事を優先してくれ。ただし、その後に」

ミラー越しに配達員が頷いた。綺麗な手口ではないが、公安の虚をつくためにはためらってもいられない。

機動隊敷地の入り口からほぼ対角線上に本棟がある。時折ミラー越しにこちらの様子をうかがいながら、配達員はゆっくりと車を走らせる。入り口で人と車両を厳重にチェックしているからか、敷地内で来訪者を警戒するような雰囲気はない。教官の号令に従って規則正しく動く隊員たちの様子は、体育会のトレーニング風景のようだ。

「それじゃ、荷物を届けるから」

配達員が車を停めた。シートベルトを外して運転席のドアを開け、スライドドアに手をかける。

「変な気を起こすな」

機動隊宛ての荷物を探しているのか、忙しない配達員に城戸は低い声で告げた。

「わかってるよ」

顔を強張らせて配達員が言い、靴箱ほどの大きさの荷物を三つ抱えて本棟へ走っていった。本棟のガラス戸を開けた配達員が建物の中に消える。

城戸は周囲を観察した。配達員の言う通り、本棟の左手の奥のほうに二階建てのプレハブがあった。白い外壁の倉庫然とした建物だ。


「行ってきましたよ」

配達員が運転席に小走りで戻ってきた。その顔を睨むと、配達員は首を振る。

「裏切ってないよ」

「あそこの手前まで行ってくれ」

城戸は白いプレハブの建物を指した。配達員が頷き、サイドブレーキを解除する。

「あんた何者なんだ？」

「しがない中年のおっさんだ」

「そういうことじゃないんだけど」

首を振った配達員が、車をゆっくりとスタートさせた。

4

「志水さん、こちらを」

清家追跡班に指示を飛ばしていた樽見が振り返った。メールが届いたようで、ノートパソコンを手にしている。画面をのぞくと、時間や場所が並ぶ一覧表だった。

「行確のデータか？」

樽見が頷き、細かいマス目の一つを指した。〈T(ティー)〉の文字がある。高村総括審議官のことだ。

「以前と同じく頻繁に官房長官や政財界の要人と会っていますが、少し気になる人物が」

樽見が画面をクリックすると、写真ファイルが開いた。高村と高校球児のような短髪にした男のツーショットだった。男はボアのフードがついたロングサイズのモッズコートを羽織っている。足元は黒いブーツで、深い溝の入った分厚いソールも見える。

雑踏の中で、二人は向き合っていた。歯を見せて笑う高村に対し、短髪の男は仏頂面で目つきが鋭い。

「こちらも見てください」

今度は立ち飲み屋のカウンターらしい。二人は何やら話し込んでいる様子だ。

「こいつは誰だ？」

樽見が首を振る。

「現在調べておりますが、いまだ身元を割れません。意図的に経歴が消されているような気がします」

志水は画面から目を離す。ごく最近、同じことを知ったばかりだ。

「城戸のような人間か？」

「可能性はあると思います」

写真ファイルを閉じると、樽見は一覧表の別のマス目をクリックした。すると行確を担当した捜査員のメモが現れる。

〈対象TとX（エックス）は日本語で会話　中国人や韓国人ではない〉

志水は腕を組む。

「会話の詳細を知りたい。秘録データはないのか？」

樽見が顔をしかめ、別のファイルを開く。

〈Xは非常に警戒心が強い。秘録は断念〉

志水は高村の行確履歴を睨む。高村は官房長官の前秘書官だ。霞が関の役所で重責を担う面々と顔を合わせ、ときには食事を共にしている。不自然ではない。この男が役人や政治家でないのは写真でもわかる。二日前から高村は接触を始めたようだ。

「Xの行確は？」

「残念ながら。報告によれば、なんども点検を繰り返したため、やむなく脱尾したそうです」

「早急に基調を。次に接触したら、今度は逃すな」

「了解しました。自衛隊、防衛省のS（スパイ）にも協力を仰ぎます」

高村はどのような狙いで身元不明の男と二度も会っていたのか。

「もう一つ、報告です」

樽見がキーボードを叩いた。別の写真ファイルが開き、割烹らしき店で飲食する男二人の背中が映る。

「栗澤と在日中国大使館の例の武官が会っていました。場所は西新橋です」

志水は添付された別のファイルをクリックした。行確担当者のメモが表示される。

〈離れたカウンター席で↓週末の予定、公開されたばかりのアメリカ映画の評判、好きな日本酒の銘柄。服務規定に触れる内容なし〉

中国に限らず、大使館の武官は腕利きの諜報関係者が多い。報告の通り二人は他愛もない話をしただけのようだが、何げない付き合いが繰り返されるうちに一般の人間はガードが下がる。国内から機密情報を持ち出し、海外諜報機関の手先のように動くこともあるのだ。

「引き続き監視を怠るな」

樽見に告げたときだった。プレハブの仮設小屋を装う公安総務課オペレーションルームの外で、けたたましいクラクションの音が響いた。

志水は思わず立ち上がった。樽見が駆け出す。第八機動隊の敷地に、外部から不審者が入り込む余地はない。隊員の誰かが緊急事態に見舞われたのか。

オペレーションルームを出たとき、やっと音が止まった。タケル運輸のワンボックスカーを紺色のトレーニングウエアを着た機動隊員五、六名が取り囲んでいた。制服を着た配達員が車を降りてきて、バツが悪そうになんども頭を下げている。

「電装パーツの不具合でして。すみません。帰ったら修理します。整備不良のキップはご勘弁を」

周囲の機動隊員は苦笑している。

「志水さん、戻りましょう」

樽見に促されたが、構わず志水は車に歩み寄った。

5

午後一時半過ぎ、新宿二丁目のアジトのドアを、誰かがノックした。大畑がドア窓を覗くと、笑顔の美南が立っている。

「お腹が空いたころだと思って」

美南の手には籐（とう）の籠がある。美南は手慣れた様子で部屋の隅にあるちゃぶ台を組み立て、アルミホイルの包みと大きめの水筒を籠から取り出す。

「お握りと豚汁で我慢してね。それから、これは護君に頼まれたもの」

Ｂ５サイズの封筒を、美南は水筒の横に置いた。

「なんですか？」

「衛星電話のスリーブか何かの取説（とりせつ）だって。品番を言われてダウンロードしただけだから、合ってるかどうかわからないけど」

握り飯の包みを横目に見ながら、大畑は封筒を手に取った。英文の説明書が入っていた。勉強しておけ、ということだろう。衛星電話ユニットのついた自分のスマホを、大畑は取り出した。

「変わった形ね」

美南の指摘に頷く。蕎麦屋で城戸が取り付けたユニットは、スマホを保護する汎用ケースのようなつくりで、端末をはめ込むタイプだ。一般的な保護ケースと違うのは、衛星電話用通信ユニットが組み込まれているため、厚さが三、四ミリほどあること、そして人さし指ほどの太さのアンテナが付属している点だ。

〈追われるばかりじゃ能がない。ちょっと挨拶するぞ〉

そう言っていた城戸とは、若松河田駅で別れた。暗号アプリを通してメッセージを送り合ったが、最後のやりとりからすでに二時間以上経過している。

「城戸さんはどうやってこんなものを入手したんですか？」

「知らないわ。でも、護君はいろんな伝手（つて）を持っているみたいだから」

自衛隊を辞めて傭兵に転じ、海外を転々としていたという。あちこち渡り歩くうち、様々なネットワークを築いたのだろう。日本でも多種多様な品を調達できる伝手があるのかもしれない。

城戸によれば、公安警察はドラッグネットという監視システムを運用している。固定、携帯電話のほか、インターネット上のメールのやりとり、ＳＮＳを通じたメッセージも一気に吸い上げる大量監視（マス・サーベイランス）という仕組みだ。だが、そこにも抜け穴はあった。日本や米国のどんな通信網を使っても、諜報機関の目や耳をかいくぐるのは難しいが、人工衛星と直接交信する衛星電話は監視しにくい。軍事関係者や民間警備会社の中には、独自に衛星電話の回線を保有する例もあるという。城戸はドラッグネットの弱点を知り、衛星電話というツールを反撃のために取り入れたのだ。

「それじゃあね」

てきぱきと配膳をすませ、美南は部屋を出ていった。アルミホイルの包みを取り、大畑は右手に焼き鮭の握り飯、左手に衛星電話スリーブの説明書を持つ。

細かい英文で書かれた説明書に目を凝らし、握り飯を一口頬張る。程よい塩気の焼き鮭が疲れた体に染み込む。英文の説明はなかなか頭に入ってこない。それでも衛星電話経由でテザリングすれば、インターネットにパソコンもつなげることがわかった。

「たしかに、待つだけじゃ能がないわね」

ノートパソコンをちゃぶ台に載せて、ネットでの調べ物を始めた。城戸と話した通り、なぜ捜査一課が福岡に刑事を派遣したのか、謎が解決していない。

〈警視庁捜査一課　王　福岡　西中洲〉

思いつくままの言葉を検索欄に打ち込んでいく。一向にヒットしない。やはり西中洲の一件はニュースにすらなっていないのだ。ネタ元の中堅商社マン、栗澤に連絡を入れてみるのはどうか。城戸の言葉を思い出す。

〈いろいろと工夫してネタ元とやりとりしていたのだろうが、公安は相手をもう炙り出している はずだ〉

ドラッグネットは電話もメールも逃さない。衛星電話というツールを持たない栗澤にアクセスするのは危険だ。会いにいくのも無理だろう。部屋に身を潜めているしかないのか。自由を制約される経験は初めてで、予想以上のストレスに晒される。検索ワードはほかにないか。大畑は焦れた。

新たな文字を検索欄に打ち込もうとしたとき、再びドアをノックする音がした。急いで三和土に向かい、覗き窓を見る。

「俺だ」

醒めた声だ。城戸が帰ってきた。大畑は急いでちゃぶ台の上を片付け、後頭部に手をやった。いつも手櫛にかかっていた髪はなかった。

6

第八機動隊から新宿二丁目のアジトに戻った城戸はキャップを脱ぎ、サングラスを外す。

「メシ中だったのか」

「美南さんのご飯おいしかったです」

食べかけの握り飯をアルミホイルで包むと、大畑は姿勢を正した。

「衛星電話の説明書、読みました。これならネット接続しても監視されないんですね」

「何かわかったか？」

「収穫はゼロです」

大畑がノートパソコンに視線を向けた。

「何を調べた？」

「福岡の一件を。事件そのものに蓋をしたみたいです。全然引っかかりません」

城戸は頷いた。福岡で派手な立ち回りをやったが、当局が裏で圧力をかけたのは間違いない。主要メディアの編集幹部や記者の弱みを握って記事化を阻止するなど、公安には朝飯前だろう。口の軽い捜査一課からも情報が漏れていないのだから、自分は相当グレードの高い機密事項になっているのかもしれない。

「公安について、何かわかりましたか？」

好奇心旺盛な記者の目で、大畑が尋ねた。

「言論構想社にはデータベースがあると言っていたな」

「ええ、過去の自社記事だけでなく、大手紙や他誌のネタもほとんど網羅しています」

大畑は得意げだ。

「警視庁の人間も調べられるか？」

「新時代で取材したことのある人間だったら引っかかってきます。誰を調べたらいいですか？」

大畑がノートパソコンを引き寄せ、再びちゃぶ台に置いた。

「編集部の共用ＩＤならアクセスしても大丈夫です。記者やライターが取材先から頻繁にデータベースにアクセスしますから」

大畑の指が素早くキーボードの上を行き来する。ＩＤとパスワードだろう。

〈新時代ＤＢ　ｖｅｒ．３・５〉

ブルーになった画面上に、赤いフォントの文字が現れた。

「警視庁、公安、シミズで検索してくれ」

「シミズは静岡の清水？」

「わからん。清い水、真水、冷たい水、そして志の水とそれぞれ試してくれ」

「こんな感じですか」

〈警視庁人事：生活安全部総務課　（新任）清水悟――〉

検索結果一覧のトップは警視庁が発表した異動のリリースだ。制服姿の写真付きで、前任ポスト、奉職年次などが詳しく書かれている。城戸は顎を動かし、次の結果を出すようにうながした。

大畑がキーボードをまた叩く。人事異動の項目が弾かれ、週刊新時代や他メディアの過去記事一覧が表示された。大畑はさまざまなシミズを入力し、データをチェックする。

〈警備部長の清水英弥氏は五日、単独インタビューに対して――〉

東京で開催されたサミットに関する中央新報の会見記事だ。城戸が首を振る。大畑が漢字を変換し直して、エンターキーを押す。

〈若手敏腕刑事、謎の異動?〉

一〇年近く前の実話系週刊誌の記事がヒットした。

〈恋人のOLを殺害後、警察の追跡を逃れて逃亡していた元大学生の容疑者を逮捕した警視庁戸塚署刑事課の志水達也巡査部長が突然異動となり、警視庁関係者も訝しがっている。当誌の取材によると、志水巡査部長は――〉

「この志水という刑事、顔写真はあるか?」

大畑がデータベースのページを繰る。制服姿の若い警官の顔写真が現れた。古い写真なのか粒子が粗い。鼻筋が通り、醒めた目つきが特徴的だ。

「ビンゴだ」

城戸は小さな声で言った。

「この志水という人がどうしたんですか？」

「公安部の人間で、おそらく俺たちの追跡を取り仕切っている。詳しいことはわからんが、外事二課か、総務課の刑事だろう」

城戸は若松町の第八機動隊に潜入し、志水を目にした経緯を説明した。大畑がノートパソコンのキーボードを叩き始める。

「グーグルアースでチェックしてみます」

衛星画像を使って地球上のあらゆる場所をモニターすることができるソフトウエアだ。パソコン画面の地球が高速で切り替わり、雲を通って街並みになった。どんどんクローズアップの速度が上がる。

「ここが大学病院で、こっちが地下鉄の出口……」

大畑はタッチパッドを操り、画面をさらに拡大させる。技弁天交差点近く、機動隊の敷地が大写しになった。方位計の矢印近くに白い屋根が見えた。城戸の頭の中に、宅配便の荷室から眺めた騒動が蘇る。

配達員に指示し、クラクションの誤作動を装った。厳重な警備体制の下にあるだけに、プレハブの中にいた捜査員たちは虚を衝かれたように次々と姿を現した。若い捜査員に交じり、一際目つきの鋭い男がいた。いち早く飛び出してきた捜査員がその男をシミズさんと呼んだ。

正確に聞こえたわけではないが、捜査員の口ははっきりシミズと動いていた。

「それで、どうするんですか？」

「接触する。隠れてばかりじゃ道が拓けんからな。志水という刑事だって人間だ。捜査指揮で最前線にいても、休憩ぐらいするはずだ」

「そのタイミングを待つ？　まさか、また施設に潜り込むんですか？」

「同じ手は通用しない」

クラクションを誤作動させたとき、配達員はうまく立ち回ってくれた。配達車両がしばしば不具合を起こすことを警官たちに説明した。渡した小遣いに見合う以上の演技だった。警官は話に納得したようだったが、志水だけは違った。ずっと配達員の顔を凝視し、車両の周囲をチェックしていた。スライドドアを開けていたら、城戸を見つけたはずだ。

「相手を監視するときは監視する側もリスクを負う。敵がいきなり撃ってきたりしないんだから、まだ楽な任務だ」

城戸は淡々と言った。南の島に響いた銃声を思い出す。偵察に出した部下は、狙撃手に次々と射殺された。命がけの戦場を思えば、警官を相手にするのは気楽なものだ。

「あんたは清家と連絡を取って、ネタ元の背景と、なぜ捜査一課が出てきたのかを探ってくれ」

7

〈おまえ、いったいどこに潜っているんだ？〉

　ハンズフリー通話のボタンを押した途端、ダミ声が小さなスピーカーを震わせた。城戸が再びアジトから出ていって二時間ほどが過ぎていた。ノートパソコンで検索を続けていた大畑の手元で、衛星電話ユニットを付けたスマホが鳴ったのだ。

「清家さんにもお伝えできません。無事に過ごしています。編集長にも伝えてもらえませんか？」

　通常の携帯電波よりも反応は遅いが、難なく衛星経由で通話できる。

〈安全な場所なのか？〉

「ええ」

　電話口で清家が息を呑んだのがわかった。

〈奴のことはネタになりそうか？〉

「いろいろ隠していますが、書けないことはないです」

　大畑は声を潜めた。アジトの周囲に不審な人間はおらず、盗聴されている心配もない。だが、城戸と数日過ごして、知らず知らずのうちに行動が慎重になっていた。

〈公安の拠点が見つかったのか？〉

「若松町の第八機動隊の敷地の中です」

〈なるほど、あそこなら不思議じゃない。俺が公安を騙してから、どうやって割った？〉

「清家さんをマークしていた一人を逆に追尾し、公安部で城戸追跡の指揮を執っている人物の名前もわかりました」

　会社のデータベースで調べた志水達也という名を告げた。

〈わかった。俺も調べてみよう〉

　警視庁とも付き合いがある清家のことだ、個人のデータベースに志水の資料があるかもしれない。

「ところで清家さん、吉原のほうはどうだったんですか？」

〈いい風呂だった〉

「ちょっと待って。ふりをするだけじゃなかったんですか？」

〈いや、だってほら、せっかくだし。おまえが公安の捜査員を引き付けろって指示を出したから〉

「なにを考えているのやら」

〈勘違いするな。寒かったから風呂には入った。ただ、その後はちゃんと取材した〉

「お姐さんを綺麗に撮ってあげたとか？」

〈違う。俺が入った店は、警視庁幹部の御用達なんだ。偉いさんが指名する古参の姐さんが四、五人いる。今朝は店の若い衆からも話を聞いた〉

清家は真面目な口調だった。

「ネタをつかんだんですか？」

特殊浴場は警視庁の生活安全部の管轄だ。どのような幹部が出入りしているのか知らないが、持ちつ持たれつの大人の事情があるのだろう。若い衆とは、女性のローテーションも管理する下足番だという。

〈捜一が目下、相当ピリピリしているというんだ〉

「なにかデカい事件（ヤマ）ありましたっけ？」

〈暁銀行の殺人（コロシ）が原因のようだ〉

新聞の社会面で記事を斜め読みした記憶がある。詳細は思い出せない。

清家は暁銀行の錦糸町支店で副支店長が刺殺されたのだと説明した。融資トラブル、人間関係のもつれなどいくつかのシナリオが、大畑の頭に浮かぶ。

〈ちょっと当たってみたんだが、暁銀行はマネーロンダリングに関わっていた。地銀や第二地銀は審査が大手より緩い。そこに目をつけた連中の口座があった。支店側も営業成績のた

めに黙認していた〉

「そういう連中とトラブルになって殺された？」

〈捜一はその筋で動いていると思う。ただ……〉

「ただ、なんですか？」

〈キーマンが殺され、捜査が停滞している〉

「もしや殺された王のこと？」

〈そう見るのが自然だな〉

「なんでお姐さんがそんなことまで知っているんですか？」

〈お姐さんの前で大物ぶって仕事の電話をしたりする奴がいるからさ〉

清家の声に力がこもっていた。

8

新宿二丁目のアジトを離れると、城戸は神楽坂の美南の店へ立ち寄り、ＳＵＶを借り受けた。

第八機動隊の入り口近くのコインパーキングに車を停め、後部座席に移った。美容室用のケープを被る。わずかな隙間から双眼鏡を出し、フロントガラス越しに前方を睨んだ。

時刻は午後二時半、永田町の警備にでも出かけていたのだろう。青と白のストライプの機動隊バスがゆっくりと敷地に入っていく。一〇人程度が乗れるバンや白黒のパトカーが入り口ゲートを行き来する。その度に、六尺棒を持った機動隊員が移動式の車止めを動かす。タケル運輸の車で潜り込んだときと同じだ。

三〇分経過した。この間、計八台の車両が入り、五台が出た。最後に敷地を後にしたのはトヨタのランドクルーザーで、機動隊の出動服を着た警官たちが乗っていた。機動隊に面した表通りは路線バスのほか、商用車やタクシーがひっきりなしに行き交う。敷地前の門番役二人が突然ホイッスルを吹き始めた。城戸は隊員の視線をたどった。二人は若松町交差点の方を見ている。

城戸の双眼鏡のファインダーには、タクシーが二台、その後ろに家電量販店のデリバリー用軽トラックが映る。三台は信号で停車した。再度、隊員に目を向ける。二人の顔が心なしか強張っているように見える。一人が耳に挿しているイヤホンに触り、肩に付けていた無線のマイクを取って話しはじめた。機動隊車両の出入り時には見られなかった動きだ。

もう一人の隊員がホイッスルを鳴らして、停車しようとした軽トラックに移動をうながした。話し終えた隊員が車止めをどける。

タクシー二台に続き、軽トラックが動き出した。その後ろに黒いクラウンのハイヤーが現れた。隊員の一人が誘導灯を手に、通りに出る。

運転手を一瞥し、隊員はクラウンを敷地へと招き入れた。後部座席に座る額の後退した仏頂面の男の顔が一瞬だけ見えた。城戸はハイヤーのナンバープレートを凝視する。

〈品川　331……〉

ハイヤーが機動隊の敷地に吸い込まれ、隊員二人が車止めを元の位置に戻した。

城戸はポケットから衛星ユニットを付けたスマホを取り出し、電話する。三度目の呼び出し音のあと、大畑が出た。

「週刊新時代に車番表はあるか？」

〈車番表って、政治家のハイヤーとかですか？〉

「政治家、もしくは霞が関の要人が使う公用車のナンバーのことだ」

〈永田町の分は担当が常にデータをアップデートしているし、霞が関の分もあると思います〉

「これから言う番号を至急調べてほしい」

城戸は早口でクラウンのハイヤーの番号を告げた。

〈誰か重要人物？〉

「ＶＩＰ待遇だった。念のために調べてほしい」

電話を切ったあと、城戸は再び双眼鏡のファインダーに意識を集中させた。二人の隊員は表通りの往来に気を配っている。先ほどのハイヤーの主は誰なのか。幹部が視察にでも訪れたのか。

門番役の隊員はイヤホンでなにか指示を受けていた。突然の訪問者なのか。考えを巡らせながら、城戸はＳＵＶの後部座席から監視を続けた。

志水はずっとあのプレハブの建物にこもり、城戸を網にかける手を試し続けているのかもしれない。宅配便の車を点検する際、一切瞬きをしない殺気立った目をしていた。獲物を捕らえるためには、絶対に妥協しないタイプの捜査員に見えた。

衛星電話が着信を告げた。素早く通話ボタンを押すと、電話口で大畑の声が響く。

〈ハイヤーの主、結構な大物ですよ〉

城戸は高官の名前を頭に刻み込んだ。

9

「刑事部（ジ）や生活安全部（セイアン）の何倍も予算を使っていて、まだ城戸を見つけられんのか」

若松町のオペレーションルームに高村総括審議官の怒声が響き渡った。

「申し訳ありません。鋭意調べを進めております」

簡易応接セットの脇に立ったまま、志水は頭を下げ続けた。

一時間ほど前、オペレーションルームの警電が鳴った。これから訪問するという旨の高村の秘書からの連絡だった。志水は本庁へ出向くと伝えたが、高村が出先から立ち寄ると言った。

「小うるさい記者はどうした？」

「週刊新時代の大畑記者のことでしょうか？」

「そうだ。福岡の一件については記事を潰したが、今後は好き勝手させるわけにはいかん。完全監視しているんだろうな？」

ソファにふんぞり返る高村は、きつい目つきをしていた。

「城戸と接触したようで、大畑も地下に潜りました」

高村が大げさに舌打ちする。

志水は奥歯を嚙みしめた。警察組織にいる以上、身分の差には抗えない。まして相手は警視総監か、警察庁長官への昇進が確実視されている高村だ。反論でもすれば、のちのち公安部全体が不利益を被ることになる。それでも、一方的にやり込められているわけにはいかない。

「暁銀行の一件ですが、副支店長を殺した真犯人(ホンボシ)の目処(めど)はいかがでしょうか？」

「公安（ハム）には関係のないことだ。保秘という言葉を知らんのか」

高村が吐き捨てた。

「概略だけでも教えていただけませんでしょうか。もちろん保秘は徹底します」

オペレーションルームの指揮を執る樽見が頷いていた。

「捜査現場の機微を一々俺が知っているわけがないだろう。必要なら一課長が連絡するはずだ」

「失礼いたしました」

戸塚署時代の後輩で、現在捜査一課に在籍する神津警部補の言葉を思い出す。

〈しばしば捜査本部（チヨウバ）に顔を出され、現場は困惑しています〉

警察庁の高官が事件捜査の第一線に立つことなどまずない。全国の警察組織を統率し、永田町や他省庁との調整を図るのが高村の仕事だ。直接の事件担当でない神津も訝しむほど、高村の行動は不自然なのだ。

たった今、高村の口から出た話も明らかな嘘だ。なにかを隠し、捜査の方向性を強引にねじ曲げようとしているとも考えられる。

延々と続く叱責を聞き流しつつ、志水は考えを巡らせる。高村はあちこちの歓楽街で飲み歩く。他省庁との付き合いもあるだろうし、政治家や秘書たちとの会食も活発に行っている。

行確を通して、高村は公用車を役所に戻してから自腹でタクシーに乗り、錦糸町など城東地区に行くことがわかっている。

私用で飲み歩くのは勝手だ。公用車で遊び回っていない分、健全といえる。だが、記録を残したくないという意思が働いていたらどうか。報告によれば、錦糸町のクラブで派手な遊興をしている。公用車の運転手に知られたくない女がいるのか。

国家公務員上級職である高村の給与は、地方公務員の志水よりはるかに高く、年収一〇〇〇万円を超える。ただ大学と高校に通う娘二人を溺愛しているらしく、女を囲うタイプではなさそうだ。

最も不審な点は、目つきの鋭い短髪の男との面会だ。二四時間フルに高村を監視しているが、あの男だけは他の面会者と明らかに毛色が違うのだ。暁銀行の一件、そして派手な遊興と短髪の男。パズルのそれぞれのピースは、関係がありそうには見えない。それでも高村の不審な動きと、どこかでつながっていると疑いたくなる。意を決し、志水は口を開く。

「福岡で殺された王ですが、暁銀行の件とどのような関わりがあったのでしょうか？」

「城戸が殺した中国人のことか？」

「城戸は殺していないと思われますが」

「殺人(コロシ)の被疑者(マルヒ)は城戸だ。だから早く確保しろと言ってるんだ！」

突然、高村が激高して立ち上がった。

「福岡の鑑識の弾道計算によれば――」

「言い訳している暇があるなら、とっとと見つけ出せ！」

一方的に告げ、高村はオペレーションルームの出口に向かった。志水は樽見と顔を見合わせる。警察庁の最高幹部は怒っていたが、横顔には明らかに動揺の色もあった。

10

電話口の大畑が告げた。ＳＵＶの後部座席で、城戸は調査結果を聞いている。

〈高村泰　東京大学法学部卒、一九八六年警察庁入庁、五四歳〉

「続けてくれ」

〈入庁後、官房で研修を半年間受け、その後は宮城県警捜査二課長、千葉県警捜査二課長をそれぞれ一年半。帰庁後はすぐに外務省に出向、在英日本大使館の一等書記官に。二年半の任期後に帰国、警察庁警務部参事官を経て、内閣府に出向しました〉

「続きを」

〈内閣府では、六年前に内閣官房長官秘書官となり、三年半と異例の長期間務めています〉

六年前という言葉が頭に引っかかる。

〈阪官房長官にとりわけ気に入られたらしく、通常よりも一年半も長く秘書官を任されたと担当記者のメモにあります〉

「先を続けてくれ」

〈警察庁に戻ったあとは、神奈川県警本部長や警視庁刑事部長のポストに就き、警察庁組織犯罪対策部長を経て現在は総括審議官。将来の長官か警視総監が確実視されているそうです。警備・公安畑を歩まず、異例の出世を続けているようですね〉

城戸は電話を握り直す。戦前の旧内務省傘下の特別高等警察の流れをくむ現在の公安警察は、国内最強の諜報機関だ。内外の機密情報に接し、それが強大な力の源泉となる。複雑に絡んだ利権や機密を巧みに操る能力は警察組織の幹部になるための必要条件だ。先ほど城戸の目の前を通り過ぎた高村は、公安畑とは無縁だという。大畑が解説する。

〈城戸さんが日本にいない間、世の中の仕組みががらりと変わったんですよ。人事の常識が警察庁を含めて激変しました〉

政治主導という掛け声のもと、芦原恒三内閣は霞が関の人事権を握ったという。内閣人事局という組織が設立され、各省庁の高官以上の人事は首相官邸のチェックを経て決まることになった。

〈政治主導っていえば聞こえはいいですけど、実質的に人事の最高責任者になった阪官房長

官に逆らえる人が誰もいなくなった。通常の人事のパターンが崩れ、官邸の覚えの良い官僚がどんどん出世するようになりました〉

「高村という審議官がわざわざ公安の最前線を訪れる理由は何だ。志水という指揮官との関係は？」

〈調べてみます〉

衛星電話が切れた。城戸は双眼鏡を取り出し、前方の第八機動隊ゲートを再び注視する。

表通りを行き来するさまざまな車両、歩道を歩く学生や主婦の姿を眺める。だが、大畑の口から出た〈六年前〉という言葉が気になり、集中できない。ファインダーから目を離すと、城戸はこめかみを指で強く押した。

高村という男は六年前に官房長官秘書官の重責を担い、政権中枢部にいた。あの一件を絶対に知っている。

はるか南洋の孤島、あの日の風景が突然フラッシュバックした。朝靄に霞む二階建ての建物、暗がりを切り裂くように走った閃光――。

警察トップになるという高村が、あの一件の隠蔽に加担した側だとすれば、自分の存在をどう考えるだろうか。王を殺したという容疑を自分にかける可能性はある。息を引き取る直前、王が自分にメッセージを遺していたことを思い返す。

〈ＢＡＩＴ〉

掌に王の指の感触が蘇った。後部シートに置いた衛星電話を取り上げ、通話履歴にタッチする。三回呼び出し音が鳴ったあと、大畑が出た。

「高村という警察官僚の背景について、もっと詳しく調べてくれ」

〈志水じゃなくて？〉

「それも必要だが、俺が狙われている理由は、高村が知っていそうだ」

11

高村という警察庁幹部が城戸を狙っていると告げられ、大畑は驚いた。追われているのではなく、狙われている。城戸はいまだに自衛隊を辞した理由を明かしてくれないが、高村という男と関係するのだろうか。高村の経歴を伝えた途端、城戸の声色が変わった。

大畑は部屋の隅にある大きな紙袋に目をやった。美南の知人だというドラッグクイーンが持ってきてくれた男装用の衣料品だ。アジトに入った翌日、城戸の運転手役をこなしてからは外に出ていない。自分は記者で、あちこち飛び回ってネタを掘り起こすのが商売なのだ。

紙袋の一つに手をかけた。ドラッグクイーンが提供してくれたのは、ダンガリーシャツやネルシャツ、ニットのセーター、デニムなどさまざまなセットアップが可能な服だった。残りの袋も見ると、肩に鋲が打ち付けてあるライダースの革ジャンやカシミアのロングコートまであった。

新宿二丁目のアジトを出た。靖国通り近くの小径で流しのタクシーを拾う。用意していた小さなメモを運転手に差し出す。

〈風邪で声が出ません。行き先は……〉

「了解しました。コースもこの通りに行きますね。お大事に」

ルームミラー越しに中年の運転手が言った。大畑はミラーの横に付けられた防犯カメラを避けるようにして、小さく頷いた。

タクシーを使うと決めて、セキュリティー対策について調べた。事故などに備えてドライブレコーダーを取り付けるタクシーが増えているが、最近は酔っ払いの暴力や強盗に対応するため、車内の様子もリアルタイムで録画する車両が増えている。このタクシーにもカメラが装着されていた。

「お兄さん、具合悪くなったら停めるから、言ってくださいね」

心配そうに運転手が言った。頷き返すと、大畑はうつむいた。変装はバレていない。運転手は自分のことを男だと思っている。衣装の中から、大畑は革ジャンと幅広のデニムを選んでいた。普段はウルトラスリムを愛用しているが、ダブダブ系の方が体形がわかりづらい。

革ジャンの下には黒いパーカを着て、フードを被った。マスクもしている。

メモで指示した通り、タクシーは裏道を走る。歌舞伎町のラブホテル街を抜け、区役所通りから大久保方面に進む。裏道ばかりを選んだのは、車のナンバーを読み取るNシステムに映り込むのを防ぐためだ。城戸によれば、Nシステムは公安の監視システムと一体化している。ナンバーと同時に車内の人間を映す機種もあって、不用意に姿を晒せば捕捉されてしまう。タクシーは大久保通りに出て、今度は山手線沿いに北上しようと右折レーンで信号待ちしている。

スマホが振動した。ネタ元の事務所の番号が表示されている。運転手を気にしながら、通話ボタンを押すと、耳元に嗄れ声が響いた。

「こちらでございます」

蝶ネクタイ姿のウエーターに導かれ、ごま塩頭の老人が現れた。

「どうしたんだ、その格好は？」

若槻富三が大畑を一瞥して、眉根を寄せた。

「事情は後から話しますので、まずはどうぞ」

大畑はウエーターにランチセットを二つオーダーしてから、ネタ元を個室に招き入れた。

「学芸会の練習か？」

若槻がじろじろと覗き込んできた。

「追われています。だからこんな格好を」

大畑は短く刈り上げられた側頭部を触ってみせた。

「ストーカーの相談なら俺が所轄に話を通してやるぞ」

「相手は公安部です」

大畑が小声で告げた。若槻が唇を歪める。

「どんなタブーを突っついた？」

「北朝鮮絡みの取材をしていました」

北朝鮮の瀬取りの現場を押さえたこと、次に密輸のキーマンだという中国人の商社マンを追ったことを若槻に伝える。

「それで、外事二課（ソトニ）の監視対象になったってわけか」

若槻が渋面で言った。大畑は首を振る。

「まだ先がありまして……」

当該人物が殺されたが、報道はされていない。大畑の会社にも圧力がかかった。

「長年の刑事（デカ）人生でも、そんな話はめったに聞かないな」

若槻が身を乗り出した。大畑の眼前にいる目つきの険しい老人は、警視庁捜査一課の叩き上げで、一課管理官をはじめ、組対の理事官、所轄署の署長や警察学校の副校長を務めた男だ。六七歳の今は中堅の警備会社の顧問になり、週に二、三度の割合で高田馬場にある会社に出勤している。

出会ったのは二年前だ。六本木や麻布を縄張りにする半グレの抗争を取材しているとき、組対四課の現役刑事からその名を聞いた。古い職員名簿を漁って若槻の自宅を割り、夜討ちをかけた。五度目の訪問時、応接間に通してくれて、話を聞かせてくれるようになった。何を気に入ってくれたかわからない。以来、定期的に会って酒席をともにするうち、互いの距離が縮まった。

「公安はえげつない。湯水のように金を使って犯人を挙げることもしない。おまえさんは不運だな」

若槻は吐き捨てた。敵愾心を隠そうともしない。公安出身の署長が事件捜査の機微を全く理解せず、若槻ら現場の刑事が犯人を取り逃がして煮え湯を飲まされたという話は、今までも何度も聞かされた。

「ネタの詳細はお話しできないのですが、どうも今回えげつないのは公安部ではなさそうで、彼らを顎で使っている人物がいるようです」

大畑は困った顔を作ってみせた。

「上層部はほとんど公安か警備出身の人間だからな」

「どうも高村という人物があちこちに幅を利かせているらしく……」

名前を出してみた。若槻が舌打ちする。

「警察庁総括審議官の高村のことか？」

若槻の目が一段と険しくなった。

「公安は冷血鬼だが、高村って野郎は論外、正真正銘の下衆だ」

「どういう意味ですか？」

大畑はテーブルの下で拳を握りしめた。期待以上の反応だ。

「二年前だ。野郎は警視庁の刑事部長時代、とんでもないことをやった」

若槻が声のトーンを落とした。所轄の警察署が逮捕状を取ったストーカー事件に対し、身柄確保直前に高村が待ったをかけたという。

「政治家（マルセイ）案件だった」

保守系言論誌の副編集長がインターンの女子大学院生にしつこく付きまとった揚句、車に乗せてラブホテルに連れ込んだという。

「所轄は被害届を受理し、ホテルの従業員の証言も取って、野郎の自宅前を固めていたが、刑事部長命令で逮捕状執行に待ったがかかった。とんでもない話だ」

若槻が眉間に深い皺を作った。

12

高村が乗ったハイヤーを見送ってしばらくしてから、志水は公安総務課のオペレーションルームに戻った。

「人事一課(ヒトイチ)から追加の資料が届きました」

樽見が青い表紙のファイルを携え、待っていた。

志水はファイルを受け取ると、オペレーションルーム全体が見渡せる席に着く。高村の出身地や家族構成、学歴、入庁後の経歴が一覧になっている。行確を指示した段階で全て頭の中にあるデータだ。志水はページを繰る。ここ一週間の行確履歴が出てきた。永福の自宅を出た時間、役所での面会記録、昼食の内訳……。すべて目にしたものばかりだ。

「三ページ目くらいから新しいデータが」

樽見が言った。ページをめくる。保守系言論誌の副編集長がインターンに被害届を出された事案の詳細が記されていた。あれは高村が刑事部長時代の話だったか。

「ヘイト記事ばかりの媒体ですが、主筆が阪官房長官の高校の先輩でした」

樽見が言う。次の記述に志水の目が留まった。

〈官官接待で地検が内偵〉

警察組織内のきな臭い話は大概知っているが、初耳だ。

〈高村総括審議官の官房長官秘書官時代に根源〉

報告は警視庁職員の動向を詳しく監視する人事一課の担当者が記したものだ。

発端は高村が官房長官の秘書官を務めていた時代まで遡る。官邸には首相付の秘書官が財務、外務、経産などの各省から派遣されるほか、女房役の官房長官の秘書官にも主要官庁からの出向者が就く。どんな働きぶりだったのかは知らないが、政界の実力者である阪官房長官に気に入られ、高村は通常よりも長く秘書官を務めた。

官邸に秘書官として出向するのは、主要官庁の選りすぐりのエリートばかりだ。送り出す官庁側にも政権中枢の情報に直に触れるほか、自らの権益や意見をアピールしやすくなるメリットがある。

〈官邸一極集中のデメリット〉

報告には刺激的な言葉があった。

「官房長官の腰巾着でも、権力は権力ってわけか」

志水は唸った。官官接待の事例には、高村が高級レストランや料亭で同席した相手や支払額が載っていた。高村が阪お気に入りの秘書官であるのは、異例の長期間務めていることで霞が関全体に知れ渡っている。

〈東京地検特捜部に情報提供〉

地検特捜部は公務員が絡んだ贈収賄の摘発に熱心なことでも知られる。高村の空約束のせいで左遷された職員の密告（タレコミ）により、高額な接待を証明する領収書や担当者のメモ、写真などが特捜部にもたらされたという。

内偵を察知した高村が阪に動いてもらって摘発は幻になった。この一件以降も、高村は主要官庁の幹部から過分な接待を受け続けていたと人事一課のメモは綴っていた。

〈防衛省の接待が突出〉

報告の中にまた気になる言葉が出てきた。人事一課は執拗（しつよう）に高村を監視していた。その過程で防衛省とのつながりも見つけたのだろう。警察と自衛隊は通常業務ではほとんど縁がない。警察官僚としてではなく、阪に可愛がられる高村という個人が、利権の糸が複雑に絡み合う中で存在感を持った。防衛省に限らない。接待漬けにした各省庁にしても、官邸の意向を探れるのなら、料亭や高級クラブの代金など安いものだ。

高村はやはりやっかいな人物だった。普段より何倍も神経を使わねばならない。

「ちょっと出かけてくる」

樽見に声をかけた。

13

「今後は絶対に無茶はしないでくれ」

〈調べろって言ったのは城戸さんでしょう〉

「まさか勝手に出歩くとは思わなかった。帰りもとにかく気をつけろ」

城戸は衛星電話ユニットを付けたスマホを切った。

第八機動隊の門を監視し続けていると、大畑から連絡が入った。旧知のネタ元に会い、高村のことを聞き出したという。移動の方法、ネタ元との接触には細心の注意を払ったから問題はないと大畑は言い張った。どこかに漏れがあるかもしれない。苛立ちを覚えたが、大畑のもたらした情報は有意義だった。執行直前の逮捕状を止めるなどといった荒業が可能なのは、阪官房長官という後ろ盾があるからだ。高村は特殊な官僚なのだ。

城戸はスマホを置き、双眼鏡を手に取る。三時間前、高村を乗せたハイヤーが第八機動隊の敷地から出たとき、追跡者に気づいた。ハイヤーが走り去るのを見守っていると、宅配ピザのスクーターが小径から現れて追っていった。清家を張っていたスクーターと同じナンバーだった。公安部が警察庁幹部を行確しているのだ。両者になんらかの軋轢が生じている。

今回の事件絡みだろうか。福岡以来の出来事を振り返ってみる。最初から捜査一課と公安部は連携している様子はなかった。殺人事件に蓋をするなど、異例の展開に不信感を強めた公安が高村を付け回しているのかもしれない。内部対立があるなら、付け入る隙もありそうだ。

城戸は再び機動隊のゲートに双眼鏡を向けた。大きなボストンバッグやリュックを背負った体格の良い男たちが連れ立って出てきた。男たちは地下鉄方面に向かう。

視線を戻して、城戸はその男を見つけた。門番役の隊員の顔が強張ったのがわかる。傍らをグレーのステンカラーコートを羽織った、猫背気味の男が通り抜けた。志水だ。

表通りを向かって左側、抜弁天の方向へと志水は歩き出した。帰宅するのか、それとも誰かと会うのか。またとない機会だ。城戸は双眼鏡を置き、ニット帽を深く被った。リュックからボストン型の伊達メガネも取り出してかける。今まで被っていたケープを座席の下に押し込むと、城戸はスマホをジャケットのポケットに入れてミニバンを降りた。

志水は比較的ゆっくりした足取りで抜弁天交差点に向かっている。城戸は反対側の歩道を進んだ。志水との間は三〇メートルほどだ。一定の距離を保ちつつ、監視した。志水は歩幅を変えたり、立ち止まって周囲を見回したりする点検の動作をすることなく歩き続ける。城戸は時折スマホをチェックする通行人を装って、歩くピッチを変えた。志水の歩調は変わらない。城戸の周囲をサラリーマンや主婦らしき女性が通り過ぎる。志水の側の歩道には子供を乗せた自転車を走らせる若い母親がいるが、人通りは少ない。

警戒する様子を見せない志水だが、油断は大敵だ。城戸はわざと歩幅を大きくとり、距離を縮めた。道路を挟んで一五メートルほどだ。それでも志水が気づいた気配はない。

行く手に厳島神社の看板が見えた。抜弁天と呼ばれ、エリアのランドマーク的な社だ。参拝者を装い、城戸は境内に入った。小さな池と鳥居がある。信号が青に変わり、志水がこちら側に渡ってきた。鳥居の陰に身を隠す。志水が城戸の方向にゆっくりと歩いてきて、別の側に渡る横断歩道の手前で立ち止まった。

道を渡って真っすぐなら新宿・歌舞伎町につながる職安通りに、左に向かえば曙橋へ。志水はどこへ行くのか。城戸は息を殺した。

あと数秒で信号が青に変わる。赤信号の待ち時間の表示ランプが二つに減った。もうすぐ志水が歩き出す。女児を乗せた自転車の主婦が志水の隣に並び、信号が変わった瞬間に漕ぎ出した。志水は動かない。視線は自転車の親子を追っているようだ。親子は信号を渡ったあと、左に曲がって曙橋方向へと走り去った。

青信号が点滅し始めた。志水が横断歩道を渡り始める。城戸は舌打ちを堪えた。慌てて信号を突っ切るようなことをすれば、気づかれる。

交差点を渡った志水は、先ほどの親子と同じく歩道を左に曲がり、小さな寺院の門前を通って、マンションのエントランス前をゆっくりと歩いていく。

大型トラックが通りかかったのに合わせ、城戸は鳥居の陰から飛び出し、横断歩道まで移動した。スマホを見るふりをしながら、遠ざかる志水の姿を追い続けた。マンションの前を通り過ぎた志水は、雑貨屋が入居するビルの前で右折し、小径に入った。先には、昭和の趣を色濃く残す商店街がある。バブル経済が最盛期だったころ、悪辣な地上げが横行した富久町というエリアだ。最後まで地上げに抵抗した住民や商店主たちが多い。

信号が青に変わる。足早に横断歩道を渡った。志水と同じ道をとる。走って追いかけたい衝動を抑え、あえてゆっくり歩く。信号待ちの間に志水の姿が見えなくなった。慌てて小径に入った瞬間、相手が待ち構えているかもしれない。角のビルの前で、城戸は一旦足を止めた。三〇メートルほど先にロングコートを着た志水の後ろ姿がまた見えた。気づかれていないだろう。後ろから蕎麦屋のスクーターが追い越していく。前方からは自転車の前かごに買い物袋を入れた老年の女性がゆっくり向かってくる。大学に通じる抜け道としても使われていて、車も歩行者の脇をすれすれで通り過ぎていく。

志水との距離を保ち、城戸は他の通行人や自転車に紛れるようにして、小径を進んだ。左側に小さな地場スーパーがある。買い物客の自転車が何台も店先に停めてある。昭和にタイムスリップしたような雰囲気だ。手書きの値札を並べた布団店、焼き鳥屋に蕎麦屋、寿司屋が並んでいる。ゆっくりと歩きながら、スマホのカメラも使って周囲をチェックした。先ほどの交差点で志水が尾行に気づいていたら、捜査員が自分を捕捉しにくるだろうが、今のところ追っ手の気配はない。

　志水が歩みを緩めた。店の様子をうかがっている。視線の先にあるのはパン屋だ。第八機動隊から七、八〇〇メートルほどの距離だが、買い出しにでも来たのだろうか。

　城戸はアパートの外階段の脇に身を隠した。志水はショーケースをのぞいてから中に入った。城戸も高校時代に何度もこの店の調理パンを買った。焼きそばパンやコロッケパンが名物で、地元住民とパン好きには知られている。

　外階段の陰から出て、城戸は店の前を歩きながら、さりげなく様子をうかがう。ちょうど店の自動ドアが開き、作業服を着た若い男が出てきた。店の中で、志水が会計をしていた。城戸は歩き続けて、次の曲がり角に身を滑り込ませた。部下への差し入れか。

　このあと、志水は第八機動隊のある若松町へ戻るのか。別の場所に立ち寄るのか。城戸はパン屋から志水が出てくるのを待つ。ドアはなかなか開かない。嫌な予感がした。

「やっと会えたってわけだ」

　背後から醒めた声が響いた。

「振り向いてもいいか？　できれば、こんなのどかな場所で騒ぎは起こしたくない」

「丸腰だ。元レンジャーを素手で捕まえるスキルはない」

感情のうかがえない声だ。城戸はゆっくり体の向きを変える。紙袋を携えた志水がいた。

「城戸、おまえの分も買ってある」

志水が袋に手を入れ、小さな包みを取り出した。

「こし餡（あん）のアンパンでいいか？」

包みを志水が城戸の胸元に投げた。受け取った途端、焼きたてパンの香ばしい匂いが漂う。

「気づいていたのか？」

城戸は言った。志水が口元を歪める。

「おまえほどじゃないかもしれないが、そこそこのスキルはある」

志水が袋から、今度は白く丸いパンを出す。

「いろいろ振り回されて少し疲れた。糖分を補給する」

志水の手にあるのは、粉砂糖がたっぷりふりかけられた揚げパンだ。志水はこちらを見据えたまま、ゆっくりと口に運ぶ。

「応援は頼んだのか？」

志水が首を振る。

「そうしようかとも考えたが、もし逃がしたらおまえは地下に潜って出てこなくなる。一度くらい、直接話をしたいと思ってな」

志水が顎をしゃくって、城戸にもパンを食べるよう促した。城戸は周囲を素早くチェックする。公安捜査員特有のオーラを発する者はいない。

「少し歩かないか？」

指に付いた粉砂糖を落としながら、志水が言った。

「いいだろう。俺も訊きたいことがある。あんたが先に行ってくれ」

志水が踵を返し、来た道を戻り始めた。少し距離を取りながら、城戸も続く。

「一つ目の質問だ。おまえの使うあの武術はなんだ？」

抑揚を排した声で志水が聞いてきた。

「クラヴマガ。イスラエル軍が開発した接近戦専門の武術だ」

「空手や柔道とは随分違うな」

「強いて言えば合気道に近い。相手の力を利用する。無駄な動きを排除して急所を襲う術は、日本の古武術にルーツがあるという説もある」

城戸は淡々と話した。志水と言葉を交わすのは初めてだが、古い知り合いに会ったような懐かしい感じがする。

「王を殺していないんだよな？」

「陳という秘書がいきなり行動を起こして、守り切れなかった」

「福岡県警の鑑識も同じ見立てだ」

「なら、なぜ俺を追う？」

「命令だからだ」

「警察庁の高村という男だな」

「俺の口からは言えない」

志水が歩みを止め、振り向いた。口元に薄い笑みがある。

「あと少しだけ、付き合ってくれ」

再び志水が歩き始めた。表通りに出る少し前で、ブロック塀に沿って左に曲がり、小径を奥に進んだ。小さな寺の門前だった。志水はそのまま境内へ進む。追っ手が待機しているのか。城戸は周囲を見回した。

「誰もいない、安心しろ」

境内の石畳を歩きながら、志水が振り向きもせずに言った。自衛隊の特殊作戦群時代の教官の言葉が頭をよぎる。

〈優れた公安捜査員には、背中にも目がついている〉

志水はその典型だ。戦場ではスナイパーや敵部隊の急襲に備えるため、一歩進むにも全身の神経を尖らせなくてはならない。気配を察するという点では自信があるが、志水も只者ではないようだ。

境内を進む。墓地の一角まで歩いた。志水は小さな墓の前で膝を折る。

「少し待ってくれ。俺が殺した女の子の月命日でな」

志水が袋からチョコパンを出し、墓前に供えた。

「なにがあった？」

「国を護る仕事だし、間違ってはいなかったと信じているが、罪もない子を死なせてしまった」

志水が目を閉じ、合掌した。

14

「ご乗車ありがとうございました」

老年のタクシー運転手が体の向きを変え、大畑に頭を下げた。料金トレイに置かれた手書きメモを回収すると、大畑は車外に出た。

国道二四六号、三軒茶屋駅近く――指定された面会場所は尾崎真純と母親が住むマンションだ。大畑は三軒茶屋銀座商店街を北へ向かう。新旧の商店が入り交じる庶民的な風景に目をやりながら、太子堂中央街との交差点を目指す。

一時間前、高田馬場のレストランで、ストーカー被害に遭った女性の情報を若槻から入手した。できるなら記事にしろと、かつての名刑事は言った。高村の横暴は全警察官のプライドに唾する行為だったと若槻は悔しそうに言った。

話を聞くうち、言いようのない怒りが込み上げてきた。記者という仕事以上に、同じ女性として尾崎の無念さを思うと、いてもたってもいられなかった。絶対に高村を許さない。必ずスクープ記事に仕上げて、叩く。大畑は大股で通りを歩き、五分ほどで目的の小さな交差点を見つけた。

右に折れてさらに歩くと、目的のマンションが見えた。かなり古い。コンクリート壁の所々にひびが入り、雨水が染み込んで黒ずんでいた。外階段を上り、部屋の前に立つ。クリーム色のドアの縁とキッチン窓の格子には錆が浮かんでいる。ドアをノックする。

「先ほど連絡した週刊新時代の大畑です。突然すみません」

ドアが開いた。隙間から、充血した二つの目が自分を見上げている。大畑は社員証を革ジャンのポケットから取り出して掲げる。

「人相が変わっているけど、週刊新時代の大畑です」

女性が社員証の写真と実際の大畑をなんども見比べる。

「尾崎真純です。どうぞ、散らかっていますけど」

チェーンを外し、尾崎がドアを開けて大畑を招き入れた。三和土には地味なハイヒールが二足とスニーカー。母親のものと思われるサンダルも綺麗に揃えてある。玄関を入ってすぐのダイニングに通された。簡素なテーブルと椅子、小さな食器棚がある。

「あの、お母さまは？」

「先ほど、病院へ送っていきました。時間はあります」

椅子に座る。対面の尾崎はストレートの長い髪をかきあげた。大畑は名刺を渡した。突然の訪問を詫び、改めて取材させてほしいと頼んだ。ノーメークの尾崎は、切れ長でくっきりした二重瞼の女性だ。メークをすれば、ほとんどの男性が振り返るだろう。今は心労のせいか、両目の下にどす黒いくまが現れ、肌が荒れている。手入れをしていない爪の先もひび割れている。

セクハラ、ストーキング、警察の裏切り。大畑が同じ立場に追い込まれたらどうか。耐えきれないはずだ。不正を暴きたい。大畑は訴えた。尾崎が深いため息をつく。

「もう誰も信じられなくて」

「私は裏切らない。つらいかもしれないけど、話を聞かせてください」

「本当に記事にしてくれるんですか？」

「圧力がかかるかもしれないです。でも全力を尽くします。それは約束できます」

大畑が右手を差し出すと、尾崎がためらいながらも手を伸ばした。大畑はそっと両手で包み込む。思った以上に尾崎の肌はかさついていて、潤いがない。

「今日明日に話を聞かせてくれとは言いません。つらいことだし。でも絶対に許せない。よく考えて、話したいと思ったら私を呼んでくれませんか」

尾崎の両目に涙が溢れた。国家権力に牙を剝かれたら個人になすすべはない。絶対に尾崎を守らなければならない。彼女の口をこじ開けるようなことをしてもいけない。若槻から話を聞いた勢いで、無神経に押しかけてしまったことを大畑は詫びた。

15

志水が両目を閉じて祈る。城戸は小さな墓に目をやった。墓石の横に名が刻まれている。

〈兎沢(とざわ)咲和子(さわこ)　享年三〉

「公安部に移籍して最初に手がけた事件(ヤマ)で、大学病院の医師を国家公務員法違反容疑でパクった。その当日、この子は難手術を控えていた」

「逮捕したことで手術が不可能になったのか？」

志水が頷く。

「世界的にも稀な難病で、その医者でなければ手術は無理だった」

志水はクリームパンも取り出し、墓石の前に置く。

「身柄確保が数日後だったら、まだ生きていたかもしれない」

志水の声には感情らしいものが一切こもっていない。城戸を見つめる両目に揺らぎはない。

「残念だったな」

「あんたも似たような経験があるだろう」

軽く頷き、城戸は尋ねる。

「なぜ俺を追いかける？」

志水の口元に笑いが薄く浮かぶ。

「逃げるからだ」

城戸が首を振る番だ。

「出頭したら最後、俺は王殺しの犯人に仕立て上げられる。公安警察ならお手のものだろう」

〈転び公妨〉という言葉がある。狙いを付けた不審者を拘束する際の手法だ。相手の面前で捜査員が転んで暴力を振るわれたと主張し、公務執行妨害を適用して強引に身柄を拘束するのだ。

「おまえがこの国の治安を脅かすなら、どんな手を使ってでも排除する」

志水の言葉には重みがあった。

「なぜ応援を呼ばない？」

城戸の問いに、志水が首を傾げる。

「まだ迷っている。上層部の様子がおかしいからだ」

「高村だな？」

「俺の口からは言えないと言ったはずだ」

「俺を泳がせて高村の狙いを探るのが目的か？」

「当たらずといえども遠からず、かな」

志水の口元から笑いが消えた。互いにプロだ。志水には殺気のようなものを感じる。志水も似た空気を察知しているはずだ。しかし、志水は強大な警察力を自由に動かせる。城戸は徒手空拳だ。

「上司が悪事を企んでいるのなら、糾(ただ)すのはあんたの仕事だ」

「俺は一介のサラリーマンにすぎない。上から命令を下されれば、駒の一つとして動くしかない」

「詭弁(きべん)だな」

志水が城戸の目をのぞき込んでくる。

「なぜ福岡から香港に逃げ帰らなかった？　偽造パスポートの調達だって、高飛び業者を探すことだってお手のものだろう」

城戸は返答に窮した。たしかに高飛びする道もあったが、逃げ出すわけにはいかなかった。任務失敗の汚名は一生ついて回る。しかもクライアントを殺したなどと疑われたら即廃業だ。

「ウチの上層部となにがあった？」

「会ったこともない。ただし、心当たりはある。俺を追う必要があるんだろう」

「心当たりとは？　上層部がおまえを目障りに思っているのは確かか」

「なぜ今なのか、その理由がわからない」

城戸は本心から言った。あの一件で当事者の口を封じるのであれば、もっと早い段階でできたはずだ。なぜ今なのか。その謎を解く必要がある。

「ちょっと失礼」

突然、志水が話を遮った。右手にスマホを持ち、画面を注視している。

「これくらいにしておこう。次は部下をたくさん連れてくるかもしれん」

志水が立ち上がり、右手を挙げて城戸の傍らを通りすぎた。

「あんたも高村を洗え」

後ろ姿に言葉をぶつけたが、志水は振り返らずに寺院の境内から姿を消した。

城戸は美南にＳＵＶの回収を頼んだ。街中の防犯カメラを避け、新宿二丁目のアジトに戻った。ドアをノックすると、チェーンの隙間から大畑が顔をのぞかせた。朝方別れたときとは違い、目に生気がある。上がり框でブーツを脱ぐ。大畑が口を開く。

「高村のことですけど」

ノートパソコンとメモ用紙が散乱したちゃぶ台を大畑が指した。

「なにかわかったか？」

厚手のジャケットを脱ぎ、城戸はノートパソコンの前に座る。

〈取材メモ　対象／尾崎真純　自宅マンション（世田谷区……）〉

「誰のことだ？」

「高村が逮捕状執行に待ったをかけた被害女性。高村の首を取るために会ってきました」

大畑が言った。

「高田馬場からここに直接戻ったわけじゃないのか？」

得意げな大畑の顔を見て、どこかで小さな煙が燻（くすぶ）っているような感覚がした。

「元刑事のネタ元から話を聞いたあと、彼女に会う算段をつけたのも公衆電話だし、移動にも古い個人タクシーを使った。行き先についても声を出さないでメモを渡しました。公安に見つかるようなヘマはしていません」

大畑は自信満々の口調で言った。依然としてなにかが引っかかる。

「ネタ元の元刑事だって私を見て戸惑っていたし、タクシー運転手も私を男だと思っていた」

「人は何かに熱中すると、周囲が見えなくなって、突っ走る。そういうときにミスは起きる」

「ミスはないです。現にこうやって無事に帰ってきました」

大畑が断言した。ゲリラが潜むジャングルや敵兵が待ち構える廃墟を進んだときのように、城戸の意識は警戒モードに入った。

「高村の悪事については、ネタを集めて最終的には奴の失脚につながる記事にします。取材の過程で、高村のさまざまな情報が集まれば、城戸さんも反撃できますよね？」

やはり取材熱が高まった記者はやっかいだ。

「高村を引きずり下ろす記事を書くのは、いろいろ落ち着いてからにしてくれ」

大畑がやや不満げに頷く。

「挨拶はどうなりました？」

「会ったさ」

城戸は志水を尾行した経緯を話した。一切の感情を排した、瞬きをしない男の顔が浮かぶ。

大畑が身を乗り出して聞いている。メモを取りそうな勢いだ。目で制す。

「なぜ捕まらなかったんですか？　現場の指揮官なら応援を頼めばいいのに」

「俺も同じことを言った。奴も高村を訝しがっている」

高村の名を出すと、大畑が目を剝いた。

「だから、絶対に叩かなければ」

「記事の方が大事なら、一緒には行動できない。ネタを前にした記者は危険だからな」

反論しようとする大畑に、城戸は自分が目にしたカメラマンの話をした。中部アフリカの民族対立の現場に派遣されたときだ。政府軍と対峙するゲリラ部隊のパレードに、イギリス人の若いカメラマンが制止を振り切って近づいた。

〈ファインダーをのぞいているときはなにも怖くない〉。そう嘯いていたカメラマンは、ゲリラ部隊の少年兵数人によって、古タイヤを頭から被せられ、両手の自由が利かなくなった。

「古タイヤの内側にガソリンが入っていた。少年兵の一人がくわえていたタバコを投げつけた。それでおしまいだ」

大畑が息を呑んだのがわかる。

「冷静でなければ生き延びることはできない。落ち着けよ」

大畑が空になったコップを手に立ち上がった。部屋の隅の冷蔵庫に向かう。ちゃぶ台に散らばっていたメモがフロアに落ちていた。城戸は紙を三、四枚拾ったところで手を止めた。機械で印字された薄緑の紙が交じっている。

「おい、カードを使ったのか……」

城戸は薄緑の紙を取り上げた。冷蔵庫の扉を開けていた大畑が言う。

「カードといっても無記名のＳｕｉｃａです」

城戸は遮光カーテンに近づき隙間から二丁目の小径を見下ろした。見覚えのある宅配ピザのスクーターが停車していた。

16

「おそらくこの一帯に潜んでいるとみられます」

公安総務課のオペレーションルームで一番大きなスクリーンに地図が映っている。志水の横に立つ樽見がレーザーポインターを使っていくつかのビルを指した。

「なぜ新宿二丁目なんだ？」

志水の問いに、樽見が首を振った。

「城戸か大畑に所縁のある人物、団体があるはずだ。基調を至急洗い直せ」

志水が低い声で指示した。担当の女性捜査員がノートパソコンのキーボードを叩き始める。城戸については、小学校から大学までの同級生やクラブ活動で一緒だった人間の名簿は入手済みだ。大畑に関しても、これまで書いた記事やかつて所属していた旅行誌などの取材先リストを手に入れ、フェイスブックやツイッターなどSNS上の人のつながりも吸い上げている。

「なぜこのエリアなのか関連付けできれば、ピンポイントでキャッチできるはずだ」

志水の言葉に、オペレーションルームの空気が一気に張り詰める。

一時間半前、抜弁天で城戸と会っていたときに樽見から連絡が入った。オペレーションルームで大畑の行動履歴を分析していた捜査員のパソコンに警報ランプが灯ったのだ。警報の対象は鉄道会社のプリペイドカードだった。無記名だから警戒しなかったのだろう。大畑の自宅と会社近辺の駅やコンビニの使用データから、ドラッグネットは大畑所有の可能性が高いカードを抽出し、数枚まで絞り込んでいた。その一枚が使われたのだ。

場所は三軒茶屋駅の近くだった。樽見は捜査員一〇人を派遣し、駅や商店街の防犯カメラを片っ端から当たった。大畑の姿を捉えたものは一つもなかった。カードが使われたタクシーにしても、決済端末こそ導入していたが、ドライブレコーダーや車内監視用のモニターは設置しておらず、実際に大畑が利用したかどうかの確認は取れなかった。

樽見は視点を変えた。試験的に導入したＡＩ（人工知能）のシステムを使い、大畑の行動予測を指示したのだ。ドラッグネットで吸い上げた大畑のデータの中から、大畑が記者として興味を持ちそうな対象をランダムに抽出したのだという。システムが稼働してから三〇分後、分析結果が現れた。〈高村泰〉というキーワードだ。

担当捜査員はさらにデータを解析した。高村が逮捕状執行に待ったをかけたストーカー事件の被害者が、三軒茶屋駅からほど近い場所に住んでいることが判明した。

樽見は三軒茶屋に集まっていた一〇人の捜査員全員を被害者の自宅マンション周辺に配置した。見つけたのは若い男だった。

「せっかく居場所を突き止めたと思ったのに、出てきたのは男。志水さんに怒鳴られる覚悟もしましたよ」

大型スクリーンの地図を見ながら、樽見が言った。

「そこまでの対応に誤りはない」

志水の視線の先には、捜査員の位置を示す赤い点が二〇個点滅している。これだけの人数で片っ端から周辺のビル、テナントのバーやレストランを調べれば必ず大畑は見つかるはずだ。

樽見は男の追尾に六人の要員を割き、残りの中から一人を変装させた。ガス会社の緊急点検を装って、尾崎の部屋をチェックしたが、大畑はいなかった。

男の追跡班が新宿二丁目に来たところで、樽見は別の可能性に気づく。もう一度、三軒茶屋周辺の防犯カメラ映像をチェックし、サングラスをかけ、フードを目深に被った男を抽出した。それと大畑の個人データを照合すると、身長や他の身体的な特徴が合致したのだ。

二丁目までやってきた男は、イベントで混み合う小径に紛れ込んだ。行き先までは特定できていない。だが、時間の問題だ。城戸はもう少し泳いでいてくれてもいいのだが、一緒だろうか。

「すぐに炙り出します」

地図を睨んでいる樽見の声には、力がこもっていた。

「水も漏らすな」

志水は低い声で告げた。樽見が若手捜査員に指示を次々と飛ばす。キーボードを叩く音がオペレーションルームのそこかしこから響き、志水の耳を刺激する。樽見にも城戸と言葉を交わしたことは明かしていない。生真面目な樽見は激高するか、真意を測りかねて困惑する。いずれにせよ、大勢の捜査員を混乱させてしまうだろう。

若松町を出て富久町のパン屋に赴く途中、信号待ちをしているときだった。志水の脇に自転車の母娘が止まった。ハンドルには小さなバックミラーが付いていた。その鏡の中に、ニット帽を目深に被った男の姿が映った。志水は平静を装った。肩に力がこもるのも堪えた。

刑事部から公安部に引き抜かれ、半年以上にわたって行確の訓練を受けた。己の気配を完全に消し去り、対象者に気づかれずに追尾を遂行できるように鍛えられた。現場で幾度も失敗を重ね、修羅場をくぐり抜けるうち、いつの日か瞬きを忘れた。全身は敏感なセンサーのように鍛えられていった。今では、公安部の中でも指折りの捜査員と呼ばれる。そんな自分を城戸は追尾していたのだ。

〈反射物を利用して、常に後ろを確認すべし〉

交差点でたまたま並んだ自転車のミラーをのぞいた。条件反射で背後をチェックしたのだ。

「地域課の巡査に化ける要員を増やせ。時間がかかれば大畑をまた逃がすことになる」

オペレーションルームに樽見の怒声が響いた。若手捜査員たちが報告を入れ、分析担当はキーボードを力いっぱい打つ。周囲の雑音が大きくなる中で、志水は思考を深めた。

〈上司が悪事を企んでいるのなら、糾すのはあんたの仕事だ〉

耳の奥で、城戸の乾いた声がした。城戸に意味深な言葉をあえてぶつけた。城戸は高村のなにを知っているのか。高村本人に会ったことはないという。

〈心当たりはある。俺を追う必要があるんだろう〉

城戸は重大な事柄を伏せている。高村とどのような因縁があったのか。城戸はなにを憤っていたのか。高村に関する資料を、志水は手に取った。

城戸は空挺レンジャーの称号を得て、かつ日本で唯一の対ゲリラ部隊である特殊作戦群に所属していた。防衛省という巨大組織の中でも優秀な兵士だったかもしれないが、高村のような首相官邸の中枢にいた人物と言葉を交わす機会はないだろう。城戸の言葉に嘘はない。城戸を罠に嵌めて、国内最強の諜報組織である公安警察まで動員する高村の狙いが見えない。

城戸が接待汚職に関わっていたのか。いや、違う。城戸は兵士だった。官邸内部に手強い協力者を得て、予算や関連法案で便宜を図ってもらうような仕事をしていたとは思えない。

〈阪官房長官と高村氏の接点〉

資料には、古い出来事が記してある。高村が秘書官に就任した直後のタイミングで、阪の有力支援者の息子が都内の首長選挙に絡んで逮捕された。支援者の息子は支持者固めの過程で、現金一〇〇万円を小分けにし、秘かに配った。捜査二課が公職選挙法違反容疑で立件に動いたが、阪に貸しを作ることを画策した高村が圧力をかけ、事件をもみ消したという。

資料は以降の高村の言動も分析していた。高村は阪に近い議員、そして阪の上司である芦原恒三総理周辺の議員にも職権を乱用して似たような行為を繰り返した可能性が高い。

志水はページを繰った。最新の高村の行確情報がある。阪官房長官と会う回数が増えていた。ニヒルな政治家と傲慢な警察官僚の頻繁な面会はなにを意味するのか。志水は資料を睨み続けた。

17

「清家を囮にしたときの捜査員が外にいる」

遮光カーテンの隙間から外を覗きながら城戸は告げた。大畑が目を丸くする。

城戸はリュックを手繰り寄せ、双眼鏡を取り出した。ファインダー越しにもう一度外を確かめる。トリコロールカラーにペイントされたスクーターの脇に、ピザチェーンの制服を着た男がいる。ファインダーの倍率を上げる。間違いない。時折手首を口元に近づける。小型マイクか何かで連絡を取り合っているのだろう。大畑も窓際に体を寄せ、階下を見ていた。

「軽はずみな行動がこういう結果を招く」

双眼鏡を覗いたまま、城戸は続けた。

「ごめんなさい」

「謝る必要はない。対処すればいいだけだ。紛争地なら部屋ごと吹き飛ばされている」

実体験から出た言葉だ。傭兵として中東の紛争地に派遣されたとき、別の部隊にいた同僚がＧＰＳによる追跡に気づかなかった。敵は同僚が潜んでいた市街地のビルをロケットランチャー五発で完全に破壊し、部隊を全滅させたのだ。大畑が顔色をなくした。

「無記名のカードでも、データはデータだ。ドラッグネットで割り出したんだろう。男装も見破り、ここまで追ってきた」

「奴らはこれからどう出てくるんです？」

「正確な場所はつかまれていないようだから、所轄署の巡回連絡を装って一帯をつぶしていく。派出所の巡査を引っ張り出すか、自分たちで化けるかもしれない。訓練で同じことをやった。テロリスト対策にな」

大畑が唾を呑み込んだ。

「いずれにしてもやっかいな状況だ」

城戸は突き放すように言った。そろそろ潮時だろう。いつまでも大畑と行動を共にするわけにはいかない。優秀な記者かもしれないが、荒っぽいことには向いていない。

「俺は一足先にこの街から抜け出る」

「私はどうすれば？」

「ここにいろ。捜査員が踏み込んできて拘束される。しかし逮捕されることはないだろう。事情聴取だけだ」

大畑が眉根を寄せる。

「いきなりお荷物扱いってことですか？」

「連絡方法はまた考える」

大畑が下唇を嚙む。

「勝手なことをしたのは悪かったですけど、挽回させてほしいです」

城戸は首を振る。大畑の頰が染まった。

「どうやら俺を嵌めようとしている奴らがいる。引きずり出して落とし前をつけさせる。そのためにはおまえさんは邪魔だ」

大畑も首を振る。頰はさらに紅潮している。

「最初は計算だった。認めます。ついていけばネタが拾えると思っていました。今もネタが目当てじゃないとは言わないけど、髪まで切ったのは、それなりに覚悟したからです」

大畑の声が大きくなった。城戸は慌てて口元に人さし指を立てる。

「何のことだ？」

「私たちが巻き込まれていることは、きっと深い闇につながっている。腐敗した権力の臭いがします。私はそれを糾したいんです。一人の記者として。しっかりとあなたの潔白も伝えたい！」

必要ないと城戸が即答した。大畑が睨んでくる。

「あのなあ――」

城戸が言いかけたときだ。扉をノックする音がした。城戸は双眼鏡を足元に置き、再び人さし指を立てた。大畑も我に返ったように頷く。

城戸は部屋の隅へと向かった。静まり返った部屋に、ドアをノックする音がもう一度響き渡る。とりあえず居留守を使って時間稼ぎするしかない。ドアの外から複数の人間の靴音が伝わってきた。

靴音はドアの前で止まった。大畑の顔が強張っている。そこにいろ、と城戸はハンドサインで指示した。城戸は窓際の大畑に目配せし、人さし指を立てた。大畑がなんども頷いたあと、手で口元を覆う。肩が小刻みに上下している。

時間がとてつもなく長く感じた。自分一人であれば、難なく抜け出せるはずだが、今は大畑がいる。取材と称して勝手に飛び込んできた女だが、数日間寝食を共にした仲間には違いない。

ほんの一時間半前、公安部の現場責任者である志水と言葉を交わした。口ぶりから察するに、手荒なことをするとは考えにくい。だが、迷っていると言いながら急ピッチでこちらとの距離を詰めてきた。自分を嵌めようとしている高村が強硬な指示を出したのかもしれない。

乾いたノックの音が再び響いた。城戸はドアのそばまで、音を立てずににじり寄る。鉄の扉を隔てて、数人の息遣いを感じる。さらに意識を集中させ、様子をうかがう。ノックの音が大きくなる。

「二人ともいないの？」

ドアの向こうで女の声がした。美南だ。城戸はドアチェーンが掛かっていることを確認し、二つの錠前を解除した。ドアを少しだけ開ける。

「護ちゃん、開けてよ」

怪訝な表情で美南が見上げていた。背後に男が数人いた。年齢も服装もばらばらだが、皆一様に大きなバッグを持っている。

「ごめん。電話すればよかったね。ちょっと仕事で部屋を使うから」

チェーンを外し、城戸はドアを開けた。

「これからみんな変身するの」

美南が城戸を肩で押しのけた。連れの男は五人いて、やはり部屋に入ってくる。

「大畑ちゃん、どうしたの？」

窓際でへたりこむ大畑に、美南が聞いた。

「なんでもありません。私たちがここにいても平気ですか？」

「もちろん。さあ、準備ができた人からセットするからね」

美南の言葉を合図に、男たちが服を脱ぎ始めた。大畑が慌てて後ろを向く。

「セットってなんのことだ？」

美南が肩をすくめる。

「今晩、老舗のバーの周年パーティーがあるの。彼らは常連さんたちで、飛び切りのドラッグクイーンに変身するの」

そそくさと着替える男たちの背中を見ながら、城戸は記憶をたどった。香港島のソーホー地区でＬＧＢＴのパレードを目にしたことがある。同じようなものだろう。

「みんなウイッグを使うんだけど、最後の仕上げはプロがいないとね。周年パーティーをするバーのママ、私たちの小学校時代の同級生だよ」

美南がスマホの写真を見せた。七三分けに蝶ネクタイ、お坊ちゃんタイプの子供が笑顔でファインダーにおさまっていた。美南が画面をスワイプする。今度はでっぷりと太った金髪の女の写真だ。

「昔の面影はまったくないけど、今はこの辺の顔役だからね。みんな周年のイベントにはお金と手間暇をかけるのよ」

城戸は改めて男たちに目をやった。いつの間にか、革パンツやスパンコールのワンピースなどさまざまな衣装を身につけている。五人とも背が高く、細身だった。

「美南、もう一つ頼みがある」

「また？　若松町の駐車場代、結構高かったんですけど」

「悪い、騒動が一段落したらまとめて払うからさ」

城戸は事情を説明した。


またもやアジトのドアをノックする音が響いた。城戸は大畑に声をかける。

「今度は本物だ」

城戸と大畑は、トイレに身を隠す。

「公安が来たってことですか？」

狭いトイレ内で、大畑がつぶやいた。城戸は黙って頷く。美南の甲高い声が聞こえてくる。

「どなた？」

「四谷署地域課の者です。巡回連絡にうかがいました」

張りのある男の声だ。美南は軽やかに応じている。城戸にぴったりと体を寄せた大畑が、かすかに震えていた。

18

〈B班、報告せよ〉

〈これより新宿二丁目三番——のマンション三階へ。部屋数は一五〉

志水はオペレーションルーム後方のデスクに陣取っていた。ひっきりなしに入る無線に耳を傾け、リアルタイムで送られてくる画像を凝視している。

「各班の状況を確認しながら進めろ」

樽見の指示は的確だ。二〇人ほどの捜査員が部屋の壁に設置された大小さまざまなサイズの液晶パネルの画像を切り替え、キーボードを叩きながら現場要員の位置関係を把握している。

最も大きな一番スクリーンには、現場一帯の地図とB班のライブ映像が映る。地図上には、宅配ピザの配達員を装った班長の赤い星印が光り、部下一五人は黄色の星で表示されている。

〈四谷署地域課の者です〉

画面の右側に紫色の古い鉄製のドアが映った。巡査の帽子にセットされた小型カメラからの映像と音声が、志水たちのもとに届く。

〈はい、なんでしょう?〉

ドアが開き、幼児を抱いた若い母親が顔を出した。髪は明るい茶色で、化粧っ気がない。

〈最近入居された元木(もとき)さんですね? 巡回連絡というものがありまして——〉

所轄署の巡査に化けた捜査員が黒表紙の台帳を広げ、ページを繰る。カメラが玄関から部屋の奥方向を映す。三和土にあるのは女物のスニーカーやサンダル、子供靴だけだ。シングルマザーかもしれない。

「もっと部屋の内部をクローズアップしろ」

樽見の指示で、カメラ操作担当の女性捜査員がキーボードを打つ。スクリーンに室内干しされた女性下着、子供服が映る。

〈これより店の検索開始〉

E班の班長の声だ。一番スクリーンの動画が切り替わり、地図の黄色い星が点滅した。新宿通りから筋を二本入った場所にあるラーメン店だ。リアルタイム画像に赤い暖簾が映り込んだ。

〈開店前だよ〉

薄暗い厨房から白いタオルを頭に被り、黒いTシャツを着た太り気味の男が現れた。

〈四谷署です。巡回連絡の……〉

捜査員が切り出した。男が面倒臭そうに客席へ出てくる。

〈俺、雇われの店長だから詳しいことはわからないんだ〉

小型カメラが厨房や小上がりを映し出した。志水はオペレーションルームの中で必死にカメラを遠隔操作する女性捜査員を見た。手元にあるパソコンの画面を睨みながら、右手でジヨイスティック型のレバーを操っている。

「これでそのブロックはつぶしたな」

樽見が告げ、画面が再度切り替わった。今度は七階建ての雑居ビルに黄色い星が点滅する。

〈ご協力ありがとうございました〉

こちらも制服巡査に化けた中年捜査員だ。カメラは大量のＤＶＤが詰まった棚と筋肉隆々の男性のポスターを映す。煤けた薄緑のドアが閉められた。

〈Ｃ班、これよりこのビルの三階の部屋へ〉

〈了解。今度はもっとカメラを振り、部屋の隅々まで映るように工夫しろ〉

中年捜査員に対し、宅配ピザ配達員役の班長が指示した。

〈こちらピザ、指揮本部どうぞ〉

「なんだ？」

樽見が机上のマイクを握った。

〈要員が足りません。柳生からもっと応援を〉

「了解、適宜送る」

無線を切り、樽見がオペレーションルーム内の人員担当に目をやった。担当者が警電の受話器を取り上げる。狭いエリアに追い込んだはずだが、依然、大畑を見つけることができていない。なぜ二丁目に潜り込んだのかもわからない。

志水は基調を見直そうと、パソコンで城戸の個人ファイルを開いた。小学校から生まれ育った地元だ。土地勘も人脈もあるだろう。そこが手がかりになる。猛烈な勢いでページをめくり、記載されている情報を瞬時に分析していく。二分ほど経ったとき、志水は手を止めた。城戸が通っていた西早稲田の都立高校の卒業アルバムのコピーだ。〈写真部・城戸護卒業制作〉と記されたモノクロ写真の中に、見慣れた風景があった。

〈旧柳生但馬守邸跡　新宿区〉

説明文には、江戸時代の旧跡を回ったとある。志水は苦笑いした。清家の尾行から脱尾した班長は〈柳生へ戻ります〉と報告してきた。それを城戸は聞いていたのだろう。捜査員を追って、志水までたどり着いたのだ。

「制服五名、私服三名を至急二丁目の現場へ。手配を急げ」

オペレーションルームに樽見の声がまた響き渡った。現場からの動画が目まぐるしく切り替わる。

「了解、二〇分以内に現着」

要員担当の捜査員が答えた。横顔が引きつっている。樽見の指示は正しい。時間がかかれば、大畑が気づいて逃げるかもしれない。

〈巡回連絡ってなにかしら？〉

大型スクリーン脇のスピーカーから女の声が響いた。大型画面の左側には地図、右側に動画が表示されている。制服警官に化けた中年捜査員の帽子に据え付けられた小型カメラは、ショートカットの女の顔を映している。

「室内の様子をもっと送れ」

〈この一帯は住民の入れ替わりが激しく、派出所の名簿を常に新しくしておく必要がありまして〉

中年捜査員が下手に出て、うまく時間を稼いでいる。細面の女が台帳を受け取り、中身をチェックし始めた。

〈ああ、うちの分も古いデータのままね。父は五年前に他界したから〉

〈神崎連太郎（かんざきれんたろう）さんですか〉

〈このビルの所有者だったけど、今は私の名義になっているわ〉

〈そうでしたか。それでは書き換えますね。お名前を教えてもらえませんか〉

中年捜査員はわざとゆっくり書き換え作業を行っている。その間、小型カメラは室内の様子をとらえる。大型スクリーンに、どぎついピンクや金色のロングヘアの男たちが映った。

「こいつらはなにをしている？」

志水が尋ねた。樽見が現場に伝える。中年捜査員が即座に呼応する。

〈なにかイベントでもあるのですか？〉

〈今日はね、二丁目のボスがやってるお店の開業二五周年祝いなの。昔店でボーイやっていた子や常連がドラッグクイーンに仮装して、ママを喜ばせるのよ。私は彼らのヘアメークってわけ〉

〈それは大変ですね。七人もおられて――〉

〈もう私もてんてこ舞い〉

女の肩越しに、スパンコールやシルクのドレスを身に纏い、アイシャドーや口紅をつけた男たちがひしめいている。

「もういいぞ。時間の無駄だ」

樽見がため息をついた。画面脇のスピーカーからハスキーな声が響く。

〈みんな、いくわよ〉

異星人のようなメークを施し、ボディーにぴったりと張り付いたレオタードの上に毛皮のコートを羽織ったドラッグクイーンが言うと、今まで身支度していた他の人間も一斉に立ち上がった。全員背が高い。ハイヒールやソールの分厚いブーツを履いている。

「他班の様子はどうだ」

志水は口を開いた。動画が切り替わる。今度は街頭だ。地図を見ると、二丁目の中心を南北に貫く仲通りに面したカフェらしい。

〈消防署ですが、消火設備の点検にきました〉

画面には、オレンジ色の消防士の制服を着た捜査員が映る。大規模な捜索に入る際、公安部はさまざまな衣装を用意した車両を現場付近に配置していた。

〈先週も点検がありましたけど〉

髭面の店員が不満げに言う。

〈最近ボヤが多いから。再度チェックさせてください〉

志水がやりとりを見つめていると、オペレーションルームの中央で捜査員が声をあげた。

「樽見さん、先ほどの女性ですが、城戸と新宿二丁目のつながりを調べていたところ……」

「要点を言え」

「城戸とつながりがあります」

樽見が部屋の中央に駆け寄った。

「スクリーンへ」

志水は指示した。画面が切り替わる。

〈神崎美南／城戸護↓新宿区立南戸山小学校卒業　五、六年のときに同じクラスに在籍〉

基調の細かいデータがスクリーンに現れた。城戸と神崎という女の小学校名が赤く点滅している。

「先ほどのドラッグクイーンの一団に大畑が交じっている可能性がある」

樽見が告げたとき、さまざまな仮装をした連中が集い、パレードを始める様子が大型スクリーンに映し出された。

「見つけるさ」

志水はスクリーンに視線を向けたまま、小声で言った。

19

通路に置いていたリュックを城戸は背負い直した。地下街の外れにある女性用トイレから、大畑が出てくる。

「急ぐぞ。今のうちにこのエリアを離れる」

すっぴんに戻した顔にサングラスをかけ、パーカのフードを目深に被った大畑は俯き気味だ。大きなトートバッグを肩にかけた。

「後に続け。監視カメラを避けながら、走る」

城戸は周囲を点検しながら、新宿区役所方面へ駆け始めた。

「どのくらいなんですか？」

「ほんの二キロほどだ」

城戸は階段を上がった。背後から大畑が付いてくる。

三〇分前、ドラッグクイーンの一団に紛れてアジトを脱出した。歌舞伎町の地下に広がる新宿サブナードのトイレで、持ち出した服に再度着替えた。

「どぎついメークもなかなか似合うじゃないか」

地上に出て、区役所通りを横切りながら、城戸は言った。

「嫌なこと言わないでください」

大畑が舌打ちした。美南が機転を利かせ、大畑を往年のロックスターに変身させた。デビッド・ボウイが演じた異星人ジギー風になった大畑は、ドラッグクイーンたちとともに仲通りへ向かった。城戸はメンバーの一人が持っていた舞踏会用のマスクを借りて、公安捜査員をまいた。

歌舞伎町の裏通り、ゴールデン街を貫く遊歩道を抜け、ラブホテル街を進む。

「奴らは一人一人の写真を撮り、認証システムで照合にかけているころだ」

「いくら私がミスをしたからって、あんなに早く公安が追いついてくるなんて」

大畑が弱音を吐いた。

「これからも気を抜くな。奴らの追跡能力は世界でも一、二を争うレベルだ」

もともと大量の人員を投入して対象を追うことに長けた公安警察に、監視カメラなどをリアルタイムで操る技術が加わった。

城戸と大畑はラブホテル脇にある大型駐車場を抜け、車の往来が一瞬途切れた明治通りを渡る。

「新しいアジトを見つけておいた。なに、いるのは三時間ほどだ。次は仙台に行く」

城戸は走り続けた。志水と顔を合わせて高村の話をしてから、次の作戦を練っていると、かつての上司の顔が浮かんだ。自衛隊を定年退職し、今は仙台で悠々自適の生活を送っている。

美南名義の車両にはもう乗れない。二丁目のアジトで、城戸は美南に仙台に行きたいと伝え、ＳＵＶ以外で使える車がないか尋ねた。すぐには無理だと美南は答えた。二人の会話を聞いていたアフロヘアのドラッグクイーンが助け舟を出してくれた。

「今晩一〇時、護国寺の首都高入り口で待ち合わせだ。トラックに乗せてもらう」

アフロヘアのクイーンは、石巻の漁港から来たトラック運転手だった。美南には長年世話になっているらしく、事情を尋ねずに城戸を助けると申し出てくれた。

城戸と大畑は大手ゲーム会社の本社が入居する最新鋭のビル近くのそばを走り抜け、新宿七丁目の古い住宅街へと足を向けた。

「新宿にもこんなエリアがあったんですね」

大畑は城戸のペースに付いてきた。

「昔は長屋や安アパートばかりだった。基本的に古い住宅街だから監視カメラの類いも少ない」

作戦行動中は、身を隠せる建物や戦闘に向く場所を常にチェックしている。若松町から新宿二丁目に戻る際、複雑に入り組んだ小径に手ごろな建物を見つけていた。

「あそこだ。数時間世話になる」

城戸は立ち止まった。

「どう見ても小屋ですけど」

「問題ない。少しは体を休められる」

もう何年も使っていないと思えるほど古びた消防団のポンプ置き場に、城戸は足を向けた。

第四章　激突

1

「仙台ってこんなに落ち着いた場所があるんですね」

仙台市の官庁街に近い定禅寺（じょうぜんじ）通り、中央分離帯にあるケヤキ並木の遊歩道で、大畑が感嘆の声をあげた。午前七時四五分、ランナーが思い思いのペースで走り抜けていく。

「年末にはここの並木が一斉にライトアップされるらしい。仙台は初めてか？」

黒いレザーのライダースジャケットとパーカを着た大畑が首を振る。

「五、六回来たことがあります。芸能人の愛人を直撃する取材だったり、汚職に絡んだ関係者の張り込みだったりで、回るのは住宅街ばかり。こんな観光地っぽいところは縁がなかったです」

サングラスを鼻先に少しだけずらし、大畑が一キロ近く続くケヤキ並木を見上げている。

「残念ながら今回も観光じゃない。目的の人を見つけたら、俺だけで話をさせてもらう」

ドラッグクイーンになった美南の友人に石巻から来たトラック運転手がいて、城戸と大畑を仙台まで運んでくれた。

運転席奥の狭い休憩スペースに大畑を押し込み、城戸は荷台に乗った。積み荷の鮮度を落とさぬようコンテナはチルド仕様になっていたが、極寒に打ち震えた東欧の紛争地に比べれば小春日和のようなもので、城戸は約四〇〇キロの揺れる行程を睡眠に充てた。

トラックの運転手は、パレードで往年のダイアナ・ロスを演じ、弾けたらしい。だが、一旦仕事に戻ればプロの顔になり、城戸と大畑を無事に運び、仙台郊外の公園の駐車場にトラックを駐めて、朝が来るまで仮眠に付き合ってくれた。別れ際には、仙台駅西口に〈仙台朝市〉という戦後の闇市から続くマーケットがあるとまで教えてくれた。大畑は朝市で、地元の餅屋が作った自家製の山菜おこわおにぎりを四つも平らげた。

「それで、これから会う人はどんな人なんですか?」

腹が満たされた大畑は、記者の目をしていた。

「俺が一番信頼していた上官だ」

白髪の角刈り、将棋の駒のような顔の輪郭が浮かんだ。頑固な兵士だったが、部下を愛する気持ちは城戸が仕えたどの上官よりも強かった。南の島での一件では、現場の城戸に指示を送る指揮官を務めていた。城戸が自衛隊を辞める決心をしたときには、身を案じて慰留してくれた。

「南西諸島全域をカバーする第一五旅団の旅団長で、陸将補だった人だ。俺が自衛隊を辞めてから一年半後に定年退職された」

寒風が吹きつける。空気が澄む仙台の空と沖縄の真っ青な空が重なった気がした。

東京で生まれ育った城戸にとって、沖縄は別世界だった。ゆったりと流れる時間、気のいい地元民、うまい食事と酒。現役時代、城戸は第一五偵察隊の隊長として、那覇の駐屯地と離島を行き来した。大都市に発展したとはいえ那覇もどこかのんびりした空気が漂う街だったが、離島の透き通った海を何よりも好きになった。

「たしか、自衛隊の定年は――」

大畑の声で、城戸は現実に引き戻される。

「階級によって違うが、将や将補は六〇歳。その下は五五歳前後で退役するのが通例だ」

「今はどんな仕事を？」

「宮城県の危機管理と防災を監督する部局の特別顧問だ」

大畑が質問を重ねた。城戸は釘をさす。

「あとで取材するようなことはやめてくれ」

「それは私の仕事の話。城戸さんには関係ないはずです」

依然として、大畑の目つきは記者そのものだ。城戸は歩みを止めた。

「それなら、ここで別れよう。おまえさんが首を突っ込むような世界じゃない」

どうして、と大畑が少し感情的になった。その顔を城戸は覗き込む。

「仮に今回の騒動の真相をつかめたら、記事を書くのも自由だ」

「そりゃそうでしょう。日本には報道の自由があります」

「報道の自由が認められている国で、福岡で起きたあれだけの騒動を誰も報じないのはどういうことだ？　俺はこの国にとってタブーそのものなんだ。警察庁の高村か、あるいはその周辺の誰かが圧力をかけている。週刊新時代だって何も報じないじゃないか」

国内外のさまざまな情報に接する公安警察、その中で現場を仕切る志水でさえ、あの一件を知っている様子はなかった。官房長官秘書官として内閣の中枢にいた高村は詳細を志水には明かさずに手駒にしている。だからこそ志水は疑心暗鬼になっているのだ。

「わかりました。元上官は取材しない」

城戸はケヤキ並木を西の方向へ歩き出した。

「でも、一つだけ教えてください。いつの間に連絡をつけたんですか。トラックの荷台から電話を？」

「公安はそんなに甘くない。俺のかつての上官だ。監視の目が光っている。当然、自宅の電話も携帯電話もモニターされているはずだ」

城戸は周囲を注意深く見回した。関係者の通信やインターネットの履歴はドラッグネットによって丸裸にされているだろう。万が一、仙台に公安部の要員が配置されていたら、接触は難しい。城戸はジャケットのポケットからスマホを取り出し、SNSサイト〈ex‐soldier〉を画面に表示させ、なんどかタップした。元上官のアカウントが現れる。

投稿した写真の数は三四七となっている。東北一円の蕎麦店を訪ね歩いているようだ。もり蕎麦を写したショットのほかは、高山植物の写真が大半を占めている。城戸は地図アプリの画面をそのまま投稿した一枚を指した。

大畑が頷いた。画面には定禅寺通り一帯をジョギングした軌跡がある。シューズメーカーが提供するランナー向けのアプリで、走行距離やタイム、心拍数などのデータが地図上に表示されている。

「昔からこの人は頑固だ。自分に課したトレーニングのノルマは絶対にこなした」

城戸は画面を拡大表示させた。仙台の街中を流れる広瀬川と定禅寺通りの突き当たりにある西公園のシルエットが映っている。

「ここで待っていてくれ」

城戸が告げた直後だ。並木道の西端、公園の方向から女の悲鳴が聞こえた。

2

志水は腕時計に目をやる。午前八時五三分だった。

樽見は全捜査員を見渡せる指揮官席にいるが、両腕を枕にして机に突っ伏している。画像解析、人員配置、顔認証などの作業を一五人の捜査員たちがパソコンで行っているが、一様に疲れ切った様子だ。

大畑の行方は依然としてわからない。新宿二丁目のあらゆる飲食店や小径を、捜査員は小型カメラで動画撮影した。撮影したデータと大畑の顔、体格をリアルタイムでマッチングさせたが、見つけられない。

四〇人の現場捜査員と二〇人の後方部隊は一切の休憩なしで追跡・分析作業を一二時間以上続けた。城戸には特殊な技量があるが、大畑という素人を見つけられないのは、ともに行動しているからだろう。苛立ち、ときに怒声をあげる樽見の指揮を、志水は部屋の隅にある簡易応接セットから見守っていた。

大畑が潜んでいたらしいビルは、城戸の幼馴染みの所有物だった。調べてみると、神崎美南の家は代々芸者の置屋を営んでいた。常連客の中には、体制を舌鋒鋭く批判することで知られた出版社の重役や労働団体の幹部がいた。神崎という女がどのように育ったかは定かでないが、反体制的な性格なのだろう。新宿二丁目という都心各所へアクセスが便利な場所を提供して、捜査員が秘かに迫っている気配を察知し、大畑を逃がしたのだ。

「そろそろ別の人間と交代しろ」

志水は告げた。樽見が弾かれたように起き上がり、疲れの色が濃い捜査員の様子をチェックし始める。

「志水さんもどうか休憩を」

志水は首を振る。刑事部でも働き詰めだったが、公安部に引き抜かれて徹底的に鍛えられた。七二時間ぶっ通しで一万枚近くの顔写真を見たことがある。そのころを思えば、精緻なコンピューターシステムが稼働している分だけ捜査員の負担は軽い——そんな言葉が喉元まで這い上がってきた。

今時、精神論を持ち出しても部下はついてこない。志水を気にかけてか、ずっと指揮所に張りついている樽見を一旦楽にしてやらねば、他の捜査員も休めない。疲労がたまって集中力が落ちれば、逃げる城戸を利するだけだ。

樽見が交代要員の手配を電話で進めているのを確認してから、志水は未明に届けられた警察庁の高村総括審議官の行確記録をチェックした。

〈午後一〇時三二分、経団連企画幹部との定期交歓会終了〉

ここ二、三日の高村は政界や財界関係者との打ち合わせ、食事会に忙殺されていた。公用車を早めに帰し、タクシーを飛ばして城東地区で商売女たちと遊ぶようなこともない。

志水はページをめくった。本庁から貸与されている携帯電話と私用のスマホの通話履歴がある。番号の横には、通話した相手の名前と肩書が記されていた。公用分の履歴には政治家の秘書、主要官庁の官僚の名がずらりと並ぶ。私用分には自宅の固定電話のほか、二人の娘の携帯電話との通話履歴がある。もう一枚ページをめくると、履歴に蛍光マーカーで印がつけてあった。中国人らしき女の名前が三人。欄外には小さな写真がクリップで挟んである。いずれも秘撮写真で目にした錦糸町のホステスだった。店に顔を出せない分、まめに電話を入れたのか。私用分のリストの最後に〈架電先不明〉の文字と〈調査中〉の注記がある。目つきの鋭い、短髪の男の顔が浮かんだ。

「志水さん、ちょっとよろしいですか?」

突然、樽見が別の書類を差し出した。表紙をめくる。宮城県警捜査一課が作成した事案概要がファイルされていた。仙台市の中心部、青葉区の定禅寺通りで一時間半前に殺人事件が発生した。凶器は拳銃で被害者は即死、被疑者は逃走中とある。

「殺されたのは城戸の元上官、菅原悠介(すがわらゆうすけ)元陸将補です」

次のページには、鑑識が撮影した現場写真のコピーがある。白髪で短髪、将棋の駒のような輪郭の男が、目を見開いたまま絶命していた。両目の上、額の中央に生々しい弾痕がある。

3

「コーヒーが冷めますよ」

年老いた夫婦が営む小さな喫茶店で、城戸はコーヒーカップを見つめ続けた。

「悪いけど、私はさっき撮った写真を清家さんに送りますから」

城戸が顔をあげると、大畑はスマホを操作していた。一時間半前、自衛隊時代に最も信頼していた上司、菅原と予想外の形で対面することになった。

「ああ、わかった」

城戸はこみ上げてくる感情を抑えつけた。

定禅寺通りのケヤキ並木に女性の悲鳴が響き渡り、城戸は大畑とともに声の方向に駆けた。一〇〇メートルほど走ったところで、悲鳴の理由が判明した。上下のスエットに身を包み、ニット帽を被った菅原が仰向けに倒れていたのだ。

救急車とパトカーのサイレン音がすぐに響き始めた。亡骸に合掌するぐらいしかできなかった。防犯カメラを避けながら現場を離れた。東北一の歓楽街、国分町(こくぶんちょう)の裏通りを抜け、ひたすら路地裏をたどった。サンモール一番町というアーケード街に面した壱弐参(いろは)横丁に入ったところでようやく足を止めた。

戦後の闇市のような雰囲気を醸し出すバラック造りの古い商店街には、定食屋のほかに今風の居酒屋やバル、雑貨屋が立ち並んでいる。朝とあって行き交う人は少なかった。防犯カメラも見当たらず、身を隠すには絶好の場所だ。モーニングセットとランチメニューの立て看板がある古い喫茶店に飛び込んで一息ついた。

「こんなときに嫌なことを訊きますが、菅原さんはどんな人でした？」

大畑の冷静な声が耳に障る。

「俺から取材するのか」

声に苛立ちが交じってしまう。大畑の醒めた目つきは週刊誌記者そのものだ。

「そういうつもりではありません。恨みを買うような人だったのかなって」

「馬鹿言うな。菅原さんは多くの隊員から尊敬されていたんだ」

大畑が眉根を寄せてスマホの画面を睨んだ。城戸はスマホを取り上げた。画面には、両目を見開いたまま絶命した菅原の顔が写っている。両眉の真ん中に射入口（しゃにゅうこう）があり、そこから鮮血が滴り落ちていた。あまりにもアレックスの死に方と似通っている。間違いなく腕利きの仕業だ。同一犯か。城戸は奥歯を嚙み締めた。

自衛隊時代、最後の勤務地となった沖縄で菅原とは濃密な時間を過ごした。離島での揚陸、陣地奪回演習を数多くこなし、台風被害の災害復旧にもあたった。菅原は冷静な判断を下し、部隊を適切に動かした。そして、あの一件だ。あのときだけは、現場と官邸をつなぐ指揮官として慌てた様子を見せていたが、無理もない。初めての事態だった。それでも冷静さを保とうとしていた。

演習でも災害派遣でも、部隊のメンバーや救助する住民たちの生死に関わることが起こる。指揮官は兵士としての能力だけでなく、人間としての個性や魅力も常に観察される。菅原は若い隊員にも分け隔てなく接し、ときに泡盛の一升瓶を抱えて営舎を訪れるなど、人情味のある幹部として慕われていた。あの一件では、官邸から的確な指示を引き出せなかった後悔からか、現場にいた城戸よりも悲嘆にくれていた。

「いい人だったなら、あまりにもむごい殺され方です」

城戸は写真を再び凝視した。銃の口径は大きくはない。おそらく二二口径だろう。同じ口径のライフルもあるが、火薬量が多く、弾速のあるライフル弾で狙撃された場合は、損傷がもっと大きくなる。

スマホをチェックしていた大畑が声をあげる。

「まずいです」

大畑がスマホの画面を城戸に向ける。ＳＮＳに定禅寺通りを映した動画が掲載されていた。

「投稿者は定禅寺通りに面したマンションの住人です。背後関係含めて不審な点はありません」

4

わずかな休憩から戻った樽見が、オペレーションルームの一番大きなスクリーンを指した。

画面は二つに分割され、右側にセミロングの黒髪、セルのメガネをかけた女性が映った。宮城県内にある公立病院に勤務する三五歳の看護師だ。背後関係とは、偏った思想の持ち主やカルト的な宗教にのめり込んだ人物が周辺にいないかまで、公安部が収集したデータと照合したということだ。看護師の写真の横に、問題ナシを示す二重丸の印がある。志水は左側の動画に目を転じた。

「もう一度再生してくれ」

志水の指示に画像解析担当の女性捜査員が頷き、動画が巻き戻される。

〈なに、今の声？〉

マンション前の花壇で撮影していたのだろう。色とりどりのパンジーが映っている。画像が激しくブレた。女の声が入り込む。

〈なにか事件？〉

女は録画を続けたまま、走り出したのだろう。定禅寺通りのケヤキ並木が上下に揺れる。

〈救急車は呼んだのか？　一一〇番通報は？〉

ケヤキ並木が途切れたあたりで、男性の怒声が響いた。近隣の住民なのだろう。ダウンベストを着た初老の男だ。

〈おい、誰か通報しろよ！〉

男がもう一度叫んだ。集まっていた人々の中からキャップを目深に被った男とパーカのフードを被った男が抜け出し、スマホのカメラの方に一瞬顔を向けたあと、踵を返して去っていった。

「いまの二人を」

志水が言うと、女性捜査員が画面を止め、ゆっくり巻き戻した。二人ともサングラスをしていて、キャップの男は大きなリュックを背負っている。もう一人は、ライダースの革ジャケットの下にパーカとジーンズを黒一色で揃えている。スニーカーはグレー。肩にかけているトートバッグの持ち手にフリルの飾りがある。

「確認しろ」

志水の指示を先回りするように樽見が告げた。サングラスに隠された顔に薄緑の枠がかかる。分析担当者も意図を察したようだ。看護師の顔写真を映していた右側の画面が上下に二分割された。上には福岡で秘撮された城戸、下には大畑の顔が映る。

「分析開始します」

城戸、大畑の顔にもそれぞれ緑色の枠がかかる。定禅寺通りの画像と二人の顔写真の間に合致度を示すバーグラフと数字が表示された。

〈九〇％、九三％、九六％……九六・八％〉

数字が止まって点滅した。

「城戸と大畑に間違いありませんね」

樽見が唸った。

菅原は自衛隊時代の城戸の上官だ。城戸は仙台まで会いにいったのだ。それとも殺しにいったのか？　偶然はあり得ない。

「至急、宮城の担当者に連絡。東京からも二〇名を仙台へ急派せよ」

樽見が声を張り上げた。それぞれの担当者が忙しなく動き始めた。

「どんな手段で仙台まで行ったんでしょう？」

若手捜査員が歯ぎしりしている。城戸と大畑のコンビはおそらく一晩で東京から約四〇〇キロ離れた杜（もり）の都へ移動した。こちらの対応に抜かりはない。新幹線や高速バスなど主要交通機関の改札や乗り場付近の監視カメラはすべてモニターし、警報が鳴るようセットした。

そんなことは百も承知なのか、城戸はまたこちらの網をくぐり抜けた。

「志水さん、電話が……」

別の捜査員が警電の受話器を掲げた。表情は困惑している。相手は想像がついた。志水は指揮官席に移動し、受話器を取り上げた。

「志水です」

〈おまえらは本当に無能だな！〉

高村のダミ声が電話越しに響いた。

〈城戸が国内で二件目の殺しを実行した。おまえらがちゃんと行方をつかんでいないからこういうことになった〉

高村が一方的にまくしたてた。志水は冷静にエリート官僚の言葉を受け止める。

「総括審議官、宮城（みやぎ）県警は城戸の犯行だと断定したのですか？」

〈まだのようだが、一般人がネットに投稿した動画に城戸が映り込んでいるそうじゃないか！〉

高村はさらに声を張り上げる。

〈城戸がこれ以上事件（ヤマ）を重ねないように、一秒でも早く行方を探れ！〉

志水は会話の内容をメンバーが共有できるようにハンズフリーに切り替えた。

〈殺人鬼が銃を持って街をうろついているんだぞ！〉

高村の声は絶叫に近かった。一方的に電話を切られた。志水は若手捜査員と顔を見合わせる。

「情報が早すぎる。なぜ知っている？」

「わかりません。独自のルートがあるのでしょうか」

公安部の筆頭課である公安総務課は、全国の公安捜査員を取りまとめる扇の要の役割を果たしている。秘撮であれ秘録であれ、行確対象者の情報が真っ先に集約される。今回は、一般人がＳＮＳに投稿したデータだが、多忙を極める高村がなぜその重要度を認識できたのか。

「先ほどの投稿はいつだった？」

志水が訊いた。画像分析担当の女性捜査員が答える。

「宮城(みやぎ)県警の発表が正確なら、事件発生後五分ほどです」

県警の報道発表よりも一時間ほど早い。一般人は反射的に動き、内容の良し悪しなど考えずにインターネットに情報を公開する。ニュースサイトやＳＮＳの運営会社は、県警に遠慮などしない。刺激的な映像をいち早く公開することで、閲覧者が増加し、広告収入につながる。そこに城戸のような人間が映り込んでいるとは、はなから考えていない。

「志水さん」

宮城県警の公安部と連絡を取り合っていた捜査員が呼んだ。

「県警捜査一課はまだ容疑者の特定に至っていません。現場付近の聞き込みを重点的に展開して、最寄り駅を中心に半径五キロで非常線を張っていますが、不審者発見にはつながっていません」

志水は指揮官席に近寄ってきた樽見を見た。

「どうしても城戸を犯人（ホシ）にしたい、高村さんはそう考えているのでは」

なぜ高村は志水たちに城戸を追わせるのか。仙台にいるという情報を偶然にせよ公安部よりも早く入手したならば、宮城県警に知らせればいい。責任者としてそうすべきだろう。非常線を張るにしても、城戸という人物の情報があれば、身柄確保の可能性は格段に高くなる。

「城戸は押さえたいが、うっかり逮捕などしてバラされたら困る事柄があるということだな」

「どうしますか？」

「あんな御仁でも組織のトップに立つ可能性がある。城戸と大畑の行方をつかむしかない」

感情を抑え、志水は樽見に告げた。

樽見は画像分析や要員担当などそれぞれの責任者を指揮官席に呼び寄せ、事細かに指示を飛ばし始める。

「ちょっといいか？」

志水はオペレーションルームの中央にいた女性捜査員に声をかけた。捜査員が志水の脇に駆け寄ってくる。

「高村総括審議官の行確データと携帯の通話履歴をもう一度見せてくれ」

捜査員が手にしていたタブレット端末を何回かタップする。

「こちらが行確データです」

一覧になった細かい文字が並ぶ。自宅から役所への移動、昼食を介した打ち合わせなど一分ごとにデータが刻まれている。

「ここ数日、城東地区で遊興した形跡はありません」

「電話の履歴は？」

捜査員が別のファイルを示す。首相官邸の秘書官や他の省庁の局長級の高官との通話履歴が時系列に記録されている。私用のスマホの分に、さっき見たときにはなかった〈架電先不明〉の記録が増えていた。ほんの数分前だ。

「これは分析できないのか？」

「いろいろ試してはいるのですが……」

捜査員の声が萎んだ。ドラッグネットはありとあらゆる通信回線のデータを抽出する能力がある。それでも抜け穴がある。足をたどれない特殊な回線を使う者に高村は連絡を入れているのだろう。

「絶対に割り出せ」

捜査員は自席に戻り、猛烈な勢いでデスクトップパソコンのキーボードを叩き始めた。志水は近寄って声をかける。

「もう一つ、調べてほしい。高村審議官は、仙台で殺された元自衛官とどこかで接触していた可能性がある。在職時から現在まで徹底的に調査しろ」

志水は記憶に焼き付けたタブレット画面を頭の中に浮かべた。〈架電先不明〉の文字がなんども点滅する。高村と接触していた短髪で目つきの鋭い男は誰なのか。知っている可能性があるとすれば——。志水は背広からスマホを取り出した。

5

城戸と大畑は小さな喫茶店を出て、開店前の店が並ぶ薄暗い横丁を歩いた。

「ニュースサイトをチェックしていますが、容疑者はまだ特定されていないらしく」

衛星電話ユニット付きのスマホを見て、大畑が言った。

「福岡の一件と同じように情報はコントロールされている」

照明が消えている雑貨屋のドアノブをハンカチ越しに回しながら、城戸は答えた。

新宿二丁目から秘かに仙台へ移動した。元上官と会うことは誰にも告げていなかった。菅原本人にさえも。撃たれるなど考えもしなかった。アレックスと菅原を結ぶ線は見えない。

「城戸さんが仙台に来ること、誰かが予想していたんじゃないですか？」

店の扉の内側に赤い暖簾がかかった居酒屋の前で、城戸は足を止めた。鍵を確かめる。無理だ。再び歩き始めると、背後から大畑が言った。

「さっきから何を？」

「投稿された動画を公安の連中ももう見ているころだ」

「答えになっていません」

大畑が不服そうに言った。

煤けた横丁には、建物が長屋のように連なっている。城戸と大畑が歩き回っているのは、棟と棟の間にある小径だ。所々に小径と交わる連絡路があり、碁盤の目のような形状になっている。

城戸は連絡路にあった店に目をつけた。破れそうなビニール製の庇に〈青葉ビューティーサロン〉と屋号がプリントされている。大畑が訝しむが、城戸はかまわず店の前に進んだ。

店のガラス扉に吊られた南京錠を確かめる。古い美容室の構えだが、薄明かりが差し込む店内にはマネキンやハンガーに吊るされた衣服が見える。ガラス扉の内側には、〈古着〉と書かれた看板がある。

「クリップを貸してくれ」

城戸は大畑に頼んだ。大畑がトートバッグからペンケースを取り出し、中にあったクリップを手渡す。

「あと一本」

大畑がペンケースをまた探った。城戸は受け取ったクリップを棒状に引き伸ばした。持ちやすいように折り曲げ、先端を床に押しつけて曲げる。ステンレスの細いクリップを耳かきのような形状にした。大畑からもう一本受け取り、同じ要領でツールを作る。

「誰かこないか見張っていてくれ」

城戸はその場にしゃがみ込むと、ガラス扉に付けられた南京錠をつかんだ。クリップを南京錠の底部から挿し込み、もう一本を掛け金の隙間から入れる。小刻みに動かしながら、南京錠に組み込まれているバネの位置を探った。このタイプなら、バネをゆっくりと同じ方向に揃えるだけで簡単に開く。

「レンチを二本使えば三秒で錠前は破れるが、それじゃ意味がない」

城戸は小声で説明した。手元で微かな手応えがある。バネの向きが揃い、シリンダーがゆっくりと右側に回った。リュックを引き寄せ、ガラス扉を開けて店の中に滑り込んだ。大畑も続く。

「店の裏口から表に回って、もう一度ロックしてくれ」

「なるほど、それなら追っ手が来ても……」

「錠が壊れていたら、ここに隠れていますって教えているのも同然だ」

城戸は南京錠を手渡した。大畑がぶら下がっている衣料品を押しのけ、店の奥に消えた。裏口から出ていく音が聞こえる。

何時間も潜伏するわけにはいかないだろう。ただ、営業中の喫茶店で顔をさらしているよりはましだ。次の一手はどうするか。

大畑が戻ってきて、マネキンの陰に蹲った。

「清家にメールしてくれ。話がしたい。安全な場所からかけてこいと伝えてくれ」

大畑が素早くスマホをタップした。

6

「今、話せるか？」

志水は尋ねた。ため息が返ってくる。

〈あんたが連絡してくると、ろくなことがない〉

「お互いさまだ」

〈なにが知りたい？〉

「私用スマホに写真を送る。一分後に電話する。いいか？」

〈協力できること、できないことがある。それだけはわかってくれ〉

志水は電話を切った。手元のパソコンを操作して、短髪で目つきの鋭い男の写真を防衛省の特別協力者に転送する。城戸の情報を出し渋った自衛隊情報本部総務部に勤める男だ。送り終えた写真を改めて凝視する。薄い眉毛で切れ長の両目、髭の剃り跡が青々と残っている。

公安部の調べでもまだ結果が出ていない。経歴が消去されているとすれば、城戸のように特殊な任務に就いていた兵士の可能性がある。写真を転送して一分も経たないうちに、スマホが鈍い音を立てて振動した。

〈結論から言う。答えられない〉

「こちらも子供の使いじゃないんだ。教えてもらおうか」

〈ダメだ、何も言えない〉

男の態度は頑なだ。何かある。引き下がるわけにはいかない。

「災害派遣された中部方面隊の暴行事件は、まだ時効になってなかったんじゃないか」

志水は半年前に西日本で起きた不祥事に触れた。

豪雨災害の支援活動にあたった部隊の陸士三人が被災地から少し離れた繁華街で乱闘騒ぎを起こした。災害直後だったこともあり、地元警察は穏便に処理した。県警の公安担当者から志水のもとに寄せられた参考情報のひとつだった。相手の未成年二人は腕や肋骨を折られたが、何度も補導されている札付きで、少年係が因果を含めた。公表されると面倒には違いない。男が観念したように咳払いする。

〈この画像は本物なのか。いつ、どこで撮った？〉

「数日前、池袋で」

協力者が黙る。予想以上の反応だ。

「おたくの会社にいた人間だな？」

〈ああ。ただ組織内でも、この男について詳細を知っている人間は少ない。いや、知ってはいけない男なんだ〉

電話口で男の声が上ずっていた。

「どういう意味だ？」

〈日本にいるはずがない。そちらの情報は確実なのか〉

男は明らかに動揺している。城戸の経歴を尋ねた際には声を潜め、深入りするなという意味の言葉を吐いた。短髪の男に関しては城戸のとき以上に焦りが感じられる。

「海外で傭兵かなにかを？」

〈陸自で多くの特殊任務に従事したあと除隊した。その後は不明だ〉

「なぜ辞めた？」

〈一身上の理由だ〉

「名前は？」

〈……俺から聞いたことは絶対に漏らさんでくれよ〉

「仁義は守る」

電話口で唾を呑み込む音が聞こえる。

〈カモシダ・タケル〉

「菅原元陸将補との関係は」

〈もう、この辺で勘弁してくれ〉

男が一方的に電話を切った。志水は傍らにあったメモ帳を引きちぎり、聞いたばかりの名前を記した。樽見を呼ぶ。

「至急この男を調べろ」

「監視対象（マルタイ）Xですね？」

「訳ありの元自衛官で、城戸以上にタブーらしい。徹底的にやってくれ」

樽見は指揮官席に戻ると、捜査員を呼び寄せる。志水は再度、パソコン内の写真ファイルを見た。

薄ら笑いを浮かべる高村、険しい顔で話を聞くカモシダという男。二人はなにを話していたのか。カモシダは自衛隊を辞めたあと、どういう仕事をしているのか。特別協力者の声音は上ずっていた。宮城県警からの情報によれば、菅原は統率力があり、人望が厚い幹部隊員だったという。カモシダという男と菅原は上官と部下の関係だったのか。高村がカモシダに菅原殺害を依頼したと考えるのは飛躍しすぎか。

部下に指示を飛ばす樽見の背中を、志水は凝視した。高村とカモシダが密約を交わしたとしたら——頭に浮かんだ考えを振り切ろうと、首筋を揉む。あくまで仮説にすぎない。だが経験に照らしても、二人が菅原の死に関わっている可能性はある。仮説を確証に変えるには、より多くの証拠が必要となる。

志水は、紙の資料とパソコンの画面を見比べている男性捜査員に声をかける。

「カモシダについて、別角度から調べてほしい」

公安総務課と人事一課を何度か行き来した経歴を持つこの捜査員は、警視庁だけでなく主要な官庁に情報源を持ち、防衛省と自衛隊の分析に長けている。

「仙台で殺害された菅原元陸将補の周囲で、所在が確認できない人間を捜す。直属の部下だった人間から始めてくれ。データごと消されているかもしれないが、痕跡は必ずある」

捜査員が頷く。

「その一人は城戸。ほかにいたら、それがカモシダということですね」

志水は簡易ソファに腰を下ろし、目を閉じた。樽見が矢継ぎ早に飛ばす指示、捜査員たちのキーボードの打鍵音、電話の声が耳に飛び込んでくる。

カモシダと話す高村の顔が浮かぶ。不敵な笑みが志水の仮説を裏付けているようにも思える。高村の暴走を阻止しなければならない。法の裁きを受けてもらう必要がある。

高村は、自らの思惑通りに一連の事件を歪めている公算が大きい。城戸は高村に会ったことがないと言いながらも、過去のなんらかの出来事が原因で追われている可能性を口にした。菅原殺害の犯人がカモシダなら、次の狙いは城戸だろう。城戸が殺されてしまえば、事実は藪の中だ。

志水はパソコンに目をやる。仙台で撮影されたＳＮＳの動画が報告案件として送られてきていた。

「毒を食らわば皿までだ」

動画に映ったサングラス姿の城戸を凝視し、勢いよくキーボードを打ち始めた。

7

「店のスタッフが出勤する前に退散するからな。トラブルは起こしたくない」

壱弐参横丁の古着屋の奥にあった小さな丸テーブルを挟んで、城戸は大畑に言った。

「不法侵入ですし。逮捕でもされたら私は記者生命アウト」

大畑がテーブルに衛星電話ユニット付きのスマホを載せた。清家の名前をタップする。ハンズフリー機能で、城戸にも呼び出し音が聞こえる。

〈なにごとだよ？〉

三度目のコールのあと、スマホからダミ声が響いた。

「いま、仙台です」

〈はぁ？　都内じゃなかったのか〉

「いろいろあって……逃げてきました」

〈あのなあ、取材対象に迫るのはいいが、記者としてはだな――〉

「ちょっと待って、話を聞いてくださいよ」

大畑が仙台に来た経緯を説明した。清家は少し驚いたようだ。

「ご無沙汰だな。清家さん、おたくの優秀な記者は無事だ。なんなら、新幹線に乗せて、東京に帰そうか？」

〈無事なら、勝手にすればいい〉

大畑は城戸の元上官が一時間半ほど前に射殺されたことを明かした。清家も事件は知っているようだが、城戸の元上官と聞いたからだろう、鋭く反応する。

〈あんたが殺したわけじゃないだろうな？〉

「清家さん、馬鹿なこと言わないで。私も一緒だったんだから」

大畑が宮城県警の様子を探ってほしいと頼んだ。清家は知り合いがいるので聞くと即答する。

〈不思議だな。あんたが仙台に向かっていることを知っている人間がいたってことなのか？〉

「決めたのは昨日だ。知られているはずがない」

菅原が殺されたことに、城戸は自分でも驚くほど動揺していた。清家との会話で冷静さが必要なことを痛感する。反射的に警戒モードがオンになる。電話口から何かを叩くような音が聞こえた。

「清家さん、あんた今どこにいる？　編集部だったら盗聴されているぞ」

衛星電話ユニットを使っても、無防備な編集部から通話しているのであれば、会話は間違いなく公安に筒抜けとなっている。

〈西新宿のカメラ屋だ。店には馴染みの店員だけ。それも会話が聞こえる範囲にはいない〉

清家が続ける。

〈その元上官は偶然殺されたんじゃない、そんなふうに思えて仕方がない〉

「ここまで来る間も追っ手はいなかった。先回りするのは不可能だ」

〈そうか……。しかし、過信は禁物だ〉

過信だろうか。休憩に立ち寄ったサービスエリア、それにインターチェンジや料金所にも不審な人物はいなかった。

〈俺だってずっと芸能人や政治家、犯罪者を追いかけている。誰もいないと思っても、気配を消して近づく人間はいる〉

大畑も頷いた。このとき、首筋に冷気が当たった気がした。福岡でも同じような空気に触れた。特定できなかったが、誰かにずっと見られている感覚だった。

「福岡であんたらの行動はバレバレだった」

〈そりゃ、あんたがプロだからだ〉

先ほどの過信という言葉と同じように、プロという単語にも引っかかった。

〈ところで、例の暁銀行の件、取材が結構進展している〉

城戸は大畑の顔を見た。聞かされていない話だ。

「清家さん、ちょっと待ってね」

大畑が説明する。清家は暁銀行錦糸町支店の副支店長が殺された事件について情報を得た。それをもとに編集部付のフリー記者が取材を進めていたらしい。事件のキーマンが殺されたことで捜査が行き詰まっていたというのだ。

「そのキーマンが俺のクライアントだったってことだな」

福岡空港の国際線ターミナルで、場違いな張り込みをしていた警視庁の捜査員は、やはり王を追っていた。暁銀行を舞台にした殺人事件に、王はどう絡んでいたのか。清家がもったいぶった口調で言う。

〈優秀なフリー記者だ。記者クラブ頼みのサラリーマン記者とはネタの精度が違うぞ〉

「焦らさないで教えてくださいよ」

大畑が急かした。

清家が声を潜めた。

〈捜査本部は副支店長殺害の実行犯を絞り込んだ。近く任意同行を求めるらしい〉

「実行犯は誰ですか？」

記者の本能なのだろう。大畑が身を乗り出す。

〈赤羽に拠点を置く半グレ、大雅亜に所属する三三歳の男だ〉

清家によれば、大雅亜の主要メンバーは中国残留孤児の子息で、日本で生まれ育ったが、貧しさと根強い差別に逆らうように裏社会に入り、勢力を広げたという。捜査一課が近く身柄を取る男は、残留孤児二世で、中国の裏社会と日本をつなぐ役割を果たしていたらしい。

〈金融庁の検査が近いことを知った副支店長がマネーロンダリングに用いられている口座をいくつか炙り出し、内部告発を準備していたそうだ〉

城戸はなるほどと思った。犯罪組織の金融取引を厳しく監視するのは国際的な潮流だ。世界中から怪しい金が集まる香港でも、銀行口座や信託口座のチェックは厳しさを増している。城戸のカメラ店にも銀行の担当者から問い合わせが入るようになった。

超低金利政策が長期化している日本では、地銀など中堅規模の金融機関の経営状態が著しく悪化している。そんな状況下で、マネロンや不正送金の嫌疑をかけられて顧客の信用を失えば経営破綻につながる恐れさえある。殺された副支店長の判断は、正義感からではなく、組織を守るためだったのかもしれない。

〈その口座のひとつがキーマン、つまり王の会社の口座だった。闇送金のトンネルに使われていたんだ。それで、捜査一課が事情を聴こうと待ち構えていた〉

捜査一課が福岡にいた理由は判明した。殺人事件の原因かもしれない怪しげな口座を持つ当事者から、事情聴取するのは捜査機関として至極まっとうなことだ。だが、城戸自身は納得できなかった。王と過ごした時間は短かったが、教養豊かで穏やかな人柄と事件のイメージが一致しない。

「どうしたんですか？」

大畑が顔を覗き込んでいた。城戸は王が信頼できたから警護を引き受けたと告げた。精密機械や工作機械への造詣が深い商社マンだ。こそこそと汚れた金を扱うより、本業に尽くしたほうがはるかに儲かるだろう。リスクを冒す必要はないはずだ。

「それに、あのダイイングメッセージのこともある」

城戸は自分の左手を見た。あのときの鈍い感触が蘇る。

「ベイト、餌ってやつね」

〈なんだそりゃ？〉

城戸は福岡の大学病院の病室で起きたことを清家に伝えた。

〈王自身が餌だったってことか？〉

餌とは自分が捜査一課を引きつけるという意味だったのか。いや、福岡空港に到着して、王に刑事がいると告げると驚いた顔をしていた。あれは演技ではない。ならば、餌となって釣り上げようとしたものは何なのか。それともまったく違う意味なのか。

大畑が声をあげる。

「清家さん、一旦電話切るわね。すぐにかけ直します」

大畑はスマホの画面をなんどかタップした。覗き込むと、菅原の殺害現場を動画撮影した一般人のＳＮＳのアカウントが表示された。

「喫茶店で設定しておきました。動画投稿に新しいコメントがついたときや、誰かがリンクしたときに通知が来るように」

大畑が画面をスクロールする。〈びっくり！〉〈あなたは無事なの？〉など、投稿者の知り合いがコメントを寄せている。無関係と思われる人間のものもあった。

「このあたりはさっき読んだんですけど」

大畑の指が止まった。

「これです、新しい投稿……。これって」

たわいもない投稿とは異質なコメントが載っている。

〈カモシダの話をしようか　ヤギュウより〉

「こんなことを書き込む奴は一人しかいない」

投稿を凝視する。ヤギュウは、ひとつの名前を告げてきていた。

8

「志水さん！」

指揮官席の樽見が叫んだ。

「通信司令室の無線で……」

志水は指揮官席に近づき、ボリュームを下げていた無線機のツマミを回す。

〈至急、至急！〉

司令室の女性オペレーターが声を張り上げていた。

〈新宿区歌舞伎町、新宿サブナード地下駐車場の物置で銃殺遺体を発見。現着した新宿署の巡査長によれば、所持品の免許証から被害者（マルガイ）は栗澤幸一さんと判明……〉

志水は無線機の音量ボタンを元の位置に戻す。

「栗澤の行確報告を」

一五分後、樽見が青い表紙のファイルを差し出した。機械商社に勤める栗澤は在日中国大使館の武官と頻繁に会い、在日三世の中国人が営む企業から定期的に金を受け取っている要注意人物で、週刊新時代の大畑記者のネタ元でもあった。

出勤時間、営業先の数、食事の内訳、面会した人物の照会――外事二課が二四時間フルに行確していた様子が詳細に綴られている。

「目新しい動きはなかったということか」

樽見が首を振る。

「二日前までは」

ページをめくる。昨日、栗澤が家を出て、コンビニに立ち寄ったところで記録が途切れていた。

「外事二課の大竹さんに確認したところ、籠抜けされたようだと」

志水は思わず顔をしかめた。籠抜けとは、行確対象者が店舗などに入ったあと、秘かに裏口などから抜け出し、追跡をまくことだ。

「計画的に？」

「店の裏口はマンションの地下駐車場につながっていたそうです」

樽見が別の資料を差し出す。コンビニの防犯カメラ映像から抜き出したとみられる粒子の粗い写真だ。ロングのモッズコートを着た男が写っていた。

「この男も同じ時間帯にこの店にいました」

「カモシダか」

　志水は吐き捨てるように言った。仙台で殺された菅原とカモシダの接点分析を指示した捜査員に目をやる。担当者はパソコンの画面を睨んでいる。栗澤とのつながりもあったということか。

「栗澤は、カモシダが連れ去ったんだな」

「地下駐車場に車を停めておけば、十分に可能です」

　志水はファイルを樽見に戻すと、腕組みした。

「新宿署に知らせますか」

「カモシダの基調が先だ。身元不詳では話にならない」

　樽見が指揮官席に戻った。志水は考えを巡らせる。

　カモシダという男は、仙台にいる城戸の元上官をやはり殺したのだろうか。その前に栗澤という男も……。高村がなんらかの策略の中心にいるとすれば、狙いはどこにあるのか。

　栗澤は中国系企業から銀行振り込みで金を受け取っていた。背後で資金を提供しているのは在日中国大使館の武官だ。振り込み、銀行——二つのキーワードが暁銀行錦糸町支店という名前を指し示している。

　志水はスマホを取り出すと、戸塚署時代の後輩で捜査一課に在籍する神津警部補を呼び出した。

「少しだけ話せるか？」

〈例の一件ですね。捜査本部（チョウバ）はほぼ犯人を特定したようです。赤羽の中華系の半グレだと聞きました。そろそろ身柄確保に動くかもしれません〉

神津は声を潜め、不正送金の形跡があり、殺された副支店長は告発を準備していたようだと説明した。不正がバレるのを恐れた組織が半グレを使って始末したという見立てだ。

「あの人のことはなにか聞いているか？」

〈捜査本部に顔を出すことはなくなりましたが、担当の管理官への問い合わせは頻繁にあるそうです〉

「助かったよ。さっき新宿で起きた殺人（コロシ）だが、有力情報がある。裏が取れたら知らせる」

志水は電話を切った。暁銀行に何が埋まっているのか。

9

なぜ志水が鴨志田の名を挙げたのか。元部下の名を把握したということは、志水はあの一件を知ったのか。

「……鴨志田は自衛隊時代の俺の部下だ」

スマホに表示された志水からのメッセージを、城戸は睨み続ける。脳裏に朝靄に煙る南の島の光景がフラッシュバックした。建物を照らした閃光、耳元のイヤホンがたてた不快なハウリング音。あの日、スパローこと鴨志田陸曹長は敵の弾丸の餌食となった。鼻孔の奥に硝煙の臭いが漂う。

「鴨志田は、もうこの世にいない。戦死した」

大畑が口を開けたまま固まった。

あの一件は厳重に隠蔽された。官邸と自衛隊の一握りの幹部しか、真実を知らない。国家ぐるみで、なかったことにされたのだ。

鴨志田を含め四人の部下が狙撃手（スナイパー）に射殺されたが、公式には訓練中の事故と報告され、それぞれの亡骸は火葬を経て遺族の元へ返された。彼らの死は歴（れっき）とした戦死だった。国益という名目で蓋をされたまま今に至っている。

志水は一件の全容をつかんだのか。それとも城戸の背後を探る過程で、当時の部下たちの名前に行き当たったのか。

「戦死って、自衛隊が交戦したことなんてないはず……」

「公式にはそういうことになっている。だが、この国を護ろうとして戦い、その最中に無念の死を遂げた兵士がいたんだ」

城戸は低い声で答えた。公安部はなにを知り、どんな目的でこんなメッセージを放ったのか。

「このコメント欄に返信書くわけにはいかないですよね」

大畑が言った。

「投稿した途端、公安部はこちらの位置情報を割り出す」

城戸と大畑、清家が使っている衛星電話ユニットは、アメリカの民間警備会社が使う衛星回線だからこそ、通信の秘密が保たれているのだ。インターネットに投稿したら、それを手がかりに公安は捕捉行動を開始する。志水の真意はなんだ。

「清家に正面突破してもらおう。若松町の機動隊を訪ねて、志水刑事と直接話をしてほしい。志水は会うはずだ。それから次の出方を決める」

大畑がスマホの画面をタップする。

〈急に切るなよな〉

清家のダミ声がハンズフリー機能で再び響いた。

「公安部の真意が知りたいんです」

SNSに投稿された動画のこと、そこに志水という公安捜査員がメッセージを発したことを大畑が説明した。

「清家さん、あんたに確かめてもらいたい。頼む」

〈何も知らせないでこき使いやがって。わかった。突撃取材してくるよ〉

清家が快活な笑い声をあげて電話を切った。その瞬間だった。猛烈な速さでなにかが城戸の頬をかすめた。そばにある姿見が鋭い破裂音とともに砕け散った。目を見開いた大畑の肩をつかむと、城戸は力いっぱい引き寄せる。

「伏せろ」

城戸は大畑を体の下に入れて蹲った。

「撃たれてはいないか？」

城戸はゆっくり顔を上げてから、周囲を確かめた。壁に立てかけられていた、高さ二メートルほどの姿見が粉々になり、木製の床に散らばっている。弾が飛んできた方向は、先ほど南京錠をこじ開けた玄関だ。目を凝らすと、ガラス戸が割れている。事態がのみ込めたのか、大畑が体を震わせ始めた。

「相手がその気だったら、もう殺されていた」

城戸は体を起こした。玄関の向こう側に人影はない。一発撃ち込むときに狙いを定めていたのであれば、外すことのない距離だ。外しても、殺す気があったならば、続けて撃てばいい。

「脅しだろう」

大畑に姿勢を保つように言い、砕け散った姿見まで這って進む。両肘でガラスの破片を避けながら三メートルほど近づいたところで、板壁に小さな弾丸がめり込んだ痕が見えた。

「二二口径、菅原さんのときと一緒だ。まだ動くなよ」

城戸は匍匐前進を続けて今度は裏口に回った。右手を伸ばし、ドアノブを回す。一呼吸置いて、体を起こしてドアを押し開ける。

店の外をチェックするが、無人だった。小径を通って玄関へと向かう。

ランチの準備だろうか。エプロンをつけた男が野菜の入った籠を携えて歩いている。ギターケースを抱えた細身の男と、ドラムスティックをポケットに差した太り気味の青年が往年のロックの名曲を口ずさみながら通り過ぎる。二本ある大きな通路にも、怪しげな人影はない。

城戸は裏口から店に戻った。大畑はうつ伏せのままだった。

「もういいぞ」

城戸は先ほど電話で聞いた清家の言葉を思い起こす。

〈過信は禁物だ〉

気配を消して相手に迫ることができるのは、たしかに自分だけではない。

「どうして私たちの居場所がわかったんですか？」

「わからん。ただ一つ言えるのは、相手は相当な手練れだ。微妙な湾曲のあるガラス越しに、あえて俺たちを撃たず、ギリギリを狙った。そんな腕を持つ人間は、警察にはいない。かなり訓練されている」

目に見えぬ相手は、恐怖心を最大限に煽る作戦に出ているのだろう。

「清家に伝えるんだ」

大畑が衛星電話ユニット付きのスマホを取り出す。

「清家さん、私たち狙われた」

〈公安が追いついたのか？〉

「違う。城戸さんの元上官を狙った相手から威嚇射撃されたらしいです」

大畑の報告に、清家が絶句した。

「清家さん、かなり腕の立つ相手に狙われていると志水に伝えてくれ」

〈わかった。城戸、一ついいか？　大畑を……大畑を東京に戻してくれ〉

「ああ、そうする」

大畑が目を剝く。

「待ってよ！　勝手に決めてほしくないんですけど」

〈大畑、銃を相手に何ができる。ペンはそんなに強くない〉

「その通りだ」

城戸は大畑の目を見据え強い口調で言った。テーブルにあるスマホを引き寄せ、通話を断ち切った。大畑が睨んでいる。城戸は衛星ユニットのスイッチも切った。

10

志水は両目を見開いたまま絶命した栗澤の写真を確かめる。鑑識課の弾道分析担当が記したメモが付されている。

〈一メートルほどの距離から撃たれた〉

〈口径は二二、小型オートマチック〉〈遺棄場所は歌舞伎町の新宿サブナード地下、プリンスホテル近くの清掃用具収納用の物置〉〈周囲に血痕なし。他の場所で殺害後、運び込まれたと推定〉

志水は外事二課が残した行確メモに目をやった。栗澤は自宅マンションから徒歩一〇分ほどのコンビニで姿を消した。防犯カメラにカモシダが映っていた。店の裏口は地下駐車場に直結している。そこにも血痕は見つかっていない。カモシダはどこかで栗澤を殺害し、遺体をサブナードへと運んだはずだ。

宮城県警から取り寄せたデータにも目を通す。菅原という元幹部自衛官を殺害した凶器も二二口径の拳銃だ。おそらく線条痕は一致するだろう。志水は指揮官席にいる樽見に声をかけた。

「広域指定の話は出ているか？」

「その気配はありません」

都道府県の管轄をまたぐ形で凶悪事件が発生した際、警察庁広域重要指定事件として日頃行き来のない地方警察同士が連携して捜査に当たることがある。

「広域指定どころか、凶器に関する情報が共有されている感じもありません」

警視庁、宮城県警ともに凶器を特定し、それぞれが二二口径の拳銃だと発表している。誰でも同一犯を連想するだろうが、肝心の警察庁が動いていない。あの男の顔が志水の瞼の裏に現れる。刑事部を統括し、巨大な警察組織の舵取りを担っている高村総括審議官だ。露骨に口出ししないまでも、進言を無視しているかもしれない。

「あの一件はどうなった？」

菅原と高村の接点を調べていた男性捜査員に、志水は声をかけた。

「おそらく、そんなに古い話ではないと思われますが……」

捜査員が席を立ち、簡易ソファにいる志水にファイルを手渡した。

ページをめくる。入隊以来の菅原の勤務地、役職、階級と、高村のキャリアが詳細に対比されていた。人間関係でも、つなぎ役になりそうな人物が一〇人ほどリストアップされている。志水が顔を上げると、捜査員が申し訳なさそうに口を開く。

「太い線が見つかれば人をやるのですが、どれもまだ弱すぎます」

志水は残りのデータに目をやった。たしかに決定的なつながりは見えてこない。

「引き続き調べろ」

捜査員が頷いた。

「カモシダの分析はどうなった？」

指揮官席の樽見に訊いた。まだですと力の抜けた答えが返ってくる。

「なぜ城戸のときより時間がかかる？」

「すみません、どうしてもデータが引っかかってこないのです」

樽見が眉根を寄せた。こうして手をこまねいている間に、カモシダが次の行動を起こすかもしれない。捜一の神津に情報を与え、一課長から宮城県警に働きかけてもらうか。女性捜査員が志水の名を呼んだ。

「第八機（ハチキ）動隊のゲートから連絡です」

警備部所属の機動隊員とはほとんど接触がない。ゲートの護衛も、公安の指揮所が入っていることは承知しているはずだが、互いに会話を交わすことなどない。

志水は内線電話の受話器を取り上げた。

〈あの、ご連絡していいかどうか、迷ったのですが〉

機動隊員が電話口で口ごもる。

〈清家という週刊誌のカメラマンが志水さんに会わせろと言っておりまして〉

「太った中年男か？」

〈はい、社員証と運転免許証も確認しました。ここは機動隊ですと言っても聞かないので〉

機動隊員は気を利かせているのだ。志水は若松町にある飲食店で待てとメッセージを託し、受話器を置いた。


若松町のとんカツ屋のドアを開けると、若主人が志水を奥へ誘った。まだ清家の姿はない。

「すまんね、わがまま言って」

「とんでもない、機動隊の皆さんにはお世話になってますから」

志水は一番奥の小上がりに座った。若主人が置いてくれた緑茶を一口飲む。この場所ならば店を出入りする人間がすぐに確認できて、入り口横の小窓から通行人の姿も見える。

「こんにちは」

店のドアが軋み、中年男が姿を見せた。大きなカメラバッグをたすき掛けにしている。清家だ。志水を認めたようだ。歩み寄ってくる。大きなバッグを小上がりに置いた。

「よく来る店なのか？　随分と渋い場所だ」

「体力勝負の機動隊員がここの特盛りランチ定食のファンでね」

若主人は清家にも緑茶を出し、厨房に戻った。清家が身を乗り出す。愛嬌のある笑みが消えた。眦が切れ上がり、猟犬のような目つきだ。

「ヤギュウのハンドルネームでメッセージを発したのはあんただな？」

志水はゆっくり頷いた。

「狙いはなんだ？　城戸は罠かもしれないとも言っていた」

「名前を知らせたかっただけだ」

店のドアが再度軋み、体格の良い男が現れた。濃紺の活動服を着ている。第八機動隊の隊員だ。

「いつもの定食弁当、一〇個お願いします。昼過ぎに取りにきますから」

「一〇個ですね。全部ご飯大盛りにしておきますよ」

若主人が応じた。若い隊員はぺこりと頭を下げ、店を出ていった。

「常連ってのは嘘じゃないみたいだな」

振り返っていた清家が志水に向き直った。

「カモシダという男が菅原を殺した可能性がある。城戸の知っている男なのか」

「城戸によれば、カモシダという自衛隊時代の元部下はもうこの世にいない」

清家がぶっきらぼうに答えた。

「どういう意味だ？」

「城戸は言っていた。カモシダという自衛官は戦死したとな」

清家は淡々としている。目は笑っていない。志水の表情の変化を見逃したくないのだろう。

戦死という予想外の言葉が耳の奥で鈍く反響した。ゆっくりと緑茶を喉に流し込む。志水は懸命に記憶をたどる。自衛官の戦死などあり得ない。海外派遣された部隊が、現地の内戦や部族間の紛争に巻き込まれたことはあったが、隊員が死亡した記録はない。

「退役後に傭兵になって海外で死んだということか？」

清家は首を振る。

「城戸はなにか重大なことを隠している。あんたもとぼけるのか？」

清家の声が一段低くなった。依然として鋭い視線を志水に向けてくる。

「俺も知らない」

志水は本音で応じた。

「あんたは城戸を追いかけている。その追跡自体に大義がない。そう思っているのか？」

「福岡、仙台での二件の殺しの犯人は城戸ではない。だが、組織は少し違う方向に動いている」

「高村総括審議官の指示なのか？」

志水は黙って清家を見つめ返す。

「城戸と大畑は狙撃された。菅原を殺したのと同じ、二二口径の拳銃だ」

「まだ仙台にいるのか？」

「大畑は城戸から引き離す。そろそろあんたにも連絡が入るんじゃないか」

清家が時計を見やりながら言った。背広の中でスマホが二度振動し、メールの着信を告げた。送り主は樽見だ。

〈仙台で大畑の携帯から一一〇番　仙台中央署地域課が現場に急行中〉

「通報があったか？」

清家が問うた。志水は大きく息を吐き出した。

11

「なんで勝手なことするんですか」

大畑が金切り声をあげた。

通常の携帯電話回線で通報した。一一〇番通報は自動的に逆探知される。すぐに居場所が割り出されるはずだ。東京の公安部の指揮所も情報をキャッチする。通報を受けた所轄署地域課と同時に、県警内の公安担当者も動き出すだろう。

「一般人の命を危険にさらすわけにはいかん」

城戸は衛星回線をつなぎ直して、携帯を大畑に返した。

「足手まといってことですか？」

城戸は床に座り込んだ大畑に目線を合わせるため、膝を折る。

「なんども言わせるな。相手はプロ。経験を積んだ兵士だ。素人を連れて生き延びる自信はない」

大畑の両目には敵意がこもったままだ。

「あと二、三分でここに警察官が到着する。あったことを話せ。弾痕も見せてやれ」

大畑が姿見の破片に視線を移した。

「すぐに志水が動くはずだ」

大畑のスマホが鈍く振動した。清家の名が表示されている。

「先輩は話をつけてくれたかな」

城戸は顎をしゃくった。大畑がゆっくりとスマホを取り上げる。

「大畑です。城戸さんはまだここにいます」

〈清家だ〉

ハンズフリー機能で、清家のダミ声が鮮明に聞こえた。

「ひとつ頼みがあるんだが、事がすべて片づくまで記事にするのは待ってほしい」

〈生煮えのネタなんか載せられん。それより、これからどうする？〉

「未定だ。必要なときは連絡する」

大畑が告げる。

「もうすぐ警官が来ます。不法侵入でつかまるかも……」

〈何事も経験だ。通報があったことは公安もつかんでいる。目を見開いとけよ〉

「志水はなにか言っていたのか？」

〈自衛隊の元部下が戦死したと言ったら黙り込んだ。ほんとに表情が読めないやつだ。高村の名前も当てたがノーコメントだ〉

「もっと高村の情報がほしい」

〈志水は違和感を否定することはなかった。あんたの味方っぽいな〉

「高村とカモシダについてもっと詳しく調べてくれないか」

〈まったく、人使いの荒い逃亡者だよ〉

横丁の外れ、仙台駅方向からサイレンが響き始めた。

「パトカーが来たらしい。俺は行く」

城戸はリュックのストラップに右手を伸ばした。大畑が袖をつかむ。

「清家さんも私も味方ですから」

「味方というより、格好のネタ元だろう」

城戸は裏口から古着屋の外に出た。サイレンが鮮明に聞こえるようになっている。それも一台ではない。城戸はリュックからボストンメガネとニットキャップを取り出した。ダークグレーのジャケットを脱ぎ、蛍光色にペイントされたオレンジのダウンベストに着替える。逃走犯は地味で人目につきにくい衣服を着る——警察捜査の定石を逆手に取る作戦だ。

店を出て、小径を仙台駅方向に歩き始めると、制服警官が二人走ってきた。城戸はわざと顔をあげ、物珍しそうに二人の警官を見る。若い巡査と中年のベテランのコンビだ。二人の肩口にある小さな無線機から指示が入っている。若い巡査が肩口のマイクを取り上げ、まもなく現着と告げた。中年のベテランは一瞬城戸の顔を見て、オレンジの着衣に気をとられた様子だ。

「事件ですか？」

城戸が尋ねた。中年の制服警官はなんでもないと応じて、道をゆずった。城戸は一定の歩幅を保ちながら、横丁を抜ける。カモシダという男の気配はない。

12

「暖房の効きが悪いんです。これで我慢してください」

制服の若い巡査長が、取調室の机に使い捨てカイロを置いた。大畑はカイロの封を切った。手先が凍りつくように冷たい。ずいぶん待たされているこの部屋も寒いが、仙台に着いてから起こった出来事に心が凍てついていた。

粉々に砕け散った姿見の前でひざを抱えていると、制服の警官二人が飛び込んできた。発砲があったと告げると、身柄をすぐに保護された。仙台駅近くの仙台中央署に移送された。白い壁の取調室は机が中央と扉脇に設置されているだけの殺風景な場所だ。

「これから県警本部捜査一課の担当が話をうかがいます」

巡査長が大畑に告げる。取調室のドアが開いた。角刈りの中年男が姿を見せた。肩幅があり、胸板も厚い。

「不法侵入の疑いも出てるんだが、説明してもらおうか」

角刈りの刑事は警察手帳を提示した。阿部(あべ)という県警本部捜査一課の警部補だ。菅原殺害事件の捜査本部付なのだろう。

「説明するととてつもなく長くなりますけど、それでもよろしいですか？　五、六時間かかると思います」

阿部警部補が露骨に舌打ちした。

「あんた、自分の立場がわかってんのか？　いつでも逮捕状請求できるんだ」

「どうぞ、手錠かけてください」

大畑は両手を揃え、阿部の前に差し出した。

「緊急避難にあたると思います。警視庁公安部に追われていたので」

阿部が中央署の巡査長と目を合わせ、小馬鹿にしたように笑う。

「あのなあ、映画の世界じゃないんだ」

阿部が呆れた様子で腕を組む。取調室のドアをノックする音がした。巡査長が扉を開け、急に直立不動となって敬礼した。乾いた靴音が取調室の壁に反響する。背の高いスーツ姿の男が阿部の傍らに立った。警察手帳を提示する。

「あとは我々が引き取りますので」

丁寧な物言いだが、有無を言わさぬ力がこもっている。阿部は今まで座っていた椅子を背の高い男に明け渡すと、巡査長を伴って取調室を出ていった。

二人の背中を見送った大畑に、男が改めて警察手帳を見せた。身分証の欄に、睫毛の長い男の顔と青い制服が写っている。

〈警視庁公安部　警部補　樽見浩一郎〉

「志水さんの部下ですか？　随分早いんですね」

大畑は腕時計に目をやった。パトカーに乗って仙台中央署に入ったのが一時間前だ。志水の指示を受け、樽見は早々に仙台へ到着していたのか。いやそんなはずはない。城戸と大畑が仙台にいることは知らなかったはずだ。

新幹線で東京駅から仙台駅まで一時間半かかる。物理的に無理だ。サイレンを鳴らした警察車両を使っても絶対に到着できない時間だ。

「文明の利器を使えば、仙台まで一時間かからない」

樽見は天井を指した。東京から仙台まで警視庁のヘリで移動してきたのだ。

「詳しい話は警視庁本部で聴きたい」

「お断りしたら？」

「不法侵入、器物損壊の疑いで宮城県警に取り調べてもらってもいい。週刊誌の記者なら逮捕から勾留の手続きぐらい知っているよな。不起訴処分でも七二時間プラス一〇日、その気になれば二〇日はここに閉じ込めておける」

樽見の言葉が重くのしかかる。脅しに他ならない。

「東京まで新幹線で戻り、その後は半日程度我々の事情聴取に協力してもらえればいい。煩わしい手続きから解放される。どちらを選んだほうが得か、すぐ理解できると思うがね」

樽見が椅子の背に体を預け、鋭い視線を大畑に向けてきた。

「事情聴取の内容は録音します。あなたたちの勝手にはさせません」

「ご自由に。それでは、東京へ」

樽見は立ち上がり、取調室のドアを開けた。大畑は乱暴に椅子をひき、わざと大きな音を立てた。

13

壱弐参横丁を抜け出したあと、城戸は周囲を警戒しながら仙台駅西側の賑やかな一角にたどり着いた。今朝、大畑が山菜おにぎりを四個平らげた仙台朝市だ。鉄筋コンクリートの古いビルの中に鮮魚店や精肉店、青果店がぎっしりと軒を連ね、かつての築地や香港の市場を思わせる。観光客を装いながら、城戸は身を隠す場所を探した。

古びた建物に入る前、ゆっくりと周囲を点検した。ビルの外階段、隣にある立体駐車場、そびえる高層商業ビル……。襲撃者が本気で自分を狙っているのなら、すでに命はないはずだ。どこからか城戸の一挙手一投足を監視している可能性はまだある。

珍味や干物を専門に扱う業者の店を通り過ぎて、地下へと通じる階段があるのに気づいた。昼前で買い物客が増えはじめているが、階段に人影はない。ゆっくりと階段を下りる。一杯飲み屋や定食屋が入居しているらしい。地下商店街の看板が階段の途中にかかっている。

商店街を抜けて奥へ向かうと半地下の倉庫になっていた。使用済みのトロ箱や段ボールがうずたかく積まれ、フォークリフトが三台、放置されている。城戸は衛星電話が使える場所を探した。

〈大畑、まだ連絡なし〉

清家から届いたメールを確認する。ノートパソコンを取り出し、テザリング機能でインターネットにつないだ。携帯電話の電波よりも感度が悪く、受信状況を示すランプが二つしか点っていない。苛立ちを抑えながら、かつて勤務した米国の民間警備会社のアカウントから特殊な暗号機能がついたメールソフトを起動させた。元上官アレックスの死を知らせてくれたダニエルのアドレスを打ち込む。

〈東洋人のスナイパーに関する情報が欲しい〉〈名前はＫａｍｏｓｈｉｄａ　おそらく日本人〉〈年齢は三〇代から四〇代〉

合理性を何より重んじるフランス人傭兵にメッセージを送り終えると、城戸はニュースサイトのチェックを始めた。

仙台での銃殺事件に関する情報を検索する。

〈元自衛官、定禅寺通りで射殺〉

地元ブロック紙、河北日報が電子版で速報を伝えていた。

〈被害者の家族によれば、毎日ジョギングするコースで――〉

記事の横に、大畑とともに出向いた定禅寺通りの地図が描かれている。

〈凶器は拳銃で犯人は目撃されておらず――〉

犯人は依然逃走中で、県警が捜査員二〇〇人を動員して行方を追っているという。予想した通り、県警は犯人の目星さえつかんでいない。大畑は無事に警察署に入ったはずだ。これで狙撃される心配はほとんどなくなった。捜査一課ではなく、県警の公安担当か誰かが志水に命じられて大畑から事情を聴くことになるだろう。志水はカモシダという男の存在をつかんでいる。

カモシダと警察庁の高官がつながっているとすれば、菅原を殺した理由は一つだ。あの事件の関係者を根絶やしにすること。それなら、自分にはなぜ威嚇射撃だけだったのか。

城戸はさらにニュースサイトの記事をチェックした。プロ野球のストーブリーグの話題、芸能人のスキャンダルの見出しの下に、気になる記事があった。

〈新宿の地下街で射殺された男性の遺体を発見〉

中央新報の電子版によれば、西武新宿駅近くの地下街の駐車場の物置に、額を撃ち抜かれた男の遺体が遺棄されていたと伝えている。

〈被害者は栗澤幸一さん（46）で、都内の精密機器の輸出入を手がける専門商社勤務――〉

また額を撃ち抜くという手口だ。スマホを手に取って、清家にメッセージを送った。

〈新宿地下街で遺体で見つかった商社マンについても知りたい〉

衛星ユニットが反応し、スマホの着信ランプが点った。

〈せっかくサムイ島でゆっくりしているのに、メールなんか送るな〉

フランス語が耳元で響く。ダニエルだ。

「なにか知っているか？」

〈日本人かどうかは知らんが、ここ一、二年、腕の良い東洋系のスナイパーがいるという話はあちこちで聞いた。ＫＩＤと同じように愛称があるぞ。Ｃａｎａｒｄという男だ〉

ダニエルが正確なフランス語で発音した。城戸は頭の中で翻訳する。

「間違いないか？」

〈俺が嘘をつくメリットは一つもない〉

バカンスの邪魔をされているためか、電話口のダニエルは不機嫌だ。

「俺は今、命を狙われている」

〈Ｃａｎａｒｄに、ということか？〉

Ｃａｎａｒｄはフランス語で鴨を意味する。カモシダという名前から鴨の一字を取り、ニックネームかコードネームとして使っているのか。

自衛隊時代、城戸が南の島で部隊を展開したとき、自身はファルコン（隼）と名乗り、部下たちはスパロー（雀）、ターン（鯵刺）、クロー（烏）など、鳥の名のコードネームをあてた。敵に無線を傍受される可能性を考慮し、階級や役割を悟られぬようにするのが狙いだ。

自衛隊を辞めて傭兵稼業に転じた際、上官となったアレックスは〈ＫＩＤＯ〉という名札を見て、〈ＫＩＤ〉と呼び始めた。以降、旧ソ連構成国の紛争やアフリカの内戦に赴いたときも、周囲は城戸のことを親しみを込めてＫＩＤと呼んだ。Ｃａｎａｒｄもそんな具合に付けられた名前だろう。

〈狙われているとはどういうことだ？〉

ダニエルの声音が変わった。戦地で斥候の報告を聞くときと同じトーンだ。

「アレックスを殺した手口と似た殺人が起きた。凶器はおそらく、二二口径の小型オートマチックだ」

自衛隊時代の上官が、城戸が会う直前に殺されたと伝えた。

「自衛隊時代の上官とアレックスをつなぐ線はない」

〈二人とも上司だったんだろう。おまえ自身に心当たりはないのか〉

「自衛隊時代の最後のミッションで一緒だった部下に鴨志田という男がいた」

〈ああ、戦死したひとりか〉

南の島からの撤収命令を受けて、スパローこと鴨志田陸曹長の亡骸を収容した。大口径の狙撃用ライフルで脳天を撃ち抜かれた鴨志田からは、快活な笑みを浮かべていたころの面影を見つけることはできなかった。遺体を収容する袋のファスナーを引き上げたとき、涙が零れ落ちた。鴨志田ら部下の顔が次々に浮かび、城戸は心臓を鷲摑みにされたような鋭い痛みに襲われる。

〈あの戦闘をなかったことにするため、おまえが狙われているのか？〉

「そうかもしれん。だが、それならもっと早い段階で俺は消されていた」

当時作戦の指揮を執っていた菅原が殺された。次は現場で部隊を率いた自分なのか。

「なぜ今なのかが、まったくわからない」

城戸は日本にボディーガードとして戻ってからの経緯をダニエルに説明した。

〈クライアントは中国のビジネスマンか〉

「北朝鮮絡みの密輸の嫌疑がかかっていたが、俺には事実とは思えない」

電話口でダニエルが考え込んでいる。心当たりがあるかとうながすと、昔の相棒が口を開く。

〈俺たちのような傭兵稼業は、いつも国の政策や政治家の思惑に振り回される〉

ダニエルは自嘲するように言った。

〈コソボのときもそうだった〉

何度か聞いた話だ。敵陣に部下一〇人とともに出撃したダニエルは、和平成立の連絡を受けて作戦を中止した。だが、戦闘相手に情報は伝わっておらず、八人の部下を一度に失った。

〈ＫＩＤが相手にしたのは中国人民解放軍だったよな〉

「島に流れ着いた漁民に偽装してはいたが、あれは正規軍だ。無線も傍受した」

〈中国といえば、こんなたとえ話を知っているか？　アメリカ人の元上官が言ってたジョークだ〉

ロシアと中国の戦略の違いをたとえ話で説明したのだという。

〈ロシア人は食事を振る舞うふりをして、今まで味噌汁を飲んでいた日本人にいきなりボルシチを食わす。中国人は全く違う。味噌汁を飲んでいたつもりが、いつの間にか、中華スープにされている〉

「今回も中国人が狡猾な駆け引きをしてるってことか」

〈おそらく、一介の兵士が考えつかない大きな思惑が動いている。おまえは巻き込まれたん

だ〉

ダニエルが断定した。

14

〈あと五分ほどで上りの新幹線はやぶさが出発します。大畑記者も同行しています〉

「ご苦労。東京に着いたら本部で事情聴取を」

志水はスマホを切って指揮官席の机に置く。公安総務課のオペレーションルームにいる捜査員たちは、すでに大畑の身柄確保の情報を共有していた。

「樽見が大畑を連れて、本部へ移動中だ。事情聴取は任せてある。残りのメンバーは宿題を片付けろ」

号令をかけた。電話で話し始める者、今まで以上にせわしなく書類を繰る者と全員が動き始める。

志水は手元に置いたノートパソコンの画面を睨んだ。〈備忘録〉と題したファイルに、一連の仙台での動きが綴ってある。

〈城戸と大畑、仙台に↓元上官・菅原銃撃され死亡↓城戸・大畑、飲食店街に逃亡↓両名に銃撃↓大畑、身柄確保↓城戸、再び行方不明に〉

　大畑を伴った城戸が、どうして仙台に行くことができたかを精査する。志水は行確担当の捜査員に声をかけ、ルートを探るよう指示を飛ばした。穴を塞いでおかねばミスは繰り返されてしまう。

〈カモシダ↓菅原↓城戸〉

　なぜカモシダという男が城戸に先んじることができたかも謎のままだ。そもそもカモシダの基調が進んでいない。志水は分析担当に声をかけるが、捜査員は首を振る。

「自衛隊関連のリストはもとより、防衛大、防衛医大を含めて多数の大学や高校の名簿を当たっておりますが、データはありません」

　分析担当者の声が沈んだ。机の上のスマホが鈍い音を立てて振動した。液晶には後輩の名がある。

〈今、話せますか？〉

　捜査一課の神津だ。大丈夫だと伝えると、神津が声を潜めて話し始めた。

〈暁銀行の一件、犯人（ホシ）の身柄確保は間近なようですが、思わぬ事態が起きています〉

　暁銀行錦糸町支店の副支店長殺しは、赤羽に拠点を置く半グレが実行犯として浮かび上がり、担当する専従班が身柄確保間近だ。なにかトラブルがあったのか。

〈金融庁と揉めています〉

神津が意外な官庁名を口にした。

〈捜査関連の口座情報を提供するよう専従班が求めましたが、折しも検査に入ったばかりの金融庁が待ったをかけています〉

もともと、暁銀行には口座開設時の身分確認が甘いという指摘があった。偽名で口座が開設されれば、裏社会への不正送金や犯罪者たちのマネーロンダリングに悪用されてしまう。殺された副支店長が不正な口座を発見して告発を準備しながら金融庁と接触していたらしい。所管官庁である金融庁としては、部外者の警視庁に易々と情報を渡すわけにはいかないという理屈だ。

捜査一課にしても、殺人という凶悪事件の解決を目指している。被疑者の身柄確保が近い段階で動機に直結する証拠固めは必要不可欠だ。東京地検の担当検事が慎重な性格であれば、物的証拠をきちんと集めてから逮捕せよと指示されている可能性もある。

〈それで、またというか、高村さんがご出馬に……〉

他省庁との調整は、警察庁総括審議官の本務ともいえる。高村は現職の官房長官のお気に入りだ。力押しすれば、金融庁も折れるだろう。

〈高村さんは先ほど暁銀行の本店に直接乗り込んだそうです〉

神津が抱いた違和感を、志水は理解した。金融庁との折衝ならば、警察庁に担当者を呼びつければいい。官房長官の威を借りて、監督局長を恫喝することさえ可能だろう。なぜ銀行の本店まで出かける必要があるのか。

「また教えてくれ」

礼を言って電話を切った。ノートパソコンのファイルから〈暁銀行〉に関連するメモを探す。

〈暁銀行錦糸町支店↓不正送金、マネロンの疑い〉〈栗澤幸一の口座〉〈栗澤宛て送金の主は中国系企業〉……。

殺された栗澤と王が口座を持っていた。そこに警察庁の高官がどう絡んでいるのかがわかれば、もつれた糸がほどけるのか。志水はファイルを睨み続けた。

15

窓際の席で大畑が蔵王連峰の雪景色を見ていると、トートバッグの中でスマホが振動した。

「俺に構わず、携帯を使ってくれ」

通路側に座る樽見が低い声で言った。視線は手元の河北日報に向けられている。

「嫌です。監視カメラで覗かれているかもしれない」

樽見が苦笑した。

「公安部もそこまで万能じゃない」

昼過ぎの時間帯、ビジネス客はほとんどいない。東北新幹線はやぶさのグリーン席はがらがらだ。

「次の停車駅は大宮。逃げも隠れもできないし、少しくらい席を離れても構わないですよね？　それとも私に自由はないと？」

樽見が肩をすくめて立ち上がった。

「何人くらい捜査員を配置しているか知りませんが、覗き見されたくないので」

バッグを胸に抱き、大畑は樽見の脇をすり抜ける。

「護衛はいらないか？　また狙われるかもしれんぞ」

樽見が軽口を叩いた。

「そのときは大声で叫びます。樽見さんが盾になってくれるんですか？」

「俺といれば撃たれないさ」

樽見はわずかに笑っていた。

大畑は後ろの車両へと移動した。広めのトイレがあり、空いていた。中に入ってバッグを置くと、大畑は室内を点検した。監視カメラや盗聴器の類いはなさそうだ。衛星電話ユニットが付いたスマホを取り出すと、メール着信を知らせるマークが点っていた。差出人は清家だ。

〈読んだら、即削除しろ〉

メールの冒頭を読んだ瞬間、仏頂面の清家の顔が浮かぶ。

〈証券取引等監視委員会を当たっていた記者が上げてきた取材メモに、気になる箇所がある〉

メールにはファイルが添付されていた。開けると、大畑と同世代の記者の名前がある。担当デスク向けに書かれたメモだ。

〈暁銀行をめぐって、監視委員会が金融庁監督局に情報提供〉

記者はこう記していた。

〈インサイダー取引の疑いがある株式売買の資金が出入りする暁銀行の口座を把握〉

他社との合併、有力な新製品の投入等々、上場企業には機密情報がある。仮に正式発表前の段階で、内部の人間がこうした情報をベースに株取引をすれば、他の投資家に先んじて利益を享受できる。インサイダー取引だ。

市場の番人役である監視委員会は、不正な利益の詳細を調べあげた。汚いカネが流れ込んでいる口座を放置できない。金融庁としては、不正送金やマネロンだけでなく、インサイダー取引用の口座まで一網打尽にしようとしていたというのだ。

〈インサイダーの疑いがある銘柄群〉

取材は詳細を極めていた。どのようにしたらこのようなリストが手に入るのか。感心しながら、大畑は目を凝らす。

〈イトワ商事〉〈スピルナー工商〉〈鬼沢重機械〉……。

中堅商社や機械メーカーの名が三〇社並んでいた。それぞれに株価の推移を描いたチャートが添えられている。急騰したポイント、あるいはストップ安をつけた日時にも印が加えられている。

〈監視委員会が追っているネットディーラー〉

銘柄リスト三〇社分の値動きを追って、証券取引等監視委員会は一人のネットディーラーをマークしたとある。意図的に株価を操作するような取引を、監視委員会はＡＩを導入したシステムでチェックしているのだという。その中で三〇銘柄の不自然な値動きが浮かび、詳細を専門調査員が五人がかりで調べ上げた。

〈監視委調査員へ直当たり（完オフ扱い）〉

情報源は監視委のハンターともいえる専門調査員だった。このネットディーラーが三〇銘柄の売買で得た利益は、数千万円に達しているという。

大畑はメモの末尾にある記述に目をやった。

『ネットディーラーの個人名』

大畑はスマホの画面をさらに拡大した。

〈小川弘道（おがわひろみち）　職業年齢・不詳〉

名前を睨んでいると、いきなりスマホが振動した。清家の名前が点滅する。

16

〈一介の兵士が考えつかない大きな思惑が動いている〉

聞いたばかりのダニエルの言葉が、城戸の頭で反響していた。与えられたミッションの達成度で、傭兵は報酬を得る。

このまま仙台にとどまり、敵の様子をうかがうか。他の場所へ移動して作戦を立て直すか。

城戸はリュックに手をかけた。

突然、倉庫にうなり声のような重低音が響いた。音のした方向に目を向ける。煤けたフォークリフトのディーゼルエンジンが起動していた。城戸はリュックのストラップを左肩にかけた。フォークリフトが突然ライトを点し、轟音をあげながら突進してくる。

荷物を載せるフォークが城戸の腰の高さまで上がっている。運転席には、誰も乗っていない。

城戸は衝突寸前に身をかわす。無人の機械が素早く方向を変える。

城戸は後ろに下がった。積み上げられていた木箱に動きを阻まれる。フォークリフトは城戸の行動を読んでいたように迫ってきた。城戸はとっさにフォークに両肘を載せた。フォークが作動音を立てて持ち上がる。城戸の両足が床面から浮いた。

フォークリフトは前進を続け、フォークの先端がブロック壁に突き刺さる。それでも止まらない。タイヤと床面が擦れ、ゴムの焦げる臭いがする。城戸はフォークと壁の間に挟まれて、身動きが取れない。

フォークリフトは不気味な軋み音を立てながら進み続ける。鈍い音がして壁が壊れ始め、城戸にかかる圧力は強まる一方だ。運転台にマッチ箱ほどの大きさの小型カメラがある。誰かがモニターしながら操っているのか。

タイヤは動き続け、隙間が狭まる。細かいコンクリート片が落ちて、壁がさらに崩れる。

両肘で体を支えながら、城戸は身をよじって抜け出そうとする。

懸命に押し戻す。そのとき、エンジンが唐突に止まった。

「Ne bouge pas！（動くな）」

突然、男の声が響いた。フランス語だ。

「Canard」

城戸は呼んだ。相手が声を上げて笑い出した。

「Ｏｕｉ（そうだ）」

硬い靴音が響く。リフトに遮られた城戸の狭い視界に、コンバットブーツのシルエットが浮かび上がる。

「鴨志田か？」

「Ｏｕｉ」

男が肯定した。ブーツと迷彩服の膝までが見えた。

「おまえだろう、アレックスと菅原さんを殺したのは！」

「答えられない」

「次は俺か？　なぜ今なんだ」

「クライアントの依頼だ。顧客とは守秘義務契約を結んでいる」

「殺すなら、いつでもやれただろう」

男が何かを床に投げ、低い声で言う。

「香港に帰ったほうがいいんじゃないか。守秘義務がないことだけは教えてやる。おまえは兄貴の仇（かたき）だ」

鴨志田を名乗る男は立ち去った。硬い靴音がゆっくりと遠ざかっていく。

17

「樽見警部補、新幹線に乗車中。異常なしとのことです」

公安総務課のオペレーションルームで、現場との連携役の女性捜査員が告げた。志水は右手を挙げて応じた。そのまま彼女を手招きする。

「少し、手伝ってくれ」

志水は机にあったメモ用紙に小川弘道と書いた。捜査員が志水の傍らに立つ。

「この人物について、基調を。暁銀行に口座を持っている」

会ったばかりの清家の仏頂面が蘇る。

とんカツ屋で話した清家は、志水が連絡を受けた大畑からの一一〇番通報について把握していた。銃撃も知っていた。カモシダのことに関しては、城戸は詳しく明かさなかったという。清家との話し合いは腹の探り合いで終わりそうだった。リスクを冒してメディアと接触したのに。

「小川弘道という人物について調べている。金融庁と監視委員会が狙っているネットディーラーだ。取引口座が暁銀行にある」

あきらめて帰ろうとしたとき、清家が告げた。

　志水は考えを巡らせた。暁銀行錦糸町支店の副支店長殺害は容疑者が浮かび、身柄確保寸前の状態にある。捜査一課は事件に関連して錦糸町支店の口座情報を洗っている。一方、マネロンや不正送金の温床となっている口座を炙り出す目的で、金融庁の監督局が同行に抜き打ち検査を実施中だ。警視庁と金融庁の対立の中で、高村総括審議官が本店まで出向いて圧力をかけている。清家は高村の動きまでは知らないだろう。

「小川という名前は初耳だな？　金融庁はインサイダー取引で不正な利益を上げていた人間を特定している」

「それが小川か」

　志水はノートパソコンの備忘録を眺めた。女性捜査員がファイルを携えて歩み寄ってくる。

「暁銀行に口座があるのはこの人物かと」

　志水はファイルを開く。

〈小川弘道　免許証で身元を確認　遺族に連絡するも遺体の引き取りを拒否……〉

　ファイルの中に、所轄署が処理した事案の書類があった。小川という名前の横には、鑑識課が撮影した遺体の写真が添付されていた。

「小川は二年半前、上野公園で死んでいます。ありがちなホームレスの行き倒れです」

志水は捜査員が抽出したデータを睨む。

「ずいぶん立派な泥棒だったようだな」

小川は窃盗の常習犯だった。服役した期間は合計すると一〇年超に及ぶ。

「前科（マエ）が五つもある中年など、誰も雇わない。だからまた犯罪に走る。典型的な累犯ですね」

志水は尋ねる。

「戸籍は死亡前に売ったのか」

「時期は不明です。背乗り（はいのり）でしょうか」

女性捜査員が応じた。背乗りとは、海外諜報員が日本人になりすますことだ。戸籍を乗っ取って日本で生活し、情報を収集して本国へ送る。栗澤のように、やはり中国が絡んでいるのか。

「死んだ小川の口座は誰が動かしているんだ？」

「あと少しでデータの抽出が完了します」

女性捜査員が分析作業中の若い男性捜査員に目をやった。

「全銀協のデータだな？」

全国銀行協会は国内で活動する銀行や信金、信組のデータを共有する。ドラッグネットはそのシステムをもカバーしている。

「証券会社との取引も含めて、小川なる人物はネット決済しか利用していないようです。口座の残高は六〇〇〇万近くあります」

「使えない金に意味はない。どうにかして引き出しているはずだ」

「振込先など、関係している口座をすべて洗わせていますが」

説明の途中で、担当者が手を挙げた。

「結果だけ教えろ」

担当者が口を開く。

「小川名義のカードが使われた形跡はありません。ただ、ネット決済で購入したギフトカードを追跡したところ、コンビニで受け取ったようです。先月の二五日、錦糸町駅近くの店で」

「すぐに当該コンビニの防犯カメラ映像を入手します」

女性捜査員がキーボードを叩き始めた。

「二五日の何時？」

「午後六時五一分です」

志水はモニターを凝視した。水商売風の女、若いサラリーマンらが入れ代わり立ち代わりレジ前に立つ。表示されている時刻が六時五〇分を指したとき、恰幅の良い男性が現れた。

「えっ、これって……」

女性捜査員が声を潜めた。志水は映像を静止させ、プリントを指示する。

18

フォークリフトを押し返して隙間を作り、城戸はコンクリートの破片が散乱する床に飛び降りた。改めて二本のフォークが刺さった壁を見る。これは警告なのか。

城戸は男が立ち去った階段へ近づいた。暗いが、人影がないのは確認できた。

〈兄貴の仇だ〉

男はそう言った。憎しみのこもった声だった。南の島で息絶えたスパローこと鴨志田陸曹長の顔が浮かぶ。生前の快活な笑みも蘇る。厳しい訓練を終えたあと、地元民が集う居酒屋に繰り出し、豆腐餻（よう）や島豆腐を肴（さかな）に古酒（クース）の杯を重ねた。

そのミッションのために集められた部下たちは、機密保持の観点から家族や友人の話をすることを一切禁じられていた。あの鴨志田陸曹長に弟がいたのか。

鴨志田陸曹長は中国人民解放軍のスナイパーに殺された。どういう経歴をたどったかは知らないが、その弟がスナイパーになっている。相当に腕の立つ狙撃手として、この業界では有名なようだ。弟は兄の死の真相をつかんでいるのか。あのミッションの詳細は遺族にも伝えられていないが、調べたのだろうか。仇というからには、何かを知ったのだろう。いずれにしても、自衛隊あるいは海外の民間警備会社に入り、兵士としてのスキルを磨いたのは間違いない。

鴨志田の弟が投げたものは白い封筒だった。

〈For KID〉

表には美しい筆記体で自分のコードネームが綴られている。城戸は封を切った。数枚の写真、そして重くて尖った物体が入っていた。

写真を取り出し、城戸は息を呑んだ。香港・九龍の雑踏を歩くアグネスの姿がある。プリントの右下には一週間前の日付がある。次の一枚は、スターフェリーに乗り、香港島のインターナショナル・スクールへ向かうアグネスの横顔。最後の一枚では、店先で白人客に数本のビンテージレンズを紹介していた。

写真を持つ手が怒りで震えた。封筒から金色の円錐（えんすい）形の物体がこぼれ落ち、鋭い金属音を立てた。身を屈めて拾う。

七・六二×五一ミリNATO弾だった。陸自でも採用されている口径だが狙撃銃にも使われる。

〈兄貴の仇だ〉

弟の吐いた言葉が耳の奥で反響した。鴨志田は自分だけでなく、アグネスも射程にとらえている。

〈Ｄａｄって呼んでもいい？〉

五年前のクリスマス、まだ幼さが残るアグネスが切り出した。城戸は強く首を振った。

〈父親を名乗るつもりはない。一人前になるまでのサポーターの一人でしかない〉

リスクコンサルタントとして活動を始めたばかりだった。誰かの父親になることなど考えもしなかった。

九龍の繁華街、重慶大厦（チョンキンマンション）の人混みで出会ったとき、城戸を見つめていたアグネスの虚ろな目を思い出す。

親族に捨てられ途方にくれるアグネスと、国に見放され組織を辞めた自分が重なった。アグネスの手を引き、三日間香港中を歩き回ったが、家族の姿はどこにもなかった。とりあえず、という気分のまま、いつの間にか家族のように生きてきた。

衛星電話ユニット付きのスマホを使い、アグネスに店の様子を尋ねるショートメールを送る。

〈Everything alright!〉

売上伝票の束を誇らしげに持ち、満面に笑みを浮かべるアグネスの写真が返送されてきた。

床に落ちたリュックを引き寄せ、肩にかける。鴨志田の弟に真相を話して納得するだろうか。無理かもしれない。それでも、あの島で何があったのか、正確に伝えてやる。ストラップを握る手に力を込め、城戸は階段を上った。

19

「お客さま、大丈夫ですか？」

新幹線のデッキにあるトイレのドアをノックする音が響く。大畑は腕時計を見た。個室に入ってから二〇分以上が経過していた。

「すみません、ちょっと具合が悪くて」

バッグにスマホを放り込み、大畑はトイレのロックを解除した。紺色の制服を着た女性乗務員が心配そうな顔で立っている。

「長時間ご利用のお客さまがいらっしゃると、お声掛けする規則になっております。お気を悪くなさらないでください」

大畑の顔を見て安心した様子で、乗務員が立ち去った。

「仕事は済んだのか？」

通路に面した男女共用の洗面所から樽見が姿を見せた。口元に薄く笑いを浮かべている。

「まだ終わってないから席にいてもらえますか。聞かれたくないので」

「万が一のことを考えて見にきたのに、ずいぶんな言い方だ」

樽見が肩をすくめて客室に戻っていった。トートバッグから衛星電話ユニット付きのスマホを取り出し連絡先のリストをスクロールする。目的の名を見つけ、タップする。何度も呼び出し音が鳴るが相手は出ない。つい一分前、清家からメールが届いた。追加情報だったが、末尾に書かれていた言葉で、大畑は騒動の中で失念していたことを思い出した。依然として、相手は電話に出ない。一旦通話を切り、リダイヤルする。

清家は城戸との電話ではおくびにも出さなかったが、志水と面会したときにネットディーラーのことを知らせていた。

〈小川弘道のことはヤギュウもつかんでいない。食いついてきた。調べても結果は教えてくれんだろうが〉

編集部では、編集長の判断により取材陣が強化され、記者七人が追加されたことも知った。いくら情報がコントロールされていても、端緒があれば新時代だけでなく、他の週刊誌やテレビも動き出すのは間違いない。

〈俺たちのリードは揺るがない。なんとかして、例のネタ元にも新たな情報を当ててみろ〉

例のネタ元──清家のメールを読んで、大畑は我に返った。東京から仙台へ逃げて、銃撃され、こうやって東京に連れ戻されるまで、あまりにもいろいろありすぎて、気になっていたはずのネタ元のフォローがすっぽりと抜け落ちていた。

呼び出し音が鳴り続けている。これ以上は無理だ。大畑はスマホをトートバッグに放り込み、客室に戻った。

樽見が席を立ち、窓側の席に大畑を誘導した。トートバッグを抱えて座ると、樽見が口を開く。

「誰と連絡しようとしていたか当ててやろうか？」

感情を押し殺した声だ。樽見がまた薄笑いを浮かべる。

「公安は万能ではないが、無能でもない」

大畑は城戸の言葉を思い出した。公安部は米国の諜報機関から提供されたシステムを使い、ネット上の個人情報を収集し、大畑の通信やメールの履歴もつかんでいる。取材源の秘匿は記者の基本だが、通用しないかもしれない。

「瀬取りの一件、それから王の情報を君に提供したのはこの男だ」

樽見がスマホを取り出し、写真ファイルを開いた。

自宅マンションを出る栗澤の写真だ。望遠で撮っている。やはり公安はつかんでいた。樽見がゆっくりとスマホの画面をスワイプする。

「だが、残念だったな」

額から血を流して絶命している栗澤の鮮明な写真が液晶画面に現れた。思わず息をのむ。栗澤も殺されたのか。あの栗澤が……。言葉を選んでゆっくりと話す姿が浮かんだ。不意に涙がこぼれ落ちる。

「こういうことがあるから、気をつけた方がいいと言った」

樽見のスマホに着信ランプが点った。呆然とする大畑を残して、樽見が席を立つ。

第五章　真因

1

「志水さん、プリントしました」

画像分析担当の女性捜査員が写真を差し出した。

「ちょっといいか」

写真を受け取った志水はオペレーションルームの扉を指した。二人の捜査員が頷く。志水は指揮官席から離れ、速足でドアに向かう。

小川弘道名義の暁銀行の口座の取引記録を全銀協のシステムから抽出した。巧妙な手口で出金を行っている人物を錦糸町駅前のコンビニの防犯カメラが捉えていた。

志水は音楽スタジオ並みの防音装置が施された重い扉を開け、プレハブの階段を上った。手にした写真には、仏頂面の高村が写っている。防犯カメラの映像から切り出した写真は鮮明だった。踊り場で足を止める。顔色をなくした女性捜査員と分析担当の若い男性捜査員と向き合った。周囲に誰もいないことを確認して口を開く。

「いいか、この件はまだ誰にも言うな。絶対にだ」

女性捜査員が頷く。男性捜査員もあわてて了承する。

「口座についてダブル、いやトリプルチェックを行う。それまで誰にも話すな」

はい、と二人が応じた。

「警察組織だけでなく、国家への信任にもかかわる。この一件は国を護るという大局の判断が必要だ」

自らに言い聞かせるように告げた。高村はインサイダー情報をもとに株式を売買していたのか。インサイダー取引は厳しく規制されている。国家公務員倫理法にも違反している可能性がある。公務員の不祥事が相次いだ際に作られた法律で、主要官庁の審議官以上の職員が株式取引を行った場合、詳細を報告しなければならない。警察庁の実質四番目である高村にも適用される。

「高村さんの報告内容をまず調べてほしい」

志水の指示に捜査員が頷く。高村は偽名口座を使い、しかも出金を捕捉されたくないため、ネット決済でギフトカードを購入し、おそらく闇業者で現金化している。

「君は人事一課(ヒトイチ)からだったな？」

志水は女性捜査員に確認した。

「四年間お世話になりました」

「信頼できる人物は誰だ？　表裏がなく、実直に仕事に打ち込む人間と相談したい」

志水の問いに、女性捜査員が考え込んだ。

「それでしたら、橋爪警部が良いかと思います」

志水の頭の中に目尻の下がったごま塩頭の中年男の顔が浮かんだ。一見穏やかそうな顔つきをしているが、奥二重の目は笑っていない。絶対に不正を見逃さないと評判のベテラン警部だ。

「彼が高村審議官の行確を担当しているのか？　連携が必要になるかもしれない」

「極秘裏に橋爪さんとおつなぎします。写真の件は伝えずに」

女性捜査員の頭の回転は速かった。

「いいか、この件に関しては、警察内部でも情報統制が必要だ。政治的に利用されかねない。マスコミや週刊誌がすでに嗅ぎつけている可能性もある。慎重にやってくれ」

二人の捜査員が頭を下げ、オペレーションルームへ戻っていった。志水は踊り場の手摺りに体を預け、改めてプリントした写真を凝視した。高村ほどの高官がなぜこんな違法行為に手を染めているのか。

ただ、高村の不審な行動の理由は読めた。暁銀行錦糸町支店で不正口座の存在を告発しようとした副支店長が殺され、捜査本部が立ち上がった。偽名口座の発覚を恐れた高村は、策を弄してこれに蓋をしようとした。だが、福岡での中国人二人の死については謎のままだ。高村がやらせたわけではないだろう。事件をもう一度洗い直す必要がある。志水は写真を上着のポケットに入れた。

「志水さんだね」

背後から声がかかった。振り返ると、目つきの悪い中年の男二人が立っていた。

2

何日か前に降ったのだろう。河川敷にうっすらと雪が積もっていた。城戸はリュックを石畳に下ろし、広瀬川の水面を見つめた。

仙台朝市を抜け出して国分町から立町(たちまち)へと小径をたどり、人けのない場所を探した。鴨志田の気配は感じられなかった。ジャケットのポケットに手を伸ばす。鴨志田が残した封筒と銃弾の感触がある。

このまま日本に残れば、アグネスに危険が及ぶ。香港に帰るのは鴨志田に従うことになる。あるいはその雇い主に屈することにも。騒動の真相を探り、首謀者に落とし前をつけさせるのは難しいかもしれない。

城戸は傍らにあった小石を摑み、水面に投げ入れた。流れの速い清流に小さな波紋が現れ、あっという間に消えていく。

〈俺たちのような傭兵稼業は、いつも国の政策や政治家の思惑に振り回される〉

ダニエルの言葉が頭をよぎった。もう一つ、小石を投げ込む。小さな波紋はまたあっという間に流れにかき消された。

自分もちっぽけな石だ。騒動という名の波紋も大河の流れにのみ込まれてしまう。大きな流れを逆流させるような力は自分にはない。ダニエルが披露した笑えないアメリカンジョークも、城戸への警告だった。騒動の背後には中国という巨大な力が働いている公算が大きい。

今更なぜ小石に興味を持ったのか。さまざまな考えが浮かぶ。城戸は強く首を振った。いずれにせよ、追い詰められている。

香港をずいぶん遠く感じた。九龍の喧騒に浸りたくなる。最初は仕事の合間に立ち寄っただけの土地だったが、今は故郷のように思える。香港は自分にとってかけがえのない、もはや骨を埋める場所なのかもしれない。中国大陸の圧政から逃れ、生き抜いてきた人が香港には多い。誰にも束縛されず、自由に生きるパワーをみなぎらせている。日本という国を捨てた自分も自然に九龍の雑踏に溶け込んだ。

河川敷に人影はない。川辺にはいくつか高層マンションがある。鴨志田はどこからか見張っているだろう。

やはり香港に帰るべきだ。屈託のない笑みを浮かべたアグネスを思い出す。鴨志田に休戦の意思をどう伝えようかと考えていると、衛星電話ユニットを付けたスマホが震えた。ダニエルの番号が点滅している。

「城戸だ」

通話ボタンを押し、相手が話すのを待った。だが、ダニエルはなかなか口を開かない。

「どうした？」

〈Ｄａｄ、早く帰ってきてよ〉

思わず肩を強張らせた。

「大丈夫か？　アグネス！」

スマホを握り締める。鴨志田はすでに香港へ矢を放っていたのか。

「アグネス！」

城戸は叫んだ。電話口で大笑いする男の声が響く。

〈俺だ、ダニエルだ。悪かったな。やはりこのソフトの性能は抜群だな。俺のクライアントが作らせた。最新のＡＩ技術を応用した特殊ソフトだ〉

一定時間録音された肉声があれば、当人の声を模倣することができるのだという。声紋を分析し、ボイスチェンジャーのようにリアルタイムで声を再生させることに成功したのだ。アグネスに電話し、音声を録ったそうだ。

「ふざけるな。いたずらなら切るぞ」

「本当に悪かったよ。今、サムイの空港に向かってる。ここの飯に飽きたから香港で点心を食う。四時間もあれば九龍だ。店にも顔を出す。じゃあな」

そう言って、ダニエルは一方的に電話を切った。余計なことを言わずとも、戦場で血と汗をともに流した友人は察してくれた。皮肉屋で照れ屋のフランス人が、勝ち気なアグネスとソリが合うとは思えないが。

「Merci（ありがとう）」

城戸はつぶやいた。

3

一時間ほど前、大畑は樽見とともに東京駅に到着した。丸の内北口で待っていた黒いセダンの後部座席に押し込まれ、桜田門の警視庁本部に連行された。取調室で樽見と向き合って、すでに四〇分ほど経過していた。

〈録音、録画はいらない。二人にしてくれ〉

樽見は若い捜査員に指示した。それっきり、一言も発しない。新宿二丁目を脱出して仙台に行った方法に興味がないのかと挑発しても、樽見は冷たい目で大畑を見続ける。

秒針が時を刻む微かな音だけが聞こえる。大畑は樽見の背後にある丸い掛け時計に目をやり、また視線を落とした。机上で大畑のＩＣレコーダーの作動ランプが光っている。

異様な空間だ。警察の乱暴な取り調べのことは取材で何度も聞いている。覚悟していたが、予想とは違った。樽見の顔をもう一度見る。睫毛の長い男はわずかに瞬きをするのみで、動かない。

「もういいかげんにしてください」

沈黙に耐え切れず、大畑が両手で机を叩いたときだった。足元に置いたトートバッグの中で、スマホが振動した。

「メールのようだな。読んでも構わない」

「でも、監視されている中では……」

大畑は言いよどんだ。樽見が首を振る。

「これはただの事情聴取だ。録音しているのは、君の方だろう。メールは重要なことかもしれないぞ」

樽見が口元を歪めた。大畑は部屋の中を確かめる。取り調べ可視化のためのカメラは樽見の後ろ。作動していても見えないだろう。大畑はスマホを取り出した。椅子を後方にずらし、スマホを掌で覆うようにして清家からのメールを開けた。

〈志水が身柄拘束されたかもしれない〉

思わず声を漏らす。

〈第八機動隊を望遠レンズで張っていた。志水が背広の男たちに囲まれ、車に押し込まれた。どう見ても警察だ〉

顔を上げた。樽見の口元がさらに歪んでいる。

「君の身の回りでは面倒なことばかり起こるようだ」

樽見の視線を遮り、大畑はメール画面を再び見る。

〈監察か何かに目をつけられたのか。俺たちと接触したタイミングを考えると、ハメられた可能性もある〉

記者との接触を嫌がる捜査員も多い。好き嫌いという次元ではなく、情報漏洩という名の魔女狩りが組織内で行われるのが理由だ。組織の方針に疑問を隠さなかった志水の動きに気づいた誰かが、手を打ったのだろうか。

「今回はあなたにとっても大変なことかもしれませんよ。あなたの上司、志水さんが身柄を拘束されたという情報があります」

大畑は告げた。樽見は動じず、鼻で笑う。

「だからどうだと?」

樽見が上着のポケットからマッチ箱大のカメラを取り出し、机に置いた。

「再生してみろ」

樽見の口元から薄笑いが消えている。栗澤の写真を思い出して一瞬ためらう。大畑は意を決して小型カメラを取り上げ、再生ボタンを押した。

見覚えのある後ろ姿がある。癖毛の清家の後頭部、向かいに醒めた目をした志水がいた。小さな食堂、いや古い和食店の小上がりだ。

大畑は樽見を見た。志水を監視していたこの男は何をもくろんでいるのか。

「オフレコなら話してもいい」

樽見が大畑のICレコーダーに目を落として言った。大畑はスイッチを切る。

「あなたは誰のために働いているんですか?」

「公安捜査員はいつも国を護るために最善の手段を選択する」

樽見が淡々と告げた。

「動画は、もう一つある」

大畑はスキップボタンを押した。デビッド・ボウイの演じた異星人ジギーに化けた自分の姿が小さなモニターに映った。その隣には舞踏会用のマスクで顔を隠した城戸がいる。

「監視を逃れたとでも思っていたか？」

樽見が低い声で言った。

4

「私を呼んだ理由は何ですか？」

志水の前に座った人事一課の橋爪浩二警部が、穏やかな口調で聞いてきた。当初は、高村について連携を図ろうと考えていた相手だ。まさか、自分が――。

「話をきちんと聞いてもらいたいからです」

「職務規定に違反した件については、担当者が言い分を漏らさず聞きますよ。その主張が認められるかどうかは、私の関知するところではありません」

噛んで含めるように橋爪が言った。人当たりが良い教師のような言いぶりだが、取りつく島はない。机上にはＡ４サイズに引き伸ばされた写真がある。

清家と若松町のトンカツ屋で会ったときに秘撮された。弁当の注文に訪れた若い機動隊員が小型カメラをどこかに設置したらしい。最新型のデジカメはマッチ箱ほどの大きさの筐体に高性能センサーを搭載し、遠隔操作が可能になっている。追尾班の装備を更新するたびに、最新鋭デジタル機器の性能の良さに舌を巻いた。その標的に自分がなってしまった。

「ヤギュウという名前でネットに情報を漏洩した件も説明してもらいます」

筒抜けか。

「一応、確認します。若松町で面会していたのは、言論構想社のカメラマン、清家太氏ですね。特定の許可を得た警察官以外はマスコミとの接触を認められていないのはご存じでしょう」

諭すような口調に志水はゆっくりと頷いた。思いがけず、怒りがこみ上げてくる。公総オペレーションルームに詰めている捜査員の中で、志水に対する秘匿追尾を指示できる者は一人しかいない。

樽見が自分を売った――自らの意思ではないだろう。脂ぎった顔が頭に浮かぶ。城戸と大畑の二人を一晩中追い続け、指揮官席で腕を枕に突っ伏していた樽見の姿も思い出す。仕事に没頭する部下だ。いつから高村と通じていたかは不明だが、餌をぶら下げられたのか。鶴の一声で、樽見は希望する部署に異動し、昇進することも可能となる。逆に僻地（へきち）の駐在所に飛ばすような左遷をちらつかされたのかもしれない。

樽見が高村の側にいたと考えれば、いろいろな出来事に納得がいく。新宿二丁目で城戸と大畑を見失ったと樽見は報告した。だが、配下の一班でも二人の行方をつかんでいたなら、話は全く違う。二人の追尾データを提供された鴨志田が、仙台まで追っていくことも可能になる。

「黙っているのは、自らの過ちを認めたということでしょうか」

橋爪が柔らかな口調で告げた。真綿で首を絞めるようだ。怒鳴り散らし、机を蹴飛ばしてくれた方が対応しやすい。画像分析担当の女性捜査員が言った通り、橋爪は職務に忠実な男なのだろう。仕事のやり方をよく知っている。

「面会は認めますが、理由があります」

志水は机の下で拳を握りしめた。反撃が必要だ。身柄を拘束されてしまっては、何もできない。高村と城戸との因縁がどういうものかはつかめていないが、捜査を誤った方向に導く高村からは焦りを感じた。城戸を泳がせて真相を探りたかったが、樽見は自分と城戸との密会にも気づいて、報告していたのかもしれない。自分を排除する機会を相手に与えてしまっていたわけか。

「メモを取っていただくことは可能ですか？」

志水は切り出した。

「上申書ということですね？」

志水は首を振ってから、答える。

「ある警察幹部の不正について、証拠をつかんでいます。私が清家氏と接触したのも、その幹部についての情報を得るためでした」

幹部、不正という言葉に橋爪が身を乗り出すのがわかる。人事一課で他の班が高村の行確を続けていることは、橋爪も知っているはずだ。

「暁銀行錦糸町支店、普通口座　名義は小川弘道、番号は……」

志水は記憶に刻んだデータを引き出した。橋爪がノートにペンを走らせる。

5

編集部に通じる曇りガラスのドアを、大畑は押し開ける。記者やデスクたちの視線が一斉に突き刺さった。

「おまえ……」

筆頭デスクが椅子から立ち上がる。

「お騒がせしました。ついさっき、東京に戻りました。取材内容はすぐにメモを上げます」

大畑は筆頭デスクの目を見ずに頭を下げた。すぐに自席につく。後方から誰かが近づいてくる。振り向くと、仏頂面の清家だった。

「おまえ、どうしたその頭は？」

「いろいろ思うところがありまして」

清家が顎で扉の方向を指した。盗聴器が仕掛けられているであろう編集部で、話はできない。大畑は目配せで応じて、バッグを抱えた。


清家と連れ立って九段下の会社から飯田橋近くまで歩き、チェーン居酒屋の暖簾をくぐった。漁具や木箱を積み重ね、港町風の雰囲気を演出する店の奥に進む。出入り口が見えるように、二人並んで座った。

「様子はどうだった？」

注文を済ませた清家が小声で聞く。大畑は口の前で人さし指を立てた。バッグからタブレット端末を取り出し、テキスト入力用のアプリを起動させる。店内には三人の若いスタッフだけで客はいないが、念には念をいれる。

〈志水は孤立、公安部の樽見という警部補が主導権〉

テキストを打ち込んだ。清家が頷いてから自分のスマホを取り出して、メモ用のアプリを表示させた。

〈志水が連行されるところは撮った。それより、栗澤幸一はおまえのネタ元だったのか？〉

〈はい。なぜそれを？〉

〈同じ二二口径。城戸が気づいた〉

新幹線の車中で、樽見は写真をわざわざ大畑に見せた。菅原と同様に、栗澤は額を撃ち抜かれていた。大畑はタブレットのキーボードに指を走らせる。

〈樽見は私を脅した。新宿―仙台の移動も追跡されていた〉

〈鴨志田を使っているのは公安ということか？〉

〈警察が人を殺して回るはずが――〉

一気に打ち込もうとして指が止まった。耳の奥で樽見の声が響く。

〈俺といれば撃たれないさ〉

樽見は鴨志田の動きも追跡できていたはずだ。止めに入らなければ、手を下したも同然ではないのか。

〈栗澤はなぜ殺されたんだ？〉

清家が問うた。短期間であまりに多くのトラブルに見舞われ、いろいろと見落としている。

大畑はこめかみを強く押し、考えを巡らせた。

栗澤は北朝鮮という国が許せないと言って、近づいてきた。国連決議で取引が禁止されている原油の瀬取りという特ダネをもたらした。これがマスコミへの告発ではなく、別の目的があったとしたらどうか。

　北絡みの禁輸を取り仕切るキーマンとして、王の存在を栗澤は知らせた。大畑は清家とともに福岡へ飛んだ。護衛として現れたのが城戸だ。栗澤がいなければ城戸に会うこともなかった。

〈栗澤が口封じされたとしたら、操っていたのは誰なのか〉

　仏頂面の清家がスマホを大畑に向けた。栗澤が提供したのは具体的な情報ばかりだ。商社マン独自の情報収集能力だと感心していたが、諜報機関の手先だったとすれば、北朝鮮が、いや——。

〈中国ってことですか？〉

〈そういう絵図なら、城戸はどういう役割だ？　王は？　秘書は？　それから高村はどう絡む？〉

〈小川弘道も関係が？〉

　清家が頷いた。

〈マネロンにインサイダー、あの銀行がカギだ。幹部を当たるか〉

　清家は眉間に皺を寄せていた。

〈それに、城戸が隠す過去の一件が騒動の主因だ〉

清家が刻んだ文字を見つめ、大畑は頷いた。なぜ自衛隊を辞めたのか。その理由を城戸はいまだに明かしていない。

〈城戸さんに連絡します〉

大畑はキーボードを叩いた。

6

「現在、捜査一課と金融庁が調べている暁銀行については……」

志水は瞼を閉じ、記憶をたどる。網膜に焼き付いた普通口座の番号のほかにも、過去一年半の入出金の記録や小川弘道の前歴について、詳細を告げていく。

「ちょっと待ってください」

橋爪が制した。志水は目を開ける。橋爪の表情は変わっていた。額にうっすらと汗が浮かび、両目が充血している。手元のノートはぎっしりと文字と数字で埋まっている。

「つまり、高村総括審議官は株式市場でインサイダー取引を行い、その収益を偽名口座にストックしているというのですか?」

一つ一つの言葉を区切るように橋爪が尋ねた。

「警察庁高官が殺人事件の捜査本部に前例のない形で乗り込んだり、金融庁の検査にくちばしを挟んだりしているのは、何らかの意図があると考えるのが自然です」

志水は淡々と告げた。不思議と心は落ち着いている。橋爪は真剣に聞いているようだ。高村に寝返った樽見に対する怒りが一瞬湧く。負の感情は事態を好転させないと強く自分に言い聞かせた。

公安捜査員は人の心の裏側に潜む歪んだ思いや嗜好を直視する。金のために平気で転ぶ輩（やから）、つまらないプライドから親族の秘密さえ暴露する娘……。一人一人の腹の底に沈殿し、異臭を発する我儘（わがまま）や妬みといった感情を引き出して、思い通りに動かす。樽見は優秀な男だ。組織に生きる人間として当たり前の行動に出ただけ。直属の上司であっても、情や義理などを期待する方が間違っている。

「供述を聞く限りでは、志水警部が嘘をついているとは思えないのですが、証明できますか」

志水の証言を綴ったノートを見ながら、橋爪が言った。

「防犯カメラの映像があります。人事一課（ヒトイチ）でも高村総括審議官を行確されていると聞いています」

橋爪が顔を上げた。視線で話を続けるよう促してくる。

「錦糸町駅近くの高級クラブに関してはご存じですよね」

志水は店の名前も伝えた。

「記録が残っているはずです」

「問題視されなかったということは、見逃されたんでしょうね」

志水は低い声で告げた。

「どういう意味ですか？」

「総括審議官が親しくしているホステスの素性に気づかなかった」

「素性とは？」

「外事二課（ソトニ）に問い合わせれば、元麻布との関係を教えてくれますよ」

元麻布とは、在日中国大使館のことだ。諜報活動を担当する武官が在籍し、その手足となるエージェントが数十人活動している。高村がよく同伴している背の高いホステスはエージェントだった。

「つまり、高村総括審議官は……」

橋爪の声が尻すぼみになった。

「中国のSだという可能性も否定できません」

橋爪がため息をつく。

「彼は長きにわたって阪官房長官の秘書官を務め、霞が関に睨みをきかせている。国政の中枢を担う人物ですよ。それがスパイですか」

「私にも確証はありませんが、調べる必要はあるのでは」

志水が言った。橋爪がノートを閉じ、ペンを机に置く。

「たしかに高村氏は清廉潔白な人物とは言い難い。だから我々も行動をフォローしていますが」

「スキャンダルの種を取り除いて高村氏を守るのが、あなた方の仕事ですか」

「あなたの証言通りなら、人事一課でどうこうできる案件ではありません。政権が吹っ飛ぶような事態だ。調べます」

橋爪が一転して笑みを浮かべ、続ける。

「ただし、私たちに任せてもらいたい。あなたの職務を停止します。連絡があるまで、自宅で待機願います。これ以上の情報漏洩は断じて許せません」

志水は椅子から立ち上がり、橋爪に頭を下げた。

7

城戸は国道で古い車種のタクシーをつかまえて、後部座席に乗り込んだ。

「仙台駅だ。まっすぐ向かわず、大通りや路地を、できるだけ曲がりながら走ってくれないか」

「でも、お客さん……」

バックミラー越しに、中年のドライバーが怪訝な顔を見せた。城戸はジャケットから一万円札を取り出し、料金トレイに置く。

「とりあえずこれはチップだ」

運転手がすかさず札を取り上げ、胸のポケットにしまった。車を走らせ始める。

「なんかヤバい取引やってる？」

「迷惑はかけないよ」

撃たれなければ――。喉元まで出た言葉をのみ込んだ。城戸はリュックから小型デジカメを取り出し、後部座席のヘッドレストの横に置いた。ブルートゥースでスマホとカメラをつなぐと、超広角レンズが後方の景色を映し出す。

「最終的には駅でいいの？」

「今のところはな。心配なら先に金を払っておく」

城戸はまた一万円札を取り出し、トレイに置いた。

「そういう意味じゃないんだけど――」

運転手が言い終えぬうちに、城戸はもう一枚一万円札を重ねる。

「しばらく黙っていてくれ」

運転手は口を閉ざした。

タクシーは広瀬川近くの立町から歓楽街の国分町を抜けた。広瀬通りから定禅寺通りへと路地を走り、住宅街を進む。タクシーの後ろには、鮮魚店の軽トラックと医薬品メーカーのロゴを付けたバンが続く。車両はなんども入れ替わっていて不自然さはない。鴨志田はどう出てくるのか。

県庁の先の信号で右折した。軽トラは左折し、バンは直進した。真後ろについたのは老婦人が運転するアウディのセダンだ。

「お客さん、ラジオつけてもいいかな？」

スマホの画面を凝視していると、運転手が切り出した。

「かまわんよ」

〈以上、イーグルスの新入団選手についての情報でした〉

地元局の女性パーソナリティーがご当地球団のトレード情報を伝えたあと、小さなスピーカーから住宅展示場のＣＭが流れ出す。城戸はスマホの画面を見た。メール着信が通知された。ダニエルからの短いメッセージが入っている。

〈香港便が取れた。うまい小籠包（ショウロンポウ）を食わせる店は？　アグネスとデートだ〉

店名を打ち込み、返信した。

画面を後方モニターに再び切り替える。アウディのセダンはいつの間にかいなくなり、仕出し屋のワンボックスカーが真後ろにいた。城戸はスマホの画面を二本指でタッチして、ワンボックスカーの左後方を拡大した。フルフェースのヘルメット、レザーのツナギを着た男がオフロードバイクに乗っている。

さらにクローズアップする。ヘルメットのバイザーはスモークで顔はわからないが、足元は見える。バイク乗りが好むプロテクター付きのライダースブーツではない。アメリカ陸軍仕様のコンバットブーツだ。舌打ちする。運転手がミラー越しに城戸の顔色をうかがってくる。なんでもないと告げた。やはり鴨志田は追尾してきた。簡単にはまけないはずだ。

〈定時のニュースです。まずは国際ニュースから〉

今まで地元物産展のＣＭだったラジオ放送が報道番組に切り替わる。

〈中国との対決姿勢を鮮明にする米国政府はこのほど、関税引き上げに加えての新たな対中制裁について、日本政府と……〉

中国が王を餌に釣ろうとしたものは何か。王を殺して、自らも命を絶ったあの秘書は間違いなく諜報員だろう。鴨志田もあの大国に操られているのか。だとすればオペレーションはまだ続いていることになる。鴨志田はなぜ、仇の俺を殺さないのか。

「バスターミナルまで行ってくれ。寄り道はもういい」

運転手が頷く。

「あと、それを譲ってくれ」

城戸は助手席側のダッシュボードの下にある備品を指した。

8

〈丼物をオーダーしてもいいですか？　おなか空いちゃって〉

刺し身の盛り合わせを突きながら、大畑はタブレット端末に入力した。清家のスマホが二度振動する。

〈例のサイト〉

清家はスマホの画面を何度かタップする。

〈またメッセージだ〉

清家が画面を大畑に向ける。動画投稿サイトのコメント欄が更新されていた。

《ヤギュウより》

志水は身柄を拘束されているらしいが、解放されたのか。

《tse　3084　17-2　B1》

大畑は首を傾げた。

〈暗号を出してきやがったな〉

清家の目は笑っている。

中学生のころから内外のミステリーを読破してきたという清家が、編集者を志望して言論構想社に入った話は有名だ。写真部で数々のスクープ写真をものにできたのは推理力のおかげだと本人は主張する。

〈１７-２はどこかの番地、Ｂ１は地下フロアじゃないか〉

大畑はタブレット端末で、番地らしき数字をネット検索した。飲食店や企業の情報が出てきて、絞り切れない。

〈ｔｓｅって何でしょう〉

専門用語だろうか。

〈ｔｓｅ　３０８４〉

清家がスマホでテキストをコピーしながら首を捻る。大畑は〈ｔｓｅ〉とネット検索をかけた。ＪＲ四国の気動車や、東京証券取引所が表示される。画面を見て、清家がテーブルを叩く。

〈それだ。東証といえば株式。３０８４は証券コード〉

〈証券コード？〉

〈日本の証券取引所に上場する銘柄には全て四桁の番号が振られている〉

清家がスマホの画面をタップする。

〈サトーマート〉

画面を大畑に向けた清家がさらに検索をかける。

《サトーマート　17-2》

画面に〈S&M〉と記されたサトーマートのロゴが現れた。スクロールすると、〈店舗一覧・首都圏〉の文字が出てくる。番地が一七番なのは、一店舗しかない。清家が自慢げに画面を示した。

《サトーマート食品館　新宿富久町店》

大畑も店のホームページを表示させ、店舗の詳細と周辺の地図に見入った。第八機動隊のそばで、最近再開発された一帯だ。食品スーパーはマンションの一階と二階に入居しているらしい。

《お客様向け駐車場　地下一階》

大畑は清家と顔を見合わせ、頷いた。

志水は待ち合わせ場所を知らせてきたようだ。清家がコメント欄に入力する。

《ヤギュウへ　いつだ？》

コメント欄がすぐに更新される。

《２３００》

志水は拘束されていなかったのか。考える間もなく、清家が答えを送る。

《ＯＫ》

〈地下駐車場で深夜に待ち合わせなんて、映画みたいじゃないか〉

清家が笑みを浮かべる。記者が時の権力者を辞任に追い込んだ実話ベースの映画のことだろう。

〈俺たちもいろいろと暴いてやろう〉

大畑は頷いた。

9

夜の闇を通して、私立医科大学の正門が見える。志水はタクシーを降りた。男子学生二人が疲れ切った表情で駅方向に歩いていく。

三時間前、豊島区要町の自宅マンションを出た。四階の部屋からチェックすると、グレーのセダンが隣のマンション前に停車していた。人事一課の誰かが張っているのは間違いない。反対側の車線には水道工事業者の車があった。公安部の車両で、樽見の指示で動いているのだろう。

　志水は電灯をつけたまま部屋を出た。階段の踊り場から隣のマンションに移った。裏の路地に入り、住宅街を抜けた。大通りで古いタイプの個人タクシーを見つけて、乗った。防犯カメラを装備した法人車両では捕捉される。

　腕時計に目をやる。午後一〇時五五分だった。医科大学の高い塀に沿って何台も防犯カメラが設置されている。志水の身体的特徴をドラッグネットにインプットしていれば、オペレーションルームで警報が鳴る。樽見がそこまでするかわからないが、古いマンションや雑居ビルの暗がりに紛れて、煌々と照明が光る高層マンションを目指す。

　新宿区富久町の地下駐車場は住民の車庫としても使用されていて、二四時間ゲートが行き来可能になっていた。志水は地下へと続く緩いスロープを下った。スーパーの営業終了時間が近い。大きなショッピングカートを押すカップルや飲食店のスタッフらしき男が行き来している。

　薄暗い照明の下、志水は目を凝らす。スーパーの出入り口から離れた場所にグレーのワンボックスカーが停車していた。歩み寄ると、ヘッドランプが二回光った。後部座席のスライドドアが開く。

「時間通りだな」

運転席の清家が言った。

「自宅からだいぶ遠回りしてきた」

スライドドアを閉めた。清家とシート越しに対峙する。

「大畑記者は？」

「取材に行った。まだあいつを尾行しているのか？」

「おそらく」

指揮官席で声を張り上げる樽見の姿が、頭に浮かんだ。

「そうか、あんたはもう指揮官ではないわけだ。切られたのか？」

駐車場の灯りを受けて、清家の横顔に影が現れている。目つきは真剣だ。

「立場は変わっても、やるべきことはやる。自宅で待機してろと言われたが、そうしていれば状況が悪化しそうだ」

「こうして会いにきたのは、俺たちと手を組むつもりだと理解していいか？」

志水は首を振った。

「結果的にそうなるかもしれないが、あんたたちと俺の立場は違う。俺は国を護るのが仕事だ」

清家が黙った。志水は視線を動かさずに続ける。

「一つ、情報を提供しよう。暁銀行の一件だが、小川弘道は偽名だ。証券も銀行も入出金はすべてネット取引」

清家の瞳が暗がりの中でも鈍く光る。

「かなりヤバい奴だな。で、誰なんだ？」

「正当な取材で得た話を誌面にするのは週刊新時代の自由だが、ここは取引しないか」

「オフレコなら教えるのか？」

志水はゆっくりと頷いた。

「誰なのか、によるな」

「約束がなければ言えないが、こちらとしても有意義な情報だった。代わりに別の情報を出そう。新宿の地下駐車場で死んでいた栗澤という男は知っているか？」

「もちろんだ」

「あの男、元麻布のSだった。背後に中国がいる」

この情報で、何らかのピースが埋まったのだろう。清家の目がまた光る。

「あんた、これからどうするんだ？」

「どうもこうもない。やるべきことをやると言ったろう。交渉は不成立だな」

志水はスライドドアの開閉ボタンを押す。

「待てよ」

清家が呼び止めた。

10

「やべっ、電車行っちゃうよ」

酒の臭いを漂わせた若いサラリーマンが数人、城戸の脇を小走りで通り抜ける。タイル張りの地下通路をゆく人はみな速足だ。城戸はジャケットのフードを目深に被り、新宿駅の改札に吸い込まれる人波に逆らって歩いた。

仙台駅からの高速バスは、一五分前に新宿駅南口に到着した。城戸は駅の雑踏に紛れ込んだ。駅構内、通路にある防犯カメラを避けて、追っ手の存在がないか確認しながら移動する。人波は途切れない。足元がおぼつかない中年男がよろめくが、城戸は身をかわす。

菅原が殺されて、今回の騒動が過去とつながっているのは明白になった。話を聞くべき相手は東京にいる。大畑と清家とも連絡を取りたい。接触方法を慎重に選ばないと二人に危険が及ぶ。鴨志田は追ってくるだろう。ひとまず新宿二丁目のバーにでも潜り込む。一度逃げ出した場所には戻らないと、多くの人は思い込んでいるはずだ。

城戸は地下鉄の駅へと続く煉瓦模様の通路を歩き続けた。壁際に身を寄せ、周囲をうかがう。

新宿三丁目駅近くに来ると、人の数が極端に減った。洋食屋や果物店の広告の下にはホームレスが、銀行支店への案内板の近くには酔い潰れた中年サラリーマンが蹲っている。

大畑とともに仙台に向かったことは誰に知られていたのか。なぜ鴨志田はこれほど的確に追ってこられるのか。いまも鴨志田から監視されている気がする。ジャケットの中で衛星電話ユニット付きのスマホが振動した。大畑からのメールだった。

〈状況は？〉

城戸が返信しなかったので不安なのだろう。無事なことは伝えるべきか。返信文を打ち込む。そのとき、ブーツの爪先に何かが落ちた。いや、硬い物体が足元で弾け、煉瓦の壁を打った。銃弾が通路のコンクリートをえぐり、跳弾となって壁にめり込んでいた。銃声はなかった。

〈東京にいる〉

書いていたテキストを送信し、周囲を見る。百貨店と地下通路をつなぐ階段から、足音が響く。

「仙台ではうまくバスに潜り込んだな。発煙筒を使うとは、さすがだよ」

乾いた声が、右前方の階段の上から聞こえた。鴨志田だ。

六時間前、城戸はタクシーで仙台駅に近い高速バスのターミナルへ向かった。鴨志田にオフロードバイクで追われていた。タクシーに備え付けられていた発煙筒をもらい受けて、混雑するターミナルで発火させた。近辺はたちまち煙で真っ白となり、混乱した。この間に城戸はバスの客席下、前輪と後輪の間に設けられたトランクに身を潜めたのだ。

「香港に帰る気になったのか？」

「いちいち予定を明かす必要はない」

城戸が言った。もう一発、弾丸が足元で弾ける。

「おまえの兄貴はつまらん脅しなどする人間ではなかった。アレックスと菅原さんをなぜ殺した？」

鴨志田が猛然と階段を駆け下りてきた。息がかかるほど詰め寄ってくる。

「仕事だからだ。あんたは国のために死んでこいと言っていたそうじゃないか。兄貴たちをわざと死なせたんだ」

城戸は首を振った。鴨志田がいきなり屈み、近距離からタックルしてきた。城戸は背中から石畳に倒れ込む。

「仕事が終わったら、必ず兄貴の仇を取ってやる」

鳩尾や脇腹に猛烈な速さで鴨志田が拳を食い込ませてくる。城戸は鴨志田の右手首をつかみ、力いっぱい捻った。鴨志田は自身の手首を基点に回転し、城戸の手を振り払う。側頭部にキックを浴びせてくる。かろうじてかわし、足の付け根を狙ってパンチを繰り出す。鴨志田が軽々と飛びのく。

「喧嘩だ！」

地下通路から若い男の声が響いた。数人の足音が近づいてくる。

「凄腕だと聞いたが、老いぼれたか。素手で仕留めてやるよ。覚悟しとくんだな」

鴨志田は哀れんだように言い、階段を駆け上っていった。城戸は脇腹を押さえて立ち上がった。

11

「警察庁のソノダと申しますが、緊急で高村さんにお取り次ぎをお願いします。携帯の電源をお切りになっているようなので」

午前零時半過ぎ、志水は錦糸町駅南口にある公衆電話からクラブに連絡を入れた。電話口に甲高い女たちの笑い声が響く。

〈わかりました。すぐにお呼びいたします〉

店員の返事を聞いた瞬間、志水は回線を切った。高村はいる。

行確データによれば、高村は月に二、三度のペースで錦糸町のクラブに足を向けていた。志水は京葉道路沿いに歩き、チェーンの牛丼店が入居するビルの前で立ち止まった。二階の奥に高村行きつけのクラブがある。ホステスの数は二〇人。高村が入れ込んでいるのは背の高いホステスで、二六歳。元麻布の在日中国大使館の武官との接触が確認されていた。

周囲に怪しまれぬよう、志水は何度かビルの前を行き来し、高村を待った。本所署管内は生活安全課の指導が行き届いていて、クラブやキャバクラはきっちり午前一時に閉店する。高村はまもなく店から出てくるだろう。

午前零時五三分だった。牛丼店の奥にあるエレベーターの扉が開き、女の甲高い声と男のダミ声が聞こえた。

「今度はおいしい焼き肉お願いね」

「わかった。恵比寿に隠れ家的名店があるんだ。レアなモツが絶品だぞ」

男は高村だ。タイミングを合わせるように、道路に迎車のランプを灯すタクシーが停車した。

「絶対に約束ね！」

背の高いホステスが高村の左手をつかんで甘えた。高村の横顔はゆるんでいる。

「ちょっと失礼」

志水は割って入った。酒の臭いがする。ホステスの香水の匂いも志水の鼻孔を刺激した。

「公安総務課の志水です。突然、失礼します」

高村が表情を変え、ホステスに手を振る。女はあわてて店に戻っていった。

「人事一課に身柄を取られたと聞いたが」

高村が面白がるように言った。

「どうやって樽見を引き入れたのですか？」

「言っている意味がわからん。おまえの部下は俺の部下でもある」

高村が平然と切り返した。

「暁銀行錦糸町支店に普通口座をお持ちの小川弘道さんという方はご存じですか」

高村の目が少し揺れる。

「一部週刊誌が暁銀行の騒動に関して相当深く取材を進めています。直接ご報告に上がりました」

「公安がとやかく口を挟むことじゃない」

取り合わずに、高村は視線をタクシーに向けた。

「いつから錦糸町がお気に入りに？」

「なにが言いたい？」

足を止め、高村が志水を見た。眉根が寄り、怒りを剥き出しにした顔だ。

「指揮をとられている事件に差し障りが出るのを心配しております」

「偉そうなことを言うが、おまえには何も見えていない」

高村が一歩踏み出した。大きな鼻が眼前に迫る。

「たとえ処分を受けても、国を護るという最大の任務を全力で果たすだけです」

「やりすぎれば、懲戒だぞ」

高村がタクシーに向かった。志水は反射的に言葉をぶつける。

「あなたは飼い慣らされたのですか？」

高村の足が止まった。

「彼の国ということです。いつからSに成り下がったんですか？」

「もう一度言う。おまえが口を挟むことではない」

「私の仕事は国を護ることです」

タクシーに乗り込もうとする高村の背中に、志水は言い切った。

12

「あと少しですよ」

タクシー運転手の声を聞き、大畑は顔を上げる。中野区の鍋屋横丁近くだった。

「信号の手前で止めてください」

大畑はタクシーを降りた。改めて周りをチェックする。グレーのセダンがハザードランプを灯し、二〇メートルほど後方に停車している。ずっと追尾してきた公安車両だ。大畑は青梅街道から南西に延びる商店街に進んだ。スマホの地図アプリに設定した目的地まであと少しだ。一〇〇円ショップの先にある低層マンションに赤いピンのマークが立っている。

グレーのセダンはゆっくりとついてくる。おまえの行動は逐次監視している、公安部が対象者にその存在を意識させる尾行方法だ。大畑は大きく息を吸い込んだ。

保守系言論誌「リアル・フラッグ」の副編集長の洲本佑(すもとたすく)に、尾崎真純から入手した情報を当てる。

大学院生の尾崎は出版社への就職を希望し、インターンとしてリアル・フラッグで働き始めた。編集の仕事を学びたいという尾崎の熱意を逆手にとった洲本の卑劣なセクハラが続いた。

〈今日のブラウス、とても艶っぽかったよ。でも、もう少し下着が透けて見える素材のものだとうれしいな〉〈ヨーロッパの一流下着をプレゼントしたいからスリーサイズを教えてくれないかな〉〈伝線したストッキングを履き替えたよね。よかったら僕に破れたやつをくれ

ない？　自宅でお酒を飲みながら君を感じたい〉

尾崎のスマホに残っていたメッセージは、吐き気をもよおしそうな文言ばかりだった。

最寄り駅近くに潜んでいる洲本に気づいて撮った写真など、尾崎が所轄署にストーキングや強制性交等未遂の被害を訴えた際に提出したデータも全てコピーをもらった。

洲本は日頃から舌鋒鋭く左寄りのメディアや論客を誌上やＳＮＳで批判し、行動派保守として自らの存在を強くアピールしている。だが一皮剝けば、立場を悪用して女性を思うがままにしようとする最低の男だ。

週刊新時代の編集部にも男尊女卑の空気は残っており、ときには上司や同僚がセクハラまがいの言葉を投げかけてくることがある。大畑は誰であろうと絶対に屈しなかった。

文芸編集者を志望し、読書の世界に浸っている時間が一番落ち着くと言っていた尾崎は、大畑のように声を荒らげることなどできず、泣き寝入りを強いられたのだろう。洲本の行動はエスカレートした。ついには強制性交等未遂に至り、尾崎は警察に駆け込んだ。にもかかわらず、切実な訴えは圧力で排除されたのだ。

目的のマンションに着くと、大畑は洲本の部屋番号をインターホンで押した。

〈洲本です〉

女性の声が響いた。妻だろうか。

「週刊新時代の記者で大畑と申します」

少し間が空いたあと、野太い声が聞こえた。

〈なんの用だ？　コメント取材なら編集部を通してくれないか〉

「尾崎真純さんのことでお話をうかがいたいのです」

〈なんだと……〉

洲本が絶句した。大畑はインターホンのスピーカーにＩＣレコーダーを向ける。

〈ひどい誤解や思い込みに基づく訴えで、警察が逮捕状を取り下げた。つまりなにも問題はなかったということだ。帰れよ〉

「問題があったから私は来ました。誌面で詳しい経緯を伝え、洲本さんと尾崎さんの見解を世に問います」

〈なぜそんな無駄なことをする。馬鹿じゃないのか〉

「私は警察が動かなかったこと自体がニュースだと考えています。一方的な話にならぬよう、当事者である洲本さんのコメントをぜひ」

〈ノーコメントだ〉

「わかりました。この会話は録音してあります。経緯を誌面のほかに新時代のネットニュース、動画サイトにも上げますのでご了承ください」

〈俺のことがゲスな週刊誌に載るようなことは絶対に許さん〉

「高村総括審議官と親しいと聞きました。でも、私は圧力に屈しません」

13

鴨志田に殴られた側頭部に鈍い痛みを覚える。神楽坂の赤城神社を照らす灯籠の向こう側から、美南が小走りに近づいてくる。

「護ちゃん、その顔どうしたの？」

「ちょっと新宿で若い奴の相手をしていた」

「追っ手にやられたの？」

「そんなところだ。頼みがある。これが最後だ。決着をつける」

美南が腰に両手を当て、ため息をついた。

「止めてもやめる人じゃないわよね。それで一体なにをすればいいの？」

「これを預かってほしい」

ポケットから城戸はメモを取り出した。メモには、香港・九龍にある城戸のカメラ店の権利書が、香港島の外資系信託銀行の貸金庫にしまってある旨を綴っていた。そこには在庫処分の方法を明記した書類もある。

「俺に万が一のことがあったら、この情報をこっちのアドレスに伝えてくれ」

城戸はホイのアドレスを指した。美南の顔が一気に曇る。

「俺を騒動に巻き込んだ敵は、優秀な兵士を雇っている」

「護ちゃんだって優秀な兵士なんじゃないの？」

「俺は引退した元兵士だ。若くて頭も切れる現役に勝てるはずがない」

鴨志田は怒りをエネルギーに換えている。誤解から生じた怒りだが、強さを増しているのは間違いない。

大畑と清家、公安の志水との情報交換によって、騒動の背景は見えはじめている。高村という警察庁の高官に、あの一件をぶつけてみたい。しかし、依然自分は追われる身であり、鴨志田というスナイパーが、いつ自分の額に穴を開けてもおかしくない。簡単に事態は好転しそうもなかった。

「香港に養子がいる。一七歳の女の子で、名はアグネス。ラオス難民の子だ」

美南が目を見開く。

「お父さんになってたなんて」

「父親代わりというだけだ。今は俺の仲間が香港でアグネスを保護してくれている」

九龍の雑踏で笑みを浮かべるアグネスの姿が浮かんだ。カメラとレンズの在庫を全て処分すれば、アグネスが大学を卒業するまでの資金は十分に賄える。だが、ダニエルに父親役までは頼めない。

「スマホを持っているか？」

城戸は尋ねる。美南がダウンジャケットのポケットからスマホを取り出した。

「俺が死んだときのことをなにも決めていなかったんでな。メッセージを録画してほしい」

「馬鹿なこと言わないで」

美南の口調が強くなった。城戸はわざと笑う。

「万が一のためだ」

「絶対、これを香港に送ることはないからね」

美南が自分に言い聞かせるように告げ、スマホのカメラを城戸に向ける。

「いいわよ、録画ボタン押したから」

城戸はスマホのレンズを見据える。

「アグネス――」

城戸はゆっくりと英語で話しかけた。カメラ屋の仕事のこと、学校のこと、日々の暮らしのこと。胸の中にある思いを伝える。最後にアグネスの名を呼び、もう一言だけ加える。予想しなかった言葉がこぼれ出た。

「もう一つ、いいか?」

「最後のお願いじゃなかったっけ」

「政府要人の行きつけの店なんてのがわかるとありがたい」

「誰の居場所が知りたいの?」

城戸が名を告げた。美南がスマホの画面をタップする。

「もしもし、美南です。ちょっと教えてほしいことがあるの」

一〇分後、あちこちに電話をかけ続けていた美南が、城戸の顔を見ながら、頷いた。

14

新宿区の四谷三丁目駅に近い荒木町のラーメン店が掲げる電飾看板の下で、高村が周囲を見回している。少し後方で降車した志水は雑居ビルの陰に体を寄せ、後ろ姿を見つめた。

高村が歩き出した。二つ目の小径を左折する。小さな飲食店が長屋のように軒を連ねる一帯だ。誰かに会いにいくのだろうか。行確記録にはない場所だった。

志水は酔っ払ったサラリーマン三人組の陰に隠れながら先を急いだ。自分の背後もチェックする。あれから帰宅しておらず、追尾されている気配はまだない。高村が曲がったところで、小径の先に目をやる。煤けた提灯(ちょうちん)と縄のれんの先に、背を丸めて歩く高村がいた。一五メートルほどの間隔を取りながら、後を追う。

高村が急に足を速め、雑居ビルに入った。志水は追いかけ、雑居ビルの通路で目を凝らす。高村の姿はなかった。通路の左側にはテナント用の集合ポストがあり、右側には地下へと続く勾配の急な階段があるが、人の気配はしない。高村はどこへ行ったのか。雑居ビルの通路を進む。別の小径へと通り抜けられるようになっていた。高村は追っ手の存在を警戒しているらしい。

日本酒の瓶を並べた居酒屋の前で一旦止まる。左側は外苑東通りの方向で、酔客が数人歩いている。右側に目をやる。街灯に照らされた高村の後ろ姿があった。志水は歩みを速め、幅五メートルほどの小径を進む。時折、高村が足を止め、周囲を確認する。点検するときに左肩に力が入ってわずかに上がる癖がある。追尾は容易だった。

高村はさらに歩き続け、小径の突き当たりを左に曲がった。黒塀が続き、整えられた庭木が影を落とす。かつての花街らしい雰囲気の残る場所だ。高村が今度は右に曲がった。志水は一気に距離を詰める。洋食屋の前を通り過ぎる。小さな稲荷神社があった。赤い提灯と鳥居の下のライトが周囲を照らしている。高村は神社も通り過ぎて、左に曲がった。この一帯には、志水自身、土地勘がある。まかれることはないだろう。

高村が足を止めたのは、石畳の下り階段があるエリアだ。間口の狭いスナックやバーがひしめき合っている。高村はスマホを取り出し、通話しながら、ビルの中へ消えた。

志水も雑居ビルに向かった。入居店舗を示す看板がビルの外壁に打ち付けてある。

一階と二階に三軒ずつ店舗がある。スナックや小料理屋、目を引くのは真っ赤な看板だ。店名は〈Ｓｏ　Ｗｈａｔ？〉――。どこか人を食ったようなネーミングだ。記憶のデータベースを繰った。サングラスをかけた名トランペッターの顔が浮かんだ。ジャズの巨人、マイルス・デイビスだ。

二階へと向かう。通路をふさぐように、背広の男が立っていた。警護がついているということは……。マイルスの顔に別の顔が重なった。ニュースで見る機会の多い政府高官の顔だった。

15

「あんまり無茶しないでよ。遺言みたいな動画は消去したいから」

ハザードランプを点灯させてから、美南が言った。

「別に死ぬ気はない。最悪のケースを想定しただけだ」

美南の親戚の軽自動車で、裏道を通って神楽坂から荒木町に着いた。道幅が狭い車力門通りに車を停めた。美南はフロントガラス越しに薄明かりの方向を指さす。

「あのビルの二階よ」

美南は付き合いがある地元の情報通に次々と電話を入れてくれた。花街やその周辺の飲食店を知り尽くしている居酒屋の番頭が答えを知っていた。

「政治家なんかに会って何を?」

「俺が日本を離れるきっかけになった出来事について聞くだけだ」

「警備が厳しいんじゃないの?」

「事を荒立てるつもりはない」

後続の車がせかすようにクラクションを鳴らす。城戸は車を出た。終電を逃したらしい酔客が数人歩いているが、人通りはそう多くない。暗がりやビルの陰をチェックしながら、城戸は目的の雑居ビルへ向かった。

煤けた外壁に入居するテナントの看板が掲げてある。一階にはネイルサロンやワインバー、二階にスナックと小料理屋、そして真っ赤な看板。〈So What?〉——美南が言っていた通り、マイルス・デイビスの名曲がジャズバーの店名になっている。錆が浮いた外階段の手摺りを城戸は握り、足音を立てぬよう二階に上がった。

薄暗く細長い通路があり、一番手前に真っ赤な看板がかかっていた。予想した通り、木製のドアを背にして胸板の厚い背広の男が立っている。胸元に〈SP〉と書かれた銀色のバッジが光る。

通路に足を踏み入れた。ＳＰが城戸を見て、体の向きを変える。城戸は咳き込みながら、酔客を装う。通路の壁に左手をかけ、足元の怪しいふりをしてＳＰの前を通り過ぎる。視線を感じるが、張り詰めた気配は薄まる。

「異常なし」

ＳＰが無線機にささやくのが聞こえた。通路の一番奥にあるスナックの扉が少しだけ開いているのがわかった。

「おい、こっちだ」

扉の隙間から、白い手が手招きした。城戸がこのビルを訪れることを知っている者などいない。声には聞き覚えがある。

「悪い、待たせたな」

城戸が調子を合わせると、背後でＳＰが体の向きを戻すのがわかった。城戸は通路を進んでスナックの前で立ち止まった。なぜあの男がいるのか。自分が来ることを予測していたのか。

「どうされました？」

立ち止まったのに気づいたＳＰが、声をかけてくる。

「いや、財布はどこかって思ってね……」

城戸は口ごもった。

「こっちだよ、何してる」

扉の向こう側から、低い声がまた届いた。たしかにあの男の声だ。店内には多数の公安捜査員が待機していたりするのか。

「大丈夫ですか？」

ＳＰの声に硬さが交じった。

「あっ、ここだった」

城戸はパンツのポケットから小銭入れを取り出した。ＳＰに笑顔を向ける。

ＳＰが黙って姿勢をまた戻す。城戸は半開きだった扉に手をかけた。カウンターに座った志水が、醒めた目つきで城戸を睨む。

「扉は閉め切らなくていい」

城戸は小さく頷いて、店に入った。隙間を一〇センチほど残して扉を閉めると、城戸は店内を見回す。Ｌ字形の黒いカウンターに全部で八席ある。志水以外に客はおらず、厚化粧のママがカウンターの中から微笑みかけてくる。

「なぜここに？」

「同じ質問をさせてくれ」

城戸は廊下の様子を確かめる。ＳＰが守るジャズバーの出入りはわかるだろう。志水の隣の丸いスツールに腰を下ろした。

「お互いに耳と鼻が利くということかな」

志水が言って、カウンターの水割りセットを手繰り寄せた。タンブラーに氷を放り込み、ウイスキーのボトルに手をかける。城戸は首を振る。志水がデカンタの水を注ぎ、城戸の前に滑らせた。

「一人なのか？」

城戸は尋ねた。志水が肯定する。

「職務を解かれ、自宅待機の指示を受けた。カメラマンの清家氏との面会が服務規定違反だそうだ」

志水が淡々と言った。

「上司の悪事を糾そうとした結果か？　ここはあんたの自宅には見えないぞ」

志水が一口、水を含む。

「そういうあんたも、どうやってここにたどり着いた？」

「あのジャズバーにいるのは、阪官房長官だよな」

城戸は切り込んだ。志水がこくりと頷く。

「俺は高村を追尾してきた。かつての上司と密談中だ。他に出入りはない」

「高村が？」

城戸は思わず腰を浮かせた。志水が目で制する。

「残念ながら秘撮も秘録もできていない。人員も機材もないのは不自由だな」

高村は阪に会って、何を話しているのか。志水は高村を洗っていて処分されたのか。

志水がまた水で口を湿らせてから、告げる。

「鴨志田に、警察から情報が流れていた可能性がある」

まさか。城戸はタンブラーを強く握る。

「俺を追わせるためにか」

「そろそろ教えてくれないか？」

志水は答えずに、質問を返してきた。

「高村の秘書官時代、あんたが自衛隊の最前線にいたときに何が起こった？　それを明かしてくれたら、あの店で何が話されているか、推測できるかもしれん」

城戸は志水の顔を見据えた。醒めた目つきは変わらない。奥歯を嚙み締めている。感情をコントロールしているのだろう。自分の信じたものを失いかけている男の姿だった。

「どうやら、あんたは同類のようだ」

志水が首を傾げる。

「どういうことだ？」

「俺はこの国に裏切られ、見捨てられた。大切な部下を二名同時に失った」

「詳細を教えてくれ」

志水が身を乗り出した。扉の隙間から通路に響く靴音が伝わってきた。城戸は通路に目をやる。

「高村が帰るぞ。まだ追うのか」

通路に高村が出てきた。代わりにでっぷりと太った背広姿の男が店に入った。ＳＰは高村に敬礼し、再び門番のようにジャズバーのドアの前に立ち塞がった。

「別の客のようだな。高村の尻尾はつかんだ。週刊新時代が持ち込んできた情報だったが、使い方次第で彼を追い込める。ただ、官房長官までかかわっているとすると……」

志水が暁銀行の偽名口座のことを説明した。高村の背後にちらつく中国の影のことも。

「手が込んでるな」

「調べは止まっていると思うが、ロンダリングされている金は億単位だろう」

城戸はジャケットから衛星電話ユニットを付けたスマホを取り出した。大畑を呼び出す。

すぐに応答があった。

〈無事なんですか？　東京って――〉

「荒木町だ。志水警部と一緒にいる。三〇分、いや二〇分で来られるか？」

城戸はカウンターの横にある黄ばんだ営業許可証に目をやり、住所を読み上げた。

「清家も一緒に。時間がかかるなら一人でいい」

〈会社にいます。一〇分で行きます〉

電話を切ると、志水が聞いてきた。

「呼んでどうする？」

「深夜のパーティータイムだ」

城戸はタンブラーの水を飲み干した。

16

「荒木町に何があるんだ？」

助手席の清家が聞いてきた。

「なにか企んでるんですかね」

ハンドルを操りながら、大畑は答えた。中野で取材してから九段下の編集部に戻り、取材メモをまとめていたとき、唐突に城戸から電話が入った。

「志水も一緒だって？」

清家が後ろを見た。大畑もバックミラーで後方を確認する。九段下にある言論構想社の地下駐車場から取材用のワンボックスカーを出した途端、路上駐車していた黒いセダン、ピザ屋の配達用スクーターが追尾を始めた。

「そう言ってました」

清家から富久町の地下駐車場で志水と会ったときの話を聞いた。大畑の有力なネタ元で、鴨志田に殺された栗澤についてだ。志水の調べによれば、栗澤は中国政府の末端Sだった。警察庁幹部の高村もSの公算が大きいという。

一定の間隔を保ちながら、黒いセダンとスクーターが付いてくる。城戸と志水の狙いはわからないが、公安捜査員をまかなくてもいいのか。

「すぐに来いって言ったのは公安を連れていっていいってことですよね。何を考えているんだろう」

市ケ谷の駅前で右折して橋を渡り、ウインカーを左に出し、靖国通りをたどる。同じように公安車両二台も左折した。

深夜だけに、道路は空いている。大畑はアクセルを踏み込む右足に力を込めた。

「おい、スピード出しすぎだ」

「大丈夫です。捕まっても、公安の人たちに事情を説明してもらいましょう」

17

城戸はカウンターの奥に向かって声をかける。

「ママ、なにか腹のふくれるものはある？」

ママが近づいてくる。

「焼きそばとか、そんなのしかできないけど」

「じゃあ、出前取れる？　なんだっけ、外苑東通りに近いところにある寿司屋さん」

ママが首を傾げた。

「籠寿司だ。鉄火巻きといなり寿司を二人前。ママもお腹空いていたら好きな物頼んでいいよ」

「私は大丈夫。じゃあ電話しますね」

突然、志水がカウンターの上に手を伸ばして、ママの両手首を摑んだ。城戸はカウンターを飛び越えて、ママの首筋に手刀を打ち込む。頽れそうになるのを支えて、床に横たえる。

ママの右耳から、透明のイヤホンが転げ落ちた。

「いつから気づいていた」

志水が聞いてきた。

「最初から。いいのか？　あんたの同僚だろう？」

「いや、公安では見たことのない顔だ。内閣情報調査室（ナイチョウ）か、防衛省情報本部（ジョウホン）か」

城戸のスマホがカウンターにあった。先ほど打ち込んで志水に示した文字が見える。

〈女を排除〉

城戸は肩をすくめ、スマホを取り上げた。志水がスマホに装着されたカバーと鉛筆状のアンテナを凝視している。

「気になるか。あんたら公安部は、日本国内の通信を完全に傍受している」

城戸は太いアンテナに触れた。志水が頷く。

「それは違うと？」

「こいつは、以前所属していたアメリカの警備会社専用の衛星回線を使っている」

志水が腕を組んだ。

「こんなことで驚いていてもらっては困る」

城戸はダニエルから教えてもらったアプリを起動させた。志水が手元を睨んでいる。城戸はアプリのテキスト欄に文字を入力し、エンターボタンを押す。

〈公務執行妨害の現行犯で逮捕する〉

小さなスピーカーから、志水の声が響いた。

志水が目を見開く。城戸は別のテキストをアプリに打ち込む。

〈おまえは完全に包囲されている。無駄な抵抗はやめて投降せよ〉

再び志水の声だ。

スマホが振動した。アプリの画面が消え、電話の着信ランプが光っている。大畑が着いたようだ。

「近くの駐車場に停めて、店まで来てくれ。監視を気にする必要はない」

〈荒木町まで来ました。清家さんも一緒。どうすればいいですか？〉

城戸は電話を切った。

「動きがありそうだ」

少しだけ開けていた扉から様子をうかがっていた志水がささやいた。城戸も通路の方向に目をやった。ＳＰが姿勢を変えている。城戸は店内を振り返る。カウンターに入った短髪の女に目で合図した。大畑だ。小さく頷く。

スナックの扉を静かに開けた。志水を背後に従え、ゆっくりと雑居ビルの通路へ出る。赤くペイントされた木製のドアが通路側に開いた。ＳＰが城戸と志水のほうを見て、ガードする体勢をとる。

「行くぞ」

城戸は小さな声で告げると、体勢を低くしてダッシュした。目の前にＳＰが迫る。

「止まれ！」

ＳＰが鋭く叫んだ瞬間、城戸は腰にタックルした。特殊警棒に伸びたＳＰの右手を手刀で力いっぱい叩く。ＳＰが背中から通路に倒れ込む。城戸はすかさず馬乗りとなり、右肘を顎の下に叩き込んだ。ＳＰは低い唸り声をあげ、気を失った。

「待て！」

背後で志水が鋭い声を発した。目をやると、閉まろうとするドアの隙間に右足を突っ込んでいる。

「我々は怪しい者ではありません」

内側からドアを閉めようと取っ手を引っ張る男に、志水が警察手帳を差し出した。

「警視庁公安部の公安総務課の警部、志水と申します」

背広の男が力を抜いた。

「いったい何事かね？」

グレーの背広の襟を直しながら、男が志水と城戸に目を向けた。上着の内ポケットに手を滑り込ませる。城戸は声をかけた。

「緊急連絡も不要です」

男の動きが止まる。

「失礼しました」

城戸は頭を下げる。志水がまた口を開く。

「お寛ぎのところを恐縮です。阪官房長官、どうしても直接お耳に入れておかねばならないことがあります」

阪が眉根を寄せた。阪は中肉中背で、額がやや後退して白髪が交じっている。ギョロリとした両目は醒めている。城戸は政界のことは知らないが、この手の目つきの司令官を何人も見てきた。冷徹にデータを分析し、的確に人を動かすタイプだ。目の前の男はあの事件にどう関わっていたのか。拳に力が自然とこもっていく。

「正規ルートを通せない事情でもあるのですか？」

眉根を寄せたまま、阪が聞いた。

「先ほどまでご一緒だった高村総括審議官についてです」

志水が落ち着いた口調で言った。阪が小さく息を吐く。

「自分の上司を尾行していたのですか？」

「急を要すると判断し、かつ直接お耳に入れねばこの国が護れぬと判断しました」

阪が顎をわずかに上げる。

「高村君がどうしたというのかね？」

「結論から申し上げます。高村総括審議官はある国のSである可能性があります」

阪が冷笑する。

「彼はこう言っていたよ。どうも最近、自分の足を引っ張ろうとする人間が多くて困るとね」

城戸は志水と顔を見合わせた。

「いったい、どちらの言い分が正しいのかね？」

醒めた目をしたまま、阪が言った。

階下で、車が急停止する音がした。城戸は口を挟む。

「長官、立ち話もなんですので、二軒目に付き合っていただけませんか」

「明日も早いので、私はこれで」

阪が立ち去ろうとする。城戸は一歩踏み出した。

「私はかつて陸自第一五旅団にいた元一尉の城戸護といいます」

阪が記憶をたどるような表情になる。

「下地島空港で中国と対峙した部隊を率いていました」

阪は興味を持ったようだ。

「すぐそこであと少しだけお付き合いください」

出てきたばかりの奥のスナックに、城戸は阪を誘った。

阪がカウンターに腰を落ち着ける。その両側に城戸と志水は座った。

「いらっしゃいませ」

カウンターの中から、従業員を演じる大畑が声をかけてきた。城戸は阪に聞く。

「何かお飲みになりますか」

「いや、必要ありません。運転手に戻ると伝えてあるので、長引くと厄介なことになります」

大畑が小さく頷いて、奥に下がっていく。一番奥の席にはカウンターに突っ伏す男がいる。眠っているふりをした清家だ。ママに変装していた諜報員はトイレに押し込んだ。阪は監視拠点を把握していたとしても、要員の顔までは知らないのだろう。

城戸は志水に視線を送った。長引かせたくないのはこちらも同じだ。志水が口を開く。

「高村審議官については、私の申し上げたことが正しい内容です。金融庁が暁銀行に検査に入っていることはお聞き及びでしょうか？」

「金融庁から適宜情報が入っています。マネロンの疑いのある口座、偽名を使っている口座があるようですね。公安部の君が気になることがあるのですか？」

志水が背広の内ポケットから小さな写真を取り出し、阪に手渡す。

「高村審議官です」

「どういう写真なのかね？」

阪が眉根を寄せ、志水を見る。

「この写真は錦糸町駅前のコンビニの防犯カメラから抽出しました。高村総括審議官が偽名口座と関与している証拠です」

阪が顔をしかめる。

「金融庁監督局にお問い合わせいただければ、小川弘道という名義の口座に、株式のインサイダー取引で不正に取得した収益が流れ込んでいることがわかります」

志水が一旦言葉を区切り、もう一枚写真を出した。

「こちらの方が重要かもしれません。高村審議官が接触しているこの男は、二人を殺した疑いがあります。一人は元自衛官、もう一人は諜報関係者とみられ――」

阪が志水を右手で制する。

「明日にでも金融庁と高村君から話を聞くことにしましょう。もし志水警部が言うようなことに高村君が関わっているのであれば、元上司として甚だ遺憾です」

阪が志水の手から写真を受け取り、ポケットにしまった。城戸に顔を向ける。

「それで君は一五旅団の？」

城戸は顎を引き、口を開く。

「あの日、中国人民解放軍の先遣部隊は、下地島に上陸し、空港施設を占拠しました」

「対応した部隊はたしか……」

「尖閣諸島での大規模な不審船の領海侵犯を隠れみのに、中国軍は潜水艦で精鋭部隊を潜入させました。ご存じの通り、あの場所が敵に制圧されれば、わが国は西日本全域の制空権を失います」

阪が先をうながす。隣にいる志水の視線を感じる。敵のスナイパーに撃たれ、命を落とした鴨志田たちの顔が瞼の裏に映る。

「部下二名が戦死しました」

阪が目を閉じた。再び開くと、瞳に強い光が宿っている。

「戦死とはどういう意味ですか？」

「文字通り、戦争で死んだから戦死です」

「あれは戦争ではないでしょう。日本は七〇年以上、戦争をしていないことになっています」

　阪が首を振り、言葉を継ぐ。

「尊い命が失われたのは残念ですが、自衛官というのはそういう覚悟をしているのではないですか。国を護るために身を捧げる。君もそうだったのでは」

　阪が挑むように見つめてくる。城戸は口を開く。

「私も部下にそう言っていましたよ。国のために死ぬのが自衛官の仕事だと」

「私は君たちを誇りに思います」

「それならば、なぜ事実を闇から闇に葬るようなことをしたのですか」

　城戸は唇を噛んだ。

「国益のためです」

　阪が低い声で言った。城戸は志水に目をやる。志水が小さく顎をしゃくり、続けろと指示した。

18

〈あの日、中国人民解放軍の先遣部隊は、下地島に上陸し、空港施設を占拠しました〉

城戸の口から発せられた言葉が、増幅されて飛び込んでくる。カウンターの反対側で三人が交わす会話が鮮明に伝わってきた。大畑は小型マイクが拾う音声をイヤホンで聞いていた。カウンターに伏せた清家も聞いているはずだ。カウンターの内側に置いた小型ノートパソコンには、電波に乗った動画が映されている。

阪を店に呼び込む直前、清家はカウンター正面の酒棚にマッチ箱ほどの大きさの小型デジカメを固定した。親指の爪ほどの超小型マイクもカウンターの陰にはりつけた。

〈暁銀行錦糸町支店〉

やはり、一連の騒動の起点となったのは、第二地銀の支店だった。王、栗澤、謎のネットディーラー――それぞれのピースが支店につながっていた。互いにどう関係しているのか見えなかったが、結び目に隠されていたのが、まさかそんな大事件だったとは。

聞き取った言葉を今すぐ打ち込みたい衝動に襲われた。三人をとらえた動画と同様、小型マイクから送信された音声データは自動保存されているが、それでも言葉を刻みたかった。記者になってから最大のネタに反応している。

スナックに入ると、厚化粧のママが倒れていた。城戸の指示を受け、縛り付けてトイレに押し込み、代わりにカウンターに立った。城戸と志水が連れてきたのは、阪義家内閣官房長官だった。

どんな方法で二人が阪に会ったのかは不明だ。実質的に政権のナンバー2として、永田町だけでなく日本全体の舵を取る大物政治家に直接アタックする手段に出たのは予想外だった。

城戸は自衛隊を去った理由を明かしていなかった。語られているのは本当のことなのか。信じがたいが、城戸は阪という政権の重鎮と対峙する瞬間にわざわざ自分を立ち会わせた。報じろということなのか。

部下が二名戦死したと城戸は告げた。不法上陸した中国軍の兵士――城戸の言う通りなら、東シナ海をめぐる最悪のシミュレーションが現実化していたことになる。中国政府は海洋進出の勢いを強め続けている。フィリピンやベトナムとの間では小競り合いが絶えない。東南アジア諸国だけでなく、大国が日本にも触手を伸ばしたのだ。

城戸は下地島と言った。伊良部島を介して宮古島と橋で結ばれていて、民間航空会社が使用していた訓練用の飛行場がある。軍用機を送り込まれれば、制空権を失うことになるのは素人にもわかる。東シナ海の孤島への上陸計画は何度も明るみに出ているが、住民がいる島に手を出したというのか。

明確な侵攻だった。なぜ闇に葬られたのか。真相を知っても記事にはできない――城戸は大畑に言った。たしかに危険なネタだった。週刊新時代という媒体だけでなく、言論構想社という会社ごと消えてしまうかもしれない。

〈国益のためです〉

イヤホンから聞こえる阪の声が一段と低くなった。一日に二度開催される官房長官会見では、阪は記者の質問を巧みにかわす名手として知られる。言質を取らせないスタイルだ。今の阪の声には真実の響きがある。

19

「反撃命令はありませんでした。部下の死をただ黙って見ているしかなかった」

城戸は阪の目を見据えて言った。あの日、下地島空港の管制塔を制圧した敵の様子を探るため、鴨志田陸曹長ら二人を偵察に出した。スナイパーが二人を狙撃した。

〈速やかに防衛出動の下命を！〉

「日本の領土で中国軍が自衛官を射殺する。明白な武力攻撃で、防衛出動の要件を満たすのでは」

阪は視線をそらさずに答える。

「あの時点では中国軍である確証が得られなかった」

「現場から報告しました。精鋭部隊だと」

「防衛出動を命じる要件を満たしていないという判断でした」

城戸は唇を嚙んだ。あのときから、考え続けてきた。軍隊を持たないという建前がまかり通るこの国で、自衛隊は本来の任務をどうやって果たすのか。

「不満もあるでしょう。でも城戸君、不審者たちは数時間後には姿を消した。制空権を心配する事態には至らずにすんだのです」

「取引をしたのですか？」

阪は黙って首を振った。

「何を差し出したか知りたいとも思いませんが、命よりも大事なものがあると信じて死んだあいつらが、あの世で頷けるものであってほしいですね」

「戦争に至らなかったのは、最も国益に資することです。尊い犠牲のおかげだと思っています」

ふざけた言い草だ。城戸は拳を強く握り締めた。中国兵はボートで悠々と沖へ消えた。一発も撃てずに見送った。明確な侵略行為に対し、自分たちはこれを排除することも禁じられた。国土を踏みにじられ、むざむざ部下を殺されて何もできないことが、プライドをズタズタにした。事件は一切公表されず、厳重な箝口令(かんこうれい)が敷かれた。城戸は自衛隊とこの国に失望した。

志水が口を開く。

「その交渉の中で、高村審議官はどういう役目を果たしたのですか」

阪が首を傾げる。

「下地島空港は当時、防衛上の弱点でした。中国は日本政府の出方を試したのではないでしょうか。総括審議官が中国政府と通じていたのであれば、情報が漏れていた可能性はありませんか」

志水の指摘に阪が反論する。

「中国に有力なパイプを持っていますが、高村君はそういう人間ではないですよ」

「しかし、官房長官——」

言いかけた志水を、阪が制する。

「一つだけ、お伝えしましょう。今、中国と米国との対立が先鋭化しています。今夜の高村君との会談はそのためです。日本が米国と共同歩調をとって、対中制裁に踏み切るのは、危険だという声もある。それでも、米国のあの大統領がぶら下げてきた餌はちょっと無視できないものだった」

阪の口から飛び出した〈餌〉という言葉が耳の奥で反響する。クライアントの王の顔が浮かんだ。ベイト、餌——その意味は。

「国益というのは大局から判断しないと、護持できないのです。現場をないがしろにしているとは、どうか思わないでください」

日米中三カ国の駆け引きを前提に一連の騒動を読み直すとどうなるのか。

「すぐに戻ります。大丈夫ですよ」

阪がスマホを手に取って誰かに告げた。スツールから立ち上がる。

「時間切れです」

「車両までお送りします」

志水が阪の前に出て扉を開ける。阪の背中を見ながら城戸も店を出て、周囲を見回した。

ダークグレーの背広を着た男が二人、通路に控えていた。

「志水さん……」

一人が思わず口を開いた。阪が尋ねる。

「公安の方ですか？　志水警部の処分は解除します。警察庁長官には私から話しますので」

20

若松町に戻った志水は、公安総務課オペレーションルームの重いドアを開ける。指揮官席の樽見が立ち上がった。

「鴨志田は今、どこにいる？」

志水の声に気づいたらしく、オペレーションルームに詰めている捜査員がざわめく。

「志水さん、人事一課に……」

棒立ちのまま、樽見が言った。

「処分は先ほど解除された」

指揮官席の警電が鳴った。樽見が受話器を取り上げる。その手がかすかに震えている。

「……はい、了解しました」

樽見が受話器を置いた。部屋のドアが再び開いた。人事一課の橋爪が入ってくる。

「志水警部の処分は取り消しになりました。代わりに……」

橋爪は指揮官席に向かい、樽見の前に立った。

「高村総括審議官に対する調査が終了するまで、君の職務を停止します」

橋爪の声は志水を取り調べたときと同様、刺々しさとは無縁だ。言葉を重ねる。

「そういう処分を伝えにきたのだが、これもたった今、取り消されたよ。無駄足だった」

樽見が怪訝な顔をした。橋爪は踵を返して部屋を出ていこうとする。志水の横で足を止める。

「どんな手段を使ったかわからないが、志水警部、目は離しませんよ」

志水は橋爪を見送ったあと、部下に告げる。

「樽見、国を護るというのは難しいな。何を信じればいいのか、わからなくなることがある。だが、この仕事は芯がブレていては成立しない」

樽見が強く下唇を嚙み、首を振った。志水は指揮官席に座る。

「まあいい。これまでと同じように、私が指揮をする」

捜査員を見渡した。皆、控え気味に頷いた。

「高村総括審議官が違法行為をしている疑いがある。彼が接触していた鴨志田が、人を殺して回っている可能性が高い。高村審議官は捜査に横槍を入れている。そういう構図を頭に入れ直せ」

志水は画像分析担当の捜査員に目をやった。高村と一緒にいる鴨志田の写真がスクリーンに表示された。部屋全体が静まり返る。

「正直なところ、私も迷っている。国に敵対する者、秩序を乱す者、治安を脅かす者を狩るのが公安だ。警察庁の高官は我々が護るべき相手だし、国そのものとも言える。本来ならな」

一同をもう一度見渡し、志水は言葉を継ぐ。

「彼のことは政府に委ねるしかない。今は、鴨志田の行方を捜すことが最優先だ」

「足取りはある程度まで捕捉しています」

セミロングの髪を後ろで束ねた女性捜査員が言った。

「仙台から、バイクと車を次々に盗みながら移動して、昨夜遅く新宿の地下街に現れています」

志水が顎を動かすと、壁に吊られた大型スクリーンに地下街の防犯カメラ映像が映った。鴨志田が横切っていく。顔の部分がクローズアップされて静止する。

「これ以降、行方がわからなくなっています」

「この男は極めて危険だ。被害者をこれ以上出してはならない。あらゆる手を使って捜せ」

志水は高村と鴨志田のツーショットを映すスクリーンへ目をやった。鴨志田を雇ったのは高村だろうか。つまり、高村が栗澤と菅原を殺させたのだろうか。志水の勘は違うと告げていた。下地島侵攻という情報をインプットして、志水は脳内のデータを並べ直した。

〈なぜ今なのか、理由がわからない〉

初めて会ったときの城戸の言葉を思い出した。その答えは、官房長官が口にしている。

〈対中制裁〉

高村が鴨志田に接触したのではない。鴨志田が高村に近づいたのだ。鴨志田の雇い主はおそらく中国だろう。だとすれば、次のターゲットは政府要人かもしれない。奴を止めなくてはならない。志水は都内各所の駅、バスターミナルのリアルタイム映像に目を凝らす。机に置いたスマホが振動した。清家の番号が点滅している。通話ボタンをタップする。

〈城戸がけりをつけるそうだ。付き合うか？〉

21

「今朝は一段と冷えるな」

ミニバンの助手席で清家が両手を擦り合わせ、息を吹きかけた。日比谷公園を監視していた城戸は双眼鏡を置き、腕時計を見る。午前六時二三分、約束の時間まであと七分だ。大畑が運転する取材用のミニバンは日比谷通りの公園沿いに停車していた。

「本当に来るんですか？」

大畑が城戸に言った。

「来なければ、別の手を考える」

清家が大畑に確かめる。

「マイクの感度はどうだ？」

大畑が親指を立てた。城戸のジャケットの襟元には超小型のワイヤレスマイクが取り付けられ、音声が大畑のノートパソコンでもモニターできる。

「志水は？」

城戸は尋ねた。清家が肩をすくめる。

「鴨志田を追うのが仕事だそうだ」

城戸は再び双眼鏡で公園の広場を凝視した。近くにレンガ造りの日比谷公会堂がある。芝生は薄茶に枯れている。

「あれじゃねえか」

超望遠レンズを覗いていた清家が言った。城戸は双眼鏡の倍率を上げた。コートのポケットに手を入れ、うつむき気味に歩いている男がいる。城戸はスライドドアを開け、外に出た。

高村は背を曲げ、公園のベンチに座っていた。

「待たせたな」

高村が顔を上げると、目を見開いた。感情を探ることはできない。城戸はジャケットからスマホを取り出して、アプリの一つをタップした。阪官房長官の声が流れる。

〈明日午前六時半、日比谷公園の大噴水のベンチに座っていてください。登庁前に内密の打ち合わせをしたい〉

「盗聴したのか？」

高村がスマホと城戸の顔を見比べた。

「官房長官は来ない。だまして悪かった。どんな人間の声も真似するＡＩアプリがあるんだよ」

　スマホの画面を向け、城戸は隣に座った。高村が肩を強張らせ、腰を浮かせる。

「話がしたいだけだ。落ち着け」

「何も話すつもりはない」

「いや、話してもらう。尋問にはいろいろなやり方があるが、平和的にやりたいと思っている」

　城戸は高村を睨む。

「下地島での一件に蓋をしたのはあんたか」

「機密情報だ。部外者には話せない」

　城戸は思わず高村のコートの胸元をつかむ。

「ふざけるな！　俺は当事者だ。部下を犬死にさせた隊長だぞ」

　高村が冷たい目を向けてきた。城戸は手を離す。

「質問を変える。あんたはいつから中国の手先になった？」

　高村がコートの襟を直しながら言う。

「私は国家公務員だよ。ずっとこの国のために働いてきた。これからもそうだ」

「ならば、どうして鴨志田の弟を手引きした」

高村が首を振る。

「とぼけるなよ。あんたが殺人犯と会っていたことはわかっている。俺を追わせるために情報を流したことも。なぜ菅原さんを殺させたんだ」

「待て、それは違う」

冷ややかだった高村の目に、初めて感情のようなものが浮かんだ。

「ここにいるのは俺たちだけだ」

マイクを隠し持っているが――。周囲に人影はない。高村が口を開く。

「奴が王を送り込んだ」

意外な人物の名が出てきた。

「俺のクライアントのことか？」

高村が頷く。

「王は娘を人質に取られていた。王は社業の発展のために、共産党の工作部隊に協力した。実業家でありながら、工作員をしていた。大学生の娘は二四時間監視され、王が裏切れば、政治犯として刑務所行きだ」

城戸は高村の顔を凝視した。

「捕まるわけにいかなかった王は死を選んだ。監視役の秘書も末端Sだ。鴨志田が明かした」

「あんたはいったい何者なんだ」

　城戸は詰め寄った。背後から男の声が響く。

「その辺にしておきなさい」

　振り向くと、来ないはずの阪が立っていた。

22

「気づいたことは何でも報告しろ」

　公安総務課のセダンの助手席で、志水は無線機のマイクを握った。ダッシュボードの下のスピーカーから捜査員の応答が矢継ぎ早に入る。

「早朝になにを企んでいるんですかね？」

「わからん。だが鴨志田が行動に出る前に身柄を確保する」

　ハンドルを握る中堅捜査員が厚労省の駐車場に車両を滑り込ませる。

　一時間前だった。公総オペレーションルームに甲高い声が響いた。都内中の監視カメラ映像を分析する女性捜査員だった。

〈鴨志田発見！〉

鴨志田の姿は国会議事堂近くの交差点で捕捉された。使っていたバイクが事故現場を通りかかり、臨場していたパトカーのカメラに顔が映り込んでいた。飛び交うデータをリアルタイムに検索するドラッグネットが、入力した鴨志田の顔を抽出したのだ。

鴨志田はバイクを降りて、霞ケ関駅方面に向かった。ギターケースを背負っていた。狙撃用ライフルの可能性がある。志水は他の部署からも捜査員を動員し、霞が関に集めた。

「全員、銃器のチェックを怠るな」

志水はマイクで指示を飛ばした。捜査員の拳銃携行は、公総課長と公安部長に緊急連絡を入れて許可を得ていた。志水の胸元にも鉄の塊がある。相手は傭兵で狙撃のプロだ。公安捜査員が束になっても敵わないかもしれないが、丸腰よりましだ。

〈合同庁舎五号館、異常なし〉〈飯野ビル、異常なし〉

スピーカーから息を切らした捜査員たちの報告が入る。鴨志田は誰を狙うのか。外務省、財務省、公安調査庁、東京高裁……。ターゲットは絞れない。離れた場所から相手を狙撃するつもりだろう。距離を取るほど、逃走が楽になる。視界の利くビルをチェックしろと、志水は指示した。しかし、いざ現場に入ってみると、ビルの各階や屋上の全てを短時間に点検するのは不可能に近かった。せめて狙撃対象とおぼしき人物がわかれば、打つ手はあるが。

〈至急、至急。こちら五番〉

狙撃場所の探索を指示した班とは別のグループからの連絡だった。

〈日比谷公園脇に週刊新時代の取材車両が停車中。車内に男女二人、確認〉

「了解、指示があるまで触るな」

志水はマイクを置いた。大畑と清家に違いない。あの二人がいるなら、城戸も近くにいる。

三時間半前、清家から電話が入った。城戸がけりをつけるという。誘いを受けたが、断った。

城戸の過去は事件の核心だろうが、鴨志田の身柄確保が先だ。

日比谷公園の木立を見ながら、志水は考えを巡らせた。城戸は何をしているのか。週刊新時代の二人が控えているということは、メディアを利用するつもりだ。志水の頭に昨夜の光景が浮かぶ。

〈公務執行妨害の現行犯で逮捕する〉

志水の声が忠実に再現された。城戸があのツールで呼び出すとしたら、一人しかいない。

志水はマイクを取り上げた。

「公園のどこかに高村総括審議官がいる。鴨志田と接触する可能性もある。至急捜し出せ」

志水と城戸は昨夜、下地島事件の詳細を知る阪と直接会話した。阪は大局からの判断だったと語った。志水にはやむを得ない判断に思えた。中国兵が潜入して自衛隊員二人を射殺した。明白な侵略行為だが、タカ派のイメージが強い現政権も、史上初の防衛出動には二の足を踏んだ。戦争に突入する体制も覚悟も、この国は持ち合わせていない。

城戸は納得していない。志水にはそれも理解できた。国を護りたいという思いは同じでありながら、両者がわかり合うことはおそらくないだろう。

〈大噴水のベンチ、高村総括審議官発見！　隣にフードを被った男性一人〉

無線で報告が入った。

「周囲を封鎖して監視。探索班は現場を望めるビルもチェックだ」

志水はすかさず指示を出した。

別の捜査員が叫ぶ。

〈ハイヤーが到着。官房長官の専用車です〉

志水は助手席のドアを勢いよく開け放った。

23

「高村君、やりすぎましたね。インサイダー取引や偽名口座の話は聞いていませんでしたよ」

分厚いチェスターコートのポケットに両手を入れたまま、阪が告げた。阪が現れたということは、高村への電話が盗聴され、報告が上がったのだろう。高村は呆然としている。

「長官、おっしゃっている意味が……」

「金融庁は偽名口座を悪用した人物を地検特捜部に告発するそうです」

阪が大げさに首を振った。

「しかし、あの口座は任務の――」

「高村君！　立場をわきまえなさい」

阪の強い口調に押されるように、高村が続く言葉をのみ込んだ。

城戸は高村に聞いた。

「任務とはどういう意味だ？」

「何でもない」

城戸は高村に詰め寄る。

「あんたはスパイなのか？　どうなんだ？」

高村の両目は充血し、口元が震えている。

「城戸さん、下地島の一件は本当に心苦しく思っています。いろいろとボタンの掛け違いがあった。私個人としては犠牲者とご遺族に心からお詫びしたい」

阪がポケットから両手を出し、城戸に頭を下げた。

「阪さん、俺はあいつらに謝ってないんだよ。国のために死ぬのが自衛官だと教えた。あいつらは俺を信じて、殺された。戦ったとも言えないが、戦死だった。あいつらに与えられるべきは、謝罪ではなく、感謝と栄誉じゃないのか」

城戸が一歩詰め寄った瞬間、ベンチの後ろの街路灯が甲高い金属音を立てた。目をやると、モスグリーンの鉄柱に穴が開いている。

「伏せろ！」

城戸は阪を引き倒した。阪とともに地面に倒れ込む。城戸の背中に高村も覆い被さる。

「大丈夫ですか？」

阪が頷いた。立ち上がると、背広姿の男が走ってくる。阪のＳＰだろう。わずかに遅れて、志水も駆け寄ってきた。部下を数人従えている。

「近くに鴨志田がいる」

城戸は告げた。直後、鈍い音が届く。アフリカや東欧の紛争地で嫌というほど聞いた不快な音だ。

高村がうめく。胸元があっと言う間に赤黒く染まった。

「あそこだ！　公会堂の時計台へ」

志水が大声を上げた。公安捜査員がレンガ造りの建物にダッシュした。城戸も走り始めながら、叫んだ。

「救急車を。一名被弾」

ＳＰが阪と高村をベンチ裏の植え込みに避難させる。清家と大畑が公園に入ってくるのを横目で捉える。

公会堂の階段を捜査員が一斉に駆け上がる。建物の構造を見て取った城戸は、壁沿いに回り込んだ。職員専用と書かれた扉がある。鍵は掛かっていない。ゴミの集積所のようだ。扉を開けた。

城戸は固まる。男が真正面から銃口を向けていた。鴨志田だ。冷たい笑みを浮かべている。

鴨志田が顎をしゃくった。城戸は手を挙げ、ゆっくりと中に足を踏み入れる。銃身が振られ、鴨志田と向き合ったまま、城戸は壁に寄る。

「素手でやるんじゃなかったのか」

銃口を逸らさぬまま、鴨志田が答える。

「そうだな。仕事も終わったから、そうしてもいいんだが、邪魔が入りそうだ」

「長官は死んでいないぞ」

鴨志田は平然としている。

「この距離で、俺が外すわけがない。狙い通りだ」

公会堂の中から、足音が響いてきた。鴨志田は銃口を向けたまま、扉の方に近づいていく。

「今回は見逃してやる。役に立ってくれたしな。次に会うとき、決着をつけてやる」

「ふざけるな！　おまえはアレックスと菅原さんを――」

鴨志田がいきなりライフルを投げつけてきた。城戸はとっさに身を屈める。ライフルは背後の壁にぶつかった。城戸が顔を上げると、鴨志田の姿はなかった。

救急車のサイレンが聞こえてきた。城戸は広場のベンチに近づく。横たわる高村の耳元で、阪が何かを伝えていた。

城戸に気づいた阪が立ち上がる。ＳＰに頷いて、車に足を向けた。城戸は口を開く。

「長官、今度は何を差し出したんですか」

阪が立ち止まり、振り返った。

「全て終わったということです」

ＳＰにガードされた阪の背中を見送った。いつの間にかそばにいた志水が、イヤホンに手を当てて舌打ちする。

「撤収命令だ」

志水の舌打ちを聞きながら、城戸は猛スピードで発車するハイヤーを見る。

「鴨志田を逃がすのか、おい」

城戸は思わず声を荒らげた。志水は力なく首を振った。

24

成田空港第二ターミナル、北ウイングは夕方になって混み始めていた。出国ゲート近くのカフェで、城戸は大畑、清家とコーヒーを飲んでいる。

「ベイト、餌は、城戸さんだったんですね」

顔をしかめながら、大畑がコーヒーを啜った。

「鴨志田はアレックスを殺してまで王を使い、俺を日本に送り込んだ。下地島の一件の当事者で、隠蔽に不満を持つ俺を巻き込み、騒ぎを起こすことで、日本政府を恫喝した。その過程で当時の指揮官だった菅原さんの所在をつかみ、独断で射殺した。餌の自分だけが生き残るなんて」

「でも推測でしかないんですよね。結局、高村も阪も言質は取らせなかった。鴨志田はもう日本にはいないでしょう」

大畑がカップを見つめ、うな垂れた。

「記事はどうするんだ？」

「警察官僚の汚職、セクハラ事件のもみ消し、銃撃。事実を粛々と書きました」

大畑が足元のトートバッグからゲラ刷りを取り出し、テーブルに置く。

〈特報！　エリート警察官僚、銃撃の真相〉

城戸は記事に目を通す。日比谷公園で狙撃され、大の字に横たわる高村の全身写真が大見出しの横にある。

〈警察庁長官就任も噂されている警察官僚が狙撃された。この人物を巡っては偽名口座を使った海外への不正送金やインサイダー取引の疑惑があるほか、セクハラ事件で容疑者逮捕に待ったをかけるなど、様々な問題行動が……〉

特集記事は三週連続で掲載されると告知しているが、第一弾は大畑と清家が裏取りしたものだけに限定されていた。暁銀行の支店口座を使った不可解な行動と高村がもみ消したセクハラ事件が中心だ。城戸はゲラ刷りを大畑に返す。

「下地島のことは書かないのか」

「書きたいところだけど、証言してくれる人が見つかりません」

大畑の目がいたずらっぽく光った。

「誰かがオフレコを解除してくれるといいんだがな」

清家が口を挟んだ。目は笑っている。

「男前に写してやるぜ」

「お断りだ」

城戸は即答した。

「阪長官が正規ルートで取材を受けてくれるそうだから、ぶつけてみますけど」

「そうだ。材料はある。正面突破でいこうぜ」

大畑と清家の言葉を聞きながら、城戸は腕を組んだ。一連の出来事を振り返る。

鴨志田のクライアントは中国の諜報機関だ。米国に追従して対中制裁に傾く日本政府を揺さぶりにかかった。栗澤によるリークも連動している。暁銀行の不正を金融庁にたれ込んだのも中国だろう。副支店長殺害は諜報機関らしくないが、事件をテコに使ったのかもしれない。整った舞台に、自分は送り込まれた。暴れるほどに、鴨志田はほくそ笑んでいただろう。

高村のあの口座は、おそらく政府の裏金用だ。官房機密費は領収書のいらない金だが、総額は公表されている。財布がいくつあっても足りないのが政界だ。阪の個人的な資金かもしれない。

鴨志田に接触された高村は、阪から命じられてスパイ役を演じた。ダブルスパイだったと気づいた鴨志田が、高村の急所を外して撃ったのは、何らかのメッセージだろう。阪はどうするのか。まあ、勝手にすればいい。

〈香港行きにご搭乗のお客さまは……〉

アナウンスがターミナルに響く。城戸は腰を上げる。

「いろいろと世話になったな」

城戸は右手を差し出した。大畑と清家が力強く握り返してくる。

「落ち着いたら、訪ねていってもいいですか？」

大畑が城戸の目を覗き込んでくる。

「メディアと関わるのはまっぴらだ。取材でなければ案内してやる」

城戸は二人に背を向け、歩き出した。出国ゲートまであと少しのところで、スマホが震える。耳に当てた。くぐもった声が聞こえてくる。

〈顔色がよくない。ゆっくり休むんだな〉

通話はすぐに途絶えた。出発便の一覧が表示された電光掲示板の横に目をやる。小さな監視カメラが一瞬、光ったような気がした。

エピローグ

〈警察庁幹部への銃撃について、中央新報や大和新聞が社会面で詳しい解説を展開していま
す。この幹部については、週刊誌等々で汚職に関する詳細な記事が出ていますが、主要紙も
これに追随する形で……〉

画面の中の女性アナウンサーを、大畑はぼんやり見つめた。

「大畑記者のスクープで日本中に激震が走ってますね」

透明なガラステーブルの上に阪が水の入ったグラスを二つ置いた。大畑は小さく頭を下げ
た。

「今回の単独インタビューは異例中の異例です。どうかその辺りをお含み置きください」

革ソファに腰を下ろし、阪が笑みを浮かべた。

城戸が香港に発ってからも、大畑は取材を重ねていた。下地島の一件の関係者は誰一人見
つけられなかった。スクープ第二弾は、高村が出入りしていた錦糸町のクラブの中国人ホス
テスへの直接取材をメインに据えた。中国のスパイであることを、もちろん彼女は否定した

が、高村への風当たりはますます強まった。

　大畑は空いている正面のソファから阪に目を移す。記事にはしなかったが、日比谷公園で高村は、城戸とともに銃弾から阪を守ろうと身を挺したように見えた。それでもこの人は高村を切り捨てるのだろうか。

「私は懐柔されませんよ」

　大畑が言うと、阪の笑みが大きくなった。秘書官が阪に耳打ちする。阪は頷く。

「総理がいらっしゃいます」

　スイートルームの扉が開き、紺の背広を着た癖毛の男が現れた。芦原恒三内閣総理大臣だ。

「やあどうも大畑さん、お待たせしました」

　芦原が右手を差し出した。大畑は立ち上がって、握手には応じずに頭を下げる。芦原は苦笑して、腰を下ろした。

「総理、早速ですがうかがいます」

「私も時間がない。どうぞ、始めてください」

　芦原の目は笑っていなかった。

「日本政府は米政府から要請されていた対中制裁を見送りましたが、その決断までに中国側が仕掛けてきた謀略の概要を、我々はつかんでいます。警察庁の高村さんへの銃撃も、その延長線上で起きたと考えていますが、総理のご見解をお聞かせください」

一気に告げた。芦原が阪に目をやってから口を開く。

「わが国の政策が他国に左右されるようなことはありません。高村氏は政府の極めて重要な任務についていたとしか言えませんが――」

芦原が言葉を切った。大畑はペンを芦原に向けて突き出した。

「わかりました。質問を変えます。防衛出動の定義についてです。例えば、わが国の領土に不法上陸した武装集団が自衛隊員を射殺したら……」

芦原の目を見据えながら、大畑は切り込んだ。

◇

「ＫＩＤに会いたいのですが」

古いレンズやカメラが並ぶガラスケース越しに尋ねた。少女は笑みを浮かべ、首を振る。

「ごめんなさい、Ｄａｄはスナップを撮りにいってしまって。一回街に出ると、いつ戻るかわからないんです」

少女は志水に肩をすくめてみせた。

「携帯に電話しても、返事があるのはいつも何時間もしてからだし」

少女は大げさにため息をついた。

「でも、伝言はできますよ」

「いや、結構。また来ますよ」

「お名前を教えてください」

「いや、本当にいいんだ。お父さんは元気ですか？」

「少し前に日本に行ってたんですけど、帰ってからはずっと仕事をサボってます。元気なのは元気ですけど」

「そうか、それはよかった」

志水は少女に手を振って、小さな店を後にした。狭い階段を下り、九龍の雑踏に足を踏み出す。大声で野菜や果物を値切る老女、それに負けじと怒鳴り返す中年の店主の声が聞こえる。細い小径は谷底のようだ。両側に高く空に伸びたビルやマンションが連なっている。

国際刑事警察機構の会議が開かれた香港島の湾仔（ワンチャイ）は銀座や青山を思わせる現代都市だった。ここ九龍は正反対で、下町っぽい騒がしさと熱気に満ちている。珍しい乾物を置いた屋台をひやかしていると、ポケットでスマホが振動した。画面には知らない番号が表示されている。

会議関係者か。通話ボタンを押す。

〈会議場のビュッフェは不味かっただろう？〉

聞き覚えのある声だった。

「ああ、とても食えたもんじゃなかった」

〈海鮮粥のうまい屋台があるんだが、これから行くか？〉

「もちろんだ」

志水は答えた。耳元で快活な笑い声が響いた。

主要参考文献

『完全密着！　これが本当の陸上自衛隊』（ＭＳムック）
『北朝鮮 核の資金源「国連捜査」秘録』（古川勝久／新潮社）
『国のために死ねるか 自衛隊「特殊部隊」創設者の思想と行動』（伊藤祐靖／文春新書）
『最新 日本の対テロ特殊部隊』（柿谷哲也・菊池雅之／三修社）
『進化する最強の自衛隊』（菊池雅之／竹書房）
『図解 特殊部隊の秘密』（菊池雅之／ＰＨＰ研究所）
『スノーデン、監視社会の恐怖を語る 独占インタビュー全記録』（小笠原みどり／毎日新聞出版）
『スノーデンが語る「共謀罪」後の日本 大量監視社会に抗するために』（軍司泰史／岩波ブックレット）
『ビッグデータの支配とプライバシー危機』（宮下紘／集英社新書）
『暴走する自衛隊』（纐纈厚／ちくま新書）

解説

篠原知存

相場英雄さんの小説『ＫＩＤ（キッド）』の第一章は、主人公の城戸護（きどまもる）が、香港の屋台でうまそうな粥を食べるシーンから始まる。彼は九龍地区の下町にある中古カメラ屋の店主。写真を撮り始めると夢中になってしまう。マニアックなカメラとレンズを下げて、飄々と雑踏を歩き、逞しく生きる下町の人々を写し止める。というような、のんびりした場面は冒頭だけで、すぐに城戸は陰謀と暴力の世界に巻き込まれ、副業で培った戦闘能力でサバイバルを図ることになるのだが、香港で撮影を楽しむ城戸の姿と、彼を生み出した作者の姿が、私には重なって見えてしまう。

このたび文庫化された本作は、２０１８年5月から12月にかけて産経新聞に連載され、翌年3月に単行本が刊行された。当時、同紙東京本社で文化部の記者をしていた私は新聞連載の担当者になりたいと希望した。業務内容は原稿の受け手として掲載スケジュール管理や用字用語のチェック、出稿作業やゲラのやりとりをすることなど。加えて、毎日の掲載場面に合ったイメージ写真を撮影することも仕事だった。編集者兼写真家というスタンスでこの小説にかかわらせてもらった。

連載開始前の17年秋、相場さんの香港取材にも同行することに。プロットを読んで、香港のシーンがあるということはわかっていた。連載が始まれば現地の写真が必要になる。だけど物語そのものはまだ作家の頭の中。どんなシーンになるのか、まったく想像がつかない。とにかくといって、連載が始まってからもう一回香港で撮り直しというわけにはいかない。とにかくなんでも撮っておくしかないわけで。取材する相場さんについて回って、一挙一動を追いかけた。それで気づいたのだが、旅先にもかかわらず自然体なのだ。立居振る舞いが東京にいる時と変わらない。短期間の出張取材というと(もしかすると旅行さえそうかもしれないが)、朝から晩までびっしりと予定を詰め込んで、こなすだけで精一杯ということもある。でも相場さんはガツガツしていない。いつみても表情は柔らかく、リラックスしていて、その場の空気になじんでいる。予定をこなすというより、むしろ寄り道やハプニングを楽しんでいる様子だった。

相場さんは作家でありながら写真家でもある。スナップの達人で、写真専門誌の「アサヒカメラ」に連載を持っていたほどだ。残念ながらアサカメは休刊してしまったけれど、いまも日常の風景や仕事などで訪ねた先の様子を写し撮ってインスタグラムで発信している。香港でも、機動性と趣味性を両立させた機材でガンガン撮影。私もその後を追いかけてパシャパシャ。いよいよ連載が始まることになって、原稿を読み始めたら、こんな場面が。

〈五〇ミリレンズの画角は人間の視界と同一だと言われるが、より広い範囲を捉えることができる二八ミリのレンズは、香港の雑多で猥雑な街角を丸ごと写し撮る。歩道の縁で中腰になる。城戸はアングルを決め、シャッターを切った。〉

「相場さん、そのまんまですやん！」と思った。一緒に歩いた街並みが描かれているのだから、面白くてしょうがない。「あっ、この店のモデルはきっと」とか「出たよスターフェリー」とか、ニヤニヤしながら文字を追っていたのだけれど、そのうちにすぐ熟読モードに。短い滞在だったが、記憶している香港の雰囲気そのまま。あの日にワープしたかのような臨場感。匂いまで漂ってきそう。さすが小説家、としかいいようがない。写真を撮るように、文章で時空を切り取っている。読み進めているといつの間にか、旅の同行者だったことなど忘れて、一人の読者として物語世界に引き込まれていた。この強力な磁力こそ、相場作品の特徴の一つなのだが、本作もまた一気読み必至であることを保証しておく。

さて、その物語を簡単に紹介しておきたい。香港を訪ねてきた上海の商社マンに依頼され、ボディーガードの仕事を引き受けた城戸は、商談に赴くという彼とともに久しぶりに日本に帰国する。ところが福岡で待ち受けていたのは警察とマスコミ。しかもクライアントは射殺されてしまい、殺人の濡れ衣を着せられることに。追い詰められた城戸は逆襲に転じる。自衛隊でも精鋭中の精鋭であるレンジャーの教官をしていた経験を持ち、状況判断力も戦闘能力も超人的。警察の追及をかわしつつ、事件の真相に迫っていく。

新聞連載中も、次の原稿が届くのが楽しみでしょうがなかったが、ページを繰る手が止まらない。映画で言うならアクション大作。カーチェイス、潜行、銃撃戦……。城戸が次々に演じる大立ち回りをたっぷり堪能できるのに加えて、今回も相場作品らしく、物語のバックに社会問題をがっつりと書き込んでいる。じつは過去のインタビュー記事で、何度か「社会派」と書いて、ご本人に「そんなんじゃないから」とやんわり指導されている。でも「社会の諸問題をテーマやコンセプトに据えた作品」という意味で、ついそう呼びたくなってしまうのだ。

振り返ってみると、相場さんを知るきっかけとなった『震える牛』は衝撃的だった。食品偽装事件やBSE問題をモチーフに、食品業界の闇を奥底まで覗き込むような作品だった。それから新作が出るたびに読み続けてきた。初めて取材する機会が巡ってきたのは東日本大震災の被災地を舞台にしたミステリー『共震』。震災以前から東北を何度も訪ねていた相場さんが描き出すフィクションの世界には、丁寧にすくい取られて磨き上げられた「ほんとうのこと」が書かれていると感じた。

相場さんはかつて、時事通信社の経済記者として金融や株式を取材していた。報道の現場が原点だから、ノンフィクションの持つ圧倒的な力を知っているし、ジャーナリストとして伝えることの難しさもわかっている。『共震』のインタビューで聞いたこんな言葉が、私には忘れられない。

「ノンフィクションより、エンターテインメントのほうが間口が広い。読んだ人が『(被災地は)まだまだ大変なんだな』と思ってくれるだけでもいい」

事実に裏付けられた正統派のノンフィクションは面白い。でもやっぱり手に取るまでにハードルの高さを感じることもある。エンターテインメントなら読んでくれる。だから硬派のエンタメを目指している。そんな話だった。関係者の醜悪さや被害者の悲憤が生々しく伝わってくる描写は、フィクションでありながら現実よりもリアル。どの本も「あー面白かった」と読めるのは間違いなく、それでいていつもなんだかゴツゴツしたものが残るのだ。相場作品は、社会を鋭く照らし出す。

本作でも期待を裏切らず、「怖いよなぁ」と思わせてくれる「敵」が登場する。それは城戸を追跡するハイテク監視網だ。現代の日本では、街のあちこちに防犯カメラが設置されている。公共交通機関だけでなくマイカーにもドライブレコーダーをつけることが定着してきている。そのすべてが一元的に結びつけられ、権力がデータを自由に利用することができたらどうなるのか、というシミュレーションだ。

警視庁公安部公安総務課のオペレーションルームでは、さまざまなモニターが壁一面を埋め尽くしている。その前で指揮を執るのは課長補佐の志水達也。現場周辺の防犯カメラ、パトカーの車載カメラ、捜査員の持つハンディカメラの映像がリアルタイムで送り込まれ、官公庁のホストコンピューターや連携する世界各国の機関のさまざまなデータベースが瞬時に検索できる。携帯電話のGPS情報で位置はすぐに探知可能。通話は全てモニターできて、メールなどの通信も全文をすべて把握されてしまう。進化したネットワーク社会では、情報を管理する権力者が、市民の情報を何もかも丸裸にできるのだ。志水と城戸の対決は、本作の読みどころの一つである。

超監視社会は、数十年前ならSFの設定だったが、もはや荒唐無稽な話ではなくなっている。実際の警察の捜査でも、事件現場の周辺にある防犯カメラのチェックは基本中の基本。犯人逮捕や実態把握に直結するケースが少なくない。なくした携帯電話が「どこにあるか探す」という機能や、子供のいる場所を把握する機能も、当たり前のように使われている。それはすなわち、スマホを持った個人の行動をすべて監視できるということだ。通信の内容についても、アメリカ国家安全保障局（NSA）の職員だったエドワード・スノーデン氏の告発によって、アメリカ政府が世界中の通信データを傍受していたことが明るみに出た。

「テロ対策」や「防犯」のためだと言われると、善良な市民はそう悪いことではないような気がしてしまうのだが、「怖さ」はきちんと理解しておく必要がある。権力側がその気になれば、個人の自由を簡単に奪い去ることができる環境が、もうとっくに生まれているということを。便利な社会は、一瞬にして暗黒社会に転じる可能性がある。

社会に暗雲が垂れ込めているのは、まさに香港がそうだろう。国家安全維持法が施行されて、取材に訪れたときとは様相を大きく変えてしまった。中国のインターネットが検閲されているのは有名な話。「天安門事件」とか「チベット弾圧」と検索するなり、ブラックリストに載せられるらしい。事実かどうか確認したわけではないが、もう一度香港に行けたとしても、試してみようとは思わない。もちろん城戸なら中国の監視網も楽々とくぐり抜けるに違いないけれど。あっ、もしかして続編は香港が舞台とか？

――ライター・フォトグラファー

この作品は二〇一九年三月小社より刊行されたものです。

キッド

相場英雄（あいば ひでお）

令和3年6月10日　初版発行

発行人——石原正康
編集人——高部真人
発行所——株式会社幻冬舎
〒151-0051東京都渋谷区千駄ケ谷4-9-7
電話　03(5411)6222(営業)
　　　03(5411)6211(編集)
　　　振替00120-8-767643
印刷・製本—株式会社　光邦
装丁者——高橋雅之

幻冬舎文庫

ISBN978-4-344-43087-7　C0193　あ-38-4

幻冬舎ホームページアドレス　https://www.gentosha.co.jp/
この本に関するご意見・ご感想をメールでお寄せいただく場合は、
comment@gentosha.co.jpまで。